公元787年,唐封疆大吏马总集诸子精华,编著成《意林》一书6卷,流传至今
意林:始于公元787年,距今1200余年

一则故事　改变一生

别闹，这不科学

金京南 著

BIENAO,
ZHE BU KEXUE

吉林摄影出版社
·长春·

图书在版编目（CIP）数据

别闹，这不科学 / 金京南著 . -- 长春：吉林摄影出版社，2017.10
（悬爱）
ISBN 978-7-5498-3374-0

Ⅰ. ①别… Ⅱ. ①金… Ⅲ. ①推理小说 – 中国 – 当代 Ⅳ. ① I247.5

中国版本图书馆 CIP 数据核字 (2017) 第 254047 号

别闹，这不科学
BIENAO, ZHE BU KEXUE

著　者	金京南
出版人	孙洪军
主　编	顾平　杜普洲
责任编辑	施岚　胡晓路
总策划	蔡燕
统筹策划	康宁
设计总监	资源
执行编辑	康宁
封面设计	杨倩
美术编辑	孔凡雷
发行总监	王俊杰
开　本	700mm×1000mm 1/16
字　数	320千字
印　张	17
版　次	2017年10月第1版
印　次	2017年10月第1次印刷

出　版	吉林摄影出版社
发　行	吉林摄影出版社
地　址	长春市泰来街1825号
	邮　编：130062
电　话	总编办　0431-86012616
	发行科　0431-86012602
网　址	www.jlsycbs.net
经　销	全国各地新华书店
印　刷	北京嘉业印刷厂

书　号　ISBN 978-7-5498-3374-0　　　定　价：32.80 元

版权所有　翻印必究
（如发现印装质量问题，请与承印厂联系退换）

目录

Chapter1 餐厅偶遇 001
Chapter2 刁钻面试 008
Chapter3 任务来了 015
Chapter4 深夜纵火案 025
Chapter5 初上赌场 038
Chapter6 谭沫，你不许出事 048
Chapter7 破译密码 059
Chapter8 好久不见，程骏哥哥 072
Chapter9 定时炸弹，还有三分钟 082
Chapter10 洛教授的远见 092
Chapter11 我保证下次好好回答问题 104
Chapter12 连环盗肾案 112
Chapter13 谭沫的秘密 122
Chapter14 滑雪场再遇程骏 132
Chapter15 雪场失踪案 142
Chapter16 谁绑架了赵蓓蓓 151
Chapter17 极品相亲对象 161

别闹，这/不/科/学

目录

Chapter18 女性被害案	172
Chapter19 洛教授做客见家长	180
Chapter20 酒吧巧遇	188
Chapter21 遭遇暗杀	197
Chapter22 谁绑架了谭沫	206
Chapter23 逃离虎口	214
Chapter24 幸福在降临	224
尾声：一次讲座	231
程骏番外：如果是我（一）	234
程骏番外：如果是我（二）	240
程骏番外：如果是我（三）	245
程骏番外：如果是我（四）	252
慕荷番外：如果你在想我	259
洛寻楠姜晓理番外	262

Chapter1 餐厅偶遇

谭沫很平静地坐在这个男人的对面。她今天穿了一件很舒适的连衣裙，素面朝天，随意扎了个马尾。

男人穿了一件灰色的衬衫，领口有些褶皱，袖口的两颗扣子只扣了一颗，他戴着高档材质的眼镜，青色的胡茬和身上藏蓝色的西服很好地呼应。

谭沫默默地打量着眼前的人，没主动搭话，只是拿起杯子喝了口水。

男人的态度明显比她要积极得多，"谭小姐，我是陈楠，很高兴认识你。"这个来相亲的女孩，相貌姣好，气质出众，话好像不多，虽然不知道她来相亲的理由，但是遇见过那么多人，陈楠确定自己这次遇到的是难得一见的佳人！

可是这个所谓的公司部门经理并没有给谭沫留下很好的印象，她眼睛快速地扫了他的全身，回应他："你好。"

"那么谭小姐现在哪里高就呢？"陈楠用手松了松领带。想让自己看起来有那么一丝不羁。

目的性行为。谭沫并没有把自己的想法说出来，而是干脆地回答了他的问题。

"我投了简历，明天要去面试。"

"哦？"男人的声调略微升高，"是哪家公司？看看我能不能帮上忙？"

再一次，目的性行为。

谭沫浅浅地笑了一下："谢谢你的好意，不过不麻烦你了，是省刑侦厅。"陈楠不知道，这个笑容不是给他看的，而是谭沫自己对分析他行为的感受。

陈楠显然没料到这姑娘会是个警察。

"我还不是正式的警察。"谭沫看着他睁大的眼睛，略微上扬的眉毛，决定不再在这里浪费时间，开口的语气很温和，"陈先生，我觉得我们不太合适。抱歉，我先回去了。"说完，谭沫拿起包，准备走人。

陈楠对这种情况始料未及,他想都没想便出手抓住了谭沫的手腕,问:"谭小姐凭什么这么快就下结论?"

她的手腕很细,凉凉的。

谭沫微微皱眉,手腕轻轻一动,便抽了出来。然后她再次面对他坐下来,包放在膝盖上,代表着她时刻准备离开。

"好吧,陈先生,既然你非要我说,我就告诉你好了。"

陈楠看着面前的姑娘一脸认真地看着他,不知道为何,心里竟有些发慌。

她清亮的嗓音听起来很笃定,"你知道今天会相亲,可是昨晚还是忍不住去酒吧喝酒到深夜。你之所以会来相亲是因为你家里人对你逼得很紧,但其实你根本不想结束现在这样的生活。你在计算机编程类的公司工作,现在应该是部门经理的位置。"

平静的话语却像一把剪刀,把他脸上裹着的面具慢条斯理地剪开……陈楠震惊地看着眼前这个漂亮却让他忽然有些害怕的姑娘,结结巴巴地问:"你……你是怎么知道的?"

谭沫道:"这不难,你故意把袖口的扣子少扣一颗,无非就是想把你那块劳力士露出来给我看,你的薪水应当不低。你的手腕处有茧子,手指甲修得很整齐,看得出是经常使用电脑,并且是搞编程工作的。另外,明知道今天来相亲,你还没有把胡子处理干净,即使戴了眼镜也挡不住那么重的黑眼圈,一看就是昨晚熬夜了,并且身上酒味很浓,陈先生,我其实不想乱想的……"

谭沫一股脑儿把话说完,她喜欢高效率处理事情,同时注意到对面男人的脸色越来越难看,他生气无非是她都说中了。陈楠忽然很愤怒地吼了一嗓子:"怎样?就算你都说对了又怎样?"他的喉结动了动,却好似费了很大的力气,才把想说的那句话压下去。

谭沫不打算再浪费时间了,她轻轻地点了点头:"那么,再见。"说着提着包走人。

关于陈楠的提问,她并没有给出脑子里全部的答案。

嗯,做人要厚道。

于是,这场相亲,比她想象的要晚两分钟结束。

在相亲的西餐厅喝了一杯水后,谭沫打车直奔一家馄饨店。可是,来的时候,

chapter1 餐厅偶遇

还是座无虚席。

这家店是她还没去美国留学前,好朋友慕荷介绍的。

谭沫扫了一眼,忽然,在靠墙的位子,一个背影映入眼帘。他的对面正好还有两把空椅子可以坐。

谭沫愈走愈近,那有些模糊的轮廓渐渐清晰。

笔挺的背,高级材质的西装,专注地在看手机。

他好像感觉到她走过来,侧头,看了她一眼。

谭沫的视线与他的视线相遇,一顿,笑了一下,然后坐在了他对面。

他打量了她约两秒,继续低头看手机。

长而骨节分明的手指在屏幕上轻轻滑动着。

很明亮的一双黑眸,可是目光却冷漠得很。

他的桌子上没有等着点餐的号码牌,只有一杯清水,谭沫很确定他是在等人,而且,杯中的水已经少了一半,看来是等了有一会儿了。

觉得自己这样坐下来有些突兀的谭沫态度温和地询问:"先生,我和你拼一下桌,等你朋友来了,我就马上让地方。你看行吗?"

语气舒缓。实际却是陈述句。

他看了她一眼,点头,没有回答。

这是同意了。

谭沫有了座位,心情很愉悦地叫来了服务员,点了一碗三鲜馅儿的馄饨。听慕荷说,三鲜馅儿的最好吃。

等馄饨的空当,谭沫有些忍不住地抬头看眼前的这位男士。

在这家小小的馄饨店里,他穿着一身考究的墨色西服,十分专注地看着手机,好像是在看新闻。

安静不受打扰,与这个热闹的小店格格不入。

好像察觉到了她的注视,他很不客气地用手指敲了敲桌子,声音清脆。

谭沫微赧……

"那个,先生,长时间用那么小的屏幕看新闻,对眼睛不好。"

他瞥了她一眼,没有停下动作。

谭沫觉得自己太多管闲事了……

她决定好好吃她的馄饨。

这时候，小店的门开了，一个穿着艳丽的女人怀抱着一个睡着的婴孩，牵着一个五六岁的孩子，走了进来。

她边往店里走，边想找一个空座。

或许是因为她身上刺鼻的香水味让人不舒服，他抬头看了她一眼，倏尔，眼睛轻轻眯了眯。

屏幕上的界面迅速被切换。

手指飞快地敲了几下，然后他拨了个电话，电话那边很快就有了回应。

她听到一个低沉利落的男声。

"看短信。"

整个过程完成用了不到两分钟。

谭沫略好奇地观察着他的一切动作，再看看走过去的水蛇腰女人。顿悟！

那婴儿看起来也就五六个月大，女人的身材却恢复得完全没有赘肉。通常，已婚女性的臀部在当了妈妈后，会有稍稍的下垂。谭沫心上一紧。正琢磨着该怎么处理的时候，抬眸，正对上他略有深意的眼神。

男士忽然站起身，谭沫注意到他很高偏瘦，身姿挺拔，快走两步，就来到了那个女人身边。

"女士，如果不介意，我和我女朋友，可以和你拼一桌。"

他的嗓音偏低并且温和，让人听起来很安心，那头顶上已有些汗的女人很感谢地随着他走了过来。

他说的话谭沫自然都听到了，而且她也已经明白他为何把这女人引过来，想了一下，便有了打算。她眼角弯弯，上前，很自然地挽住了他的臂弯。

他有微微的停顿，随后，任由谭沫坐在了自己旁边，示意女人和她的孩子可以坐在对面。

女人点过餐后，看了他们两个一会儿："真是郎才女貌。"

正在吃馄饨的谭沫很不应景地呛了一下，身旁的男士状似体贴地抚了抚谭沫的背，声音在她头顶响起，"慢点儿。"

女人有些疑惑地继续问："不过，你们两个人怎么就点一碗馄饨？"

谭沫刚想着要如何解释，那个本该保持沉默的人却清晰地回答："她说要减肥，只吃三个。"

说完，身子向后靠在椅背上，双手交叉地握在一起，目光里一派清明，十分君子。

她一米六八的个子，体重九十多斤，在他眼里竟然还要减肥……

这年头，当女人，真难……

谭沫心下叹气，要敬业……

然后，她慢吞吞地把美食推到了男人面前。

"嗯……我吃饱了……"

他很自然地拿起她的勺子，舀起一个馄饨，吃下去。

谭沫根本没注意到他用的是她的勺子，如果看到了，她一定会感叹：这位才是真正敬业！

她的目光都集中在那两个孩子身上。心想着要找个机会出去打电话报警。

她一副好奇的模样，盯着那个五六岁的男孩，好似在逗他："小朋友，告诉阿姨，你今年多大了？"

小男孩眼神空洞地望着桌子，根本没有回答她。

女人慌张地岔开话题："唉，这孩子不喜欢和陌生人说话。你别介意。"

谭沫摇摇头，她当然不会介意。

倒是，眼前这个女人的表现和她想的一样。

谭沫侧头，发现眼前的男人正看着她。

他没说话，谭沫却觉得自己所想的好像都能被他洞察。

之后，他们便再没搭话，只是这男士吃馄饨的速度极慢。没一会儿，女人的馄饨也上来了。香喷喷的，让原本就没吃饱的谭沫更饿了。这种感觉大概可以用"望眼欲穿"来形容。

女人快吃完的时候，门被推开了。

三个穿警服的人冲了进来。

女人一看，马上牵起孩子的手，要离开。

身旁的男人却忽而站了起来，他伸手挡住了她的去路，平淡道："浪费粮食，可不好。"

这时候，那三名警察已经跑过来把女人制伏。

小店一下子陷入了慌乱。

女人怒吼："你们干什么？凭什么抓我？"

一名警察把那个婴孩抱起来，冷冷地看她。

萧哲很没好气地说了一句:"凭你拐卖儿童!"

警察把女人带走后,谭沫抱着胳膊,看着警车远去。渐渐地,目光却不知不觉飘向了很远的地方。

洛涵站在警车旁,笔挺如青松,顺着她的目光也看向了远方。

萧哲上前拍了拍他的肩膀:"洛教授,你也太厉害了,吃个饭都能抓住人贩子!"

洛涵收回目光,道:"那女人到处都是破绽。"

萧哲不明白地问:"你怎么看出来的?"

"她自己衣着鲜亮,可两个孩子的衣服却很破旧;她怀抱那个婴孩的姿势不对,正常那种姿势,怀里的孩子应该会很不舒服地动,更甚者会哭。可是,那婴儿睡得很安静;她手牵着的那个男孩就更奇怪了,目光呆滞,同他说话,他一点儿回应都不给。这不是起码的礼貌问题,而是这两个孩子都被下药了。"

萧哲恍然大悟,果然是洛涵啊,敢情别人在他眼里都等同于裸奔。

"她一眼就看出来了。"洛涵给出评价的时候没有任何情绪波动,听不出来这有多大的褒义成分。

"谁?"萧哲不解。

"她。"洛涵伸手指了指不远处的谭沫道。

"她看到那个女人的背影就知道她有问题。"洛涵补充,"她比你现在给我安排的那个助手强多了。所以明天的面试,我来主审。"说完,长腿一迈,向谭沫走过去。

察觉到他的靠近,谭沫回头。

街上的霓虹,映在他墨色的西装上,打出炫目的颜色。

"谢谢。"他很真诚地说。

他向她伸出手,说:"我叫洛涵。"

"谭沫。"她轻轻触了触他的手,两只手都有些许的微凉,指腹间还来不及交换着彼此的温度,一触即收。

"你可以回去继续吃你的饭了。"

谭沫看了看他,又看了看他身后一脸好奇的穿着警服的男人,她温温婉婉地笑了笑:"没关系,那馄饨算我请你了。再见。"

说完,一溜烟就钻进一辆出租车离开了。

萧哲满脸不怀好意地靠过来:"我说洛教授,我怎么刚刚好像听见美女拒绝和你共进晚餐呢?"

洛涵回他:"我想,她是不想和你共进晚餐。"说完,折回了小店,打算再点一份三鲜馅儿馄饨。

萧哲在他背后心情很愉悦地说:"你什么时候认识的那么漂亮的姑娘,能不能介绍给我认识认识啊?你知道咱们厅始终是僧多粥少啊!"

洛涵没回头,答了一句:"即使有粥,也不一定能轮到你。"

萧哲默然,十年如一日,不是对手啊……

Chapter 2 刁钻面试

没吃饱的谭沫回了家，天色还不算太晚，她进厨房给自己热了杯牛奶，又煎了个荷包蛋做了份三明治，在餐厅解决了自己的温饱问题后，她满足地摸了摸小腹，打算回卧室。

一楼的客厅里，谭母正坐在沙发上看一个火遍大江南北的相亲节目，看到谭沫从厨房出来，兴冲冲地向她摆手，示意她过去。

谭沫很听话地走到母亲身边，同她一起看电视。

谭母开口："沫儿，今天相亲怎么样？"问的虽是谭沫，可是眼睛却没离开过屏幕。

谭沫想了想："嗯，还好。"

哦？

谭母一听，喜上眉梢："怎么样？他对你挺满意的吧。"谭母对自家女儿绝对是信心十足，她女儿长得漂亮是整个大院都出了名的。

谭沫喝了口水，眼睛看着电视机里面那些浓妆艳抹抑或清新俏丽的脸，点了点头。

谭母一瞧，这是有戏？她最担心的就是这个博士毕业的女儿找不到合适的对象，虽然她年纪不算太大，可是，好男人要趁早下手！

"那你们结束相亲的时候，怎么说的啊？"谭母好奇地问。

谭沫在看了三分钟电视后，眉头微皱，起身说："哦，我回答了他的一个问题。"

她看着母亲的眼睛，十分诚恳地说："我告诉他为什么我会判断出他昨晚去了酒吧喝酒。"

谭母："……"

说完，谭沫转身欲上楼，谭夫人在后面语气不善地说："你给我坐下，看完这个表白再走。看看这姑娘会不会跟人家走。顺便,你也学习学习怎么说话,唉,这次你的相亲肯定又泡汤了!"一副恨铁不成钢的表情。

谭沫扫了一眼电视里的男人和女人。心里叹气:这表白的是个男的啊……对她而言又不具有可操作性。

可是,她还是耐着性子说:"这女的虽然看着这男的,可是目光坚持不了三秒便移开视线,她没有梳很重的发髻,身子挺得很直,头略向后。再看她的手,一直紧握成拳头状,这在心理学上表明了她的抗拒,怎么可能答应跟那男人走?"语毕,上了二楼。

随后,电视里就传来了《可惜不是你》的经典歌声。

明早就要面试,谭沫窝在沙发里,手里滑着鼠标,看着电脑里她准备的自我介绍。把资料看个差不多,她站起身,拿起了床头上摆着的一张合照。

合照中两个俊朗的男孩中间夹着一个乖巧的小女孩。其中一个男孩一只手拥住另外两个人,笑容很阳光,另外一个男孩浅浅微笑着,小女孩则看着镜头。

表情好傻。

谭沫看了一会儿,把照片摆放到原来的位置,指腹拂去相框上的细灰,然后躺到床上。

深呼一口气,开始睡觉。

辗转反侧,数羊数牛,更换睡姿,仰卧起坐……还是睡不着……

谭沫想,她可能是紧张了。

她拿起手机看了看:唉,五点了。

明早九点就要开始面试……

她叹了口气,每次不管怎么失眠,她从来都不吃安眠药,因为那东西对人的大脑有刺激,她认为时刻保持清醒的头脑对自己很重要。

她动作很轻地到楼下喝了一杯牛奶,决定浅眠一会儿再起床。

再睁眼已经七点半了,谭沫揉了揉眼睛,迷迷糊糊地就去洗漱,找了件看上去比较得体的套裙给自己武装好,然后拿着钥匙出了门。

谭沫到了之后,才发现自己竟然是最后一个到的,而且,前来面试的竟然全都是女的!

在这个男女比例明显失衡的刑侦厅：这……

她一时没想明白发生这种情况的逻辑何在。

其实是在第一轮筛选简历的时候，所有的男士都被拒掉了。

来面试的姑娘有的化着精致的妆，有的没涂什么胭脂粉底，有的紧张地在背稿子，有的则打量着周围的其他人，看上去气场较强。

她随手把本来扎好的马尾放下来，又抓了抓发梢，她本不应该觉得害怕，可是自己的行为却无法让她解释这一点。

还是在意的吧，她要走上刑警这条路。

来参加刑侦厅犯罪心理研究室面试的人坐在走廊里等着，可能是因为刑侦厅男多女少，路过的人总是好奇的，或多或少地看看这些各式各样的姑娘。

谭沫把耳机一塞，决定先眯一会儿，反正不急，她排在最后一位。

就这样，听着简简单单的钢琴曲，她慢慢地睡着了。

萧哲从走廊路过的时候，正好看到了她。

面前的女孩坐在长椅的最边上，她的头发很长，发梢微微卷着，闭着的眼睛上，长长的睫毛像一把整齐的小刷子，她就那么不说话地斜靠在那里，却让萧哲觉得很美好。

萧哲眯了眯眼睛，偷拍了一张，微信发给了他的兄弟洛涵，照片下面还附着一句话：

馄饨小姐在外面睡得很香啊！待会儿面试的时候一定要手下留情！

不一会儿，微信来了新消息：

你可以更无聊一点儿，帮我把她叫醒，下一个就是她了。

萧哲把这姑娘叫起来的时候，她默默地看了他一会儿，半天说出的几个字，让回到办公室的萧哲笑了整整一个上午"先生，你T恤穿反了。"

然后她整理了一下裙子，深呼了一口气，起身，向来叫她面试的助理微笑着点头，接着，进了面试的房间。

谭沫不知道的是，在她在进来面试之前，一向少言少语，低调行事的主审官洛教授会起身，他向坐在最边上的人说："李师傅，我们换一下座位。"

Chapter2 刁钻面试

看着眼前基本快空了的杯子，洛涵微停顿，手指有含义地敲了敲桌面，算了，降低一下难度。然后整个人向后靠在椅子上，开口："王警官，等一下麻烦你来主审。"坐在另一方向最靠边位置上的王警官不明所以，但还是应道："好的，我来。"看了几眼接下来要进来的这个姑娘的资料，他微微咋舌，这可真是金灿灿的学历啊！

谭沬进来的时候，屋子里很安静，对面一共有五位面试官，此刻正严阵以待。

哦？洛涵？

他也是刑侦厅的？想到昨天他那种做事风格，谭沬承认，这样的人在刑侦厅工作，她觉得祖国会安全许多。

谭沬鞠了一躬，开始做简单的自我介绍。

面试官们翻着她的简历：十六岁进T大，二十岁开始到P大深造心理学，二十四岁拿到博士学位后，在美国工作了两年，今年7月刚刚回国。在美国竟然还有几次重要的实际画像经验。

王警官看着眼前这个外表柔弱，笑起来温婉可人的年轻姑娘，感叹一个如此温和的女孩竟然有这么不凡的履历，他开口问的第一个问题，让准备充分的谭沬愣了一下。

"你在美国有那么好的工作，为什么突然在两个月前回国了？"王警官问的问题正是在场的除洛涵外的另外三名面试官好奇的。

一直站得笔直的谭沬微微松了口气，专业度没有她想象的高，交握在一起的双手也微微下垂。

洛涵捕捉到了她动作的微小变化：这么快就放松警惕，并不是明智的做法。

谭沬解释道："其实，是我母亲非常担心我嫁给外国人，就把我给骗回来了。"

坐在王警官旁边的一位中年女警官饶有兴趣地问："你母亲是怎么骗你的？你没看出来？"

谭沬无奈道："她给我打电话，说她得了乳腺癌……"

在场的这位女警官忽然就笑了。谭沬答完了，余光不由得看向洛涵的方向。

他看上去很年轻，坐姿在一众年长的前辈面前并没有很拘谨，他靠在椅背上，一只手搭在桌边，向内，面前摆着的是她的简历。

在她看来，这样的动作，是控制欲的表现。

今天的面试题目其实并不是接下来的这一个，之前一直都是洛涵在主审，他可怕的洞察力和犀利的问题，让来的那些姑娘一个个都战战兢兢。最近有一个重大案件一直很难处理，萧哲找了他在国外当教授的朋友回国帮忙协助调查，顺便帮他们完善之前建立的那个无人问津的心理研究室。而此次面试就是为这位教授找一个合适的助手，下一步的重要任务则是急需一名女搭档。

王警官向谭沫陈述面试题："你的题目是：请找出我们几个人谁是这一场的主审，并给出充分的理由。"

一直看起来很随和的谭沫在听到题目后，眸子里满是认真，然后她不疾不徐地观察着在座的这五个人：

对面最左面的那个男人，是刚提出问题的警官，他双手拿着她的简历，时不时再翻两下，他的身体稍向前倾，有轻微的佝偻，眼角略向上挑，今天他穿了一件T恤，脖子上面有一排整齐的黑线将皮肤分成了上下两种颜色。

他旁边的是那位中年女警官，她的头发梳得一丝不苟，没有一点儿碎发，耳垂上的金耳环虽不是当下流行的款式，可是看起来很亮，她的指甲修得很整齐，她端起杯子喝了口水，食指的指腹明显要比其他指头扁平。

而正中间的是一个身材微胖的男人，头发乌黑发亮，耳朵上方的发丝微微翘着，他面前的东西摆得很整齐，资料放在左边，水杯放在右边，水杯里的水……基本上没有动过。

他的旁边是从进门开始，就一直没有笑过的一名男警官，他穿着衬衫，汗已经浸湿了大部分，人却一直坐得笔挺，目光一直锁在自己身上，纹丝不动。

最右边的，就是洛涵了，他向后靠在椅子上，态度说不上是认真，他面前的水摆在正前方，那只搭在桌子上的右手在她看向他的时候忽然抬起，抚上水杯的杯壁，直视她投过来的目光。

坦然，没有任何闪躲。

谭沫沉默了一会儿，再抬眸的时候很确定，伸手指向洛涵的方向：

"这位先生，你就是本次的主考官。"

洛涵姿态没有变化："理由。"

谭沫很轻快地反问："你让一个网络工作人员、一个档案管理人员、一个狙击手和一个厨师陪你一起来审，那又是什么意思呢？"

在场的人一愣，他们把视线移到洛涵身上，又仔细地打量着眼前的姑娘，很好奇她为什么给出了这么准确的答案。

谭沫微笑地看着洛涵，想从他的眼睛里获得一丝认同，可是，他却泼了她一盆冷水："不好意思，你答错了。这一场的主审是你对面最左边的那个王警官。"

错了？

谭沫注意了其他人的表情和反应，确定自己没有错，可是偏偏他却说她不对。

难道是在故意刁难她吗？

可是，谭沫还是决定把她的想法陈述出来，她整理道："最左边的王警官，他有轻微的佝偻，说明他经常做向前的姿势，同时，眼角略向上挑，那是因为他平时都戴眼镜，他今天戴的是隐形眼镜，可能是不习惯，他眨眼的频率很不稳定。其次，今天他穿了一件T恤，可是，脖子的皮肤却分色明显。是因为他平时在办公室穿衬衫，很少能晒到下面。

"我推测女警官是做文职类的工作，而且她个性严谨，她手指翻我简历的动作很熟练，就像做会计的人写的数字样子很一致一样，当我叙述关于我自己的情况的时候，她很准确地就能翻到在第几页。她的食指指腹有些扁，那是因为她常年习惯了用食指来翻页，正如她刚刚翻我的资料一样。而刑侦厅里的文职工作，大概是档案管理类的。

"至于你身边的那位男士，他从开始就一动不动，今天屋里很热，汗水浸湿了他大部分衣衫，可是他仍旧纹丝不动。他的眼睛一直看着我，不管我有没有看他。这是典型的军人，典型的狙击手吧。

"中间的这位，就更有趣了，我不明白为什么食堂的师傅也要参加审核。"

谭沫不好意思地冲李师傅笑笑："师傅，我的话没恶意。我判断你的身份是因为你身上有明显的油烟味，你袖口上还沾了些亮亮的晶体，估计是糖或者盐，而且，你耳朵上方的那两小撮头发微微翘起，应该是总戴着厨师帽。"

谭沫回看洛涵，语气略挑衅："你在我进来之前，故意和中间的这位师傅换了座位，然后故意把桌子上的水留下来作为破绽。天气这么热，胖师傅很热，可是他面前的水基本上是满的，而你面前的水却喝光了。还有，刚刚我回答王警官的问题时，他总是时不时地看向你。"

她停了一秒，加重了语气。

"所以，我才推断你是主审官。"

有理有据！

他一直在观察她：足够聪明，举止得当，不卑不亢，气质出众，长相——符合接下来这次行动的要求。从各个方面看都很合适。只是，他从昨天见到她，就觉得这女孩有些地方不对劲儿。他还没有足够的证据证明自己的猜想，但是恐怕他是要有偏见的：如此出身，必骄不可耐。

洛涵安静地听着她陈述完，给了评价："说得没错。不过，刚刚王警官的问题是：这场的主审是谁。难道你会看不出来整场的问题都是他在问吗？我想，谭小姐，你可能过于自信了。"

谭沫忽然觉得心里憋了一口气，她站在原地，背脊很直，手紧紧地握在了一起。

这人是在刁难她！这根本就是偷换概念！

看到她的不满，洛涵也没有再更正其他："那，今天的面试到此结束，你回去等通知吧。"

明明是一副主审官的口吻！

说着，洛涵示意所有人可以走了，大家一边收拾东西一边看着谭沫，露出无能为力的笑。

洛涵没再理她，任由她站在那里生闷气。

抗打击能力还不错。

谭沫看着他的背影，低眸，唉，最近的人品可能都被相亲用光了。

时运不济，命途多舛啊。

Chapter3 任务来了

有些郁闷的谭沫在当天晚上就接到了通知。明天下午两点半到之前的那个房间参加复试。

谭沫想不通,不是认为她的答案是错的吗?为什么还给她提供复试的机会?她弱弱地总结:还想再刁难她一次吗?

下午,谭沫特意提前半个小时到刑侦厅。外面的椅子上就她一个人。

冷冷清清的,偶尔有几名年轻刑警走过,他们会微笑着冲她点点头。谭沫想,这些人的态度可真友善,虽然,她还不是他们正式的同伴。

这是因为她不知道,她昨天面试的表现已经被食堂的李师傅大肆宣扬了:有个姑娘特别厉害!是唯一进了复试的人!

还有五分钟就该正式复试了,可是,房间的门依然纹丝不动地锁着。

电话响了,是慕荷!

听筒那边慕荷的声音一如既往地温柔中暗藏杀机:"沫儿。"

"嗯,慕慕,怎么突然想起给我打电话了?"

"沫儿,你前天去相亲,给人家展示你的专业知识了?"慕荷的语气很平淡,可是,却让谭沫觉得有些心慌。

"嗯……我只是给他解释了一下他提出的问题。"谭沫特意举了个例子,"就像有个人要是问你为什么地球会自转,你是不是也会用严谨的专业知识来回答他的问题?"多么诚实的回答。

慕荷:"我的领域是凝聚态物理,不是天体物理。"

谭沫:"……"

小时候大院里有这么一句话:谭家小姑娘安静,慕家小姑娘腹黑。一个不开口说话,一个开口不说人话。

"你相亲失败的结果是,你妈妈今天来我家和我奶奶聊天,她俩一整天都在讨论你相亲的问题,顺带还讨论了我。"慕荷说话的声音很好听,轻轻柔柔,"沫儿,作死,千万不要连累我。"说完,她轻轻地又加了一句,"你知道我了解很多种死法。"

谭沫语气略弱:"慕慕啊,我还要复试,先不说了。哪天见面聊。挂了。"

电话那头"嗯"了一声,附加了一句,"沫儿,保重身体。"

谭沫十分淡定地挂掉电话。

她哪舍得让一个整天研究高尖端科学的学霸来决定她是怎么个死法?

回头,却看到洛涵已经站在了她身后,手里拿着一份卷子和一本厚厚的卷宗,用陈述句的口吻讲了一句疑问句。"讲完了?那我们可以开始了。"

谭沫觉得有些尴尬。随着他进了房间,里面摆了两把椅子,中间放了张桌子。

"坐。"洛涵坐下后指着另外一把椅子。

谭沫略迟疑地坐了下来。不知为何,自从昨天面试后,她总觉得见到洛涵,应该绕行。

敏锐如洛涵当然知道谭沫这顿了一下的反应代表什么,他把试卷递给她:"一套卷子,你有三个小时的时间。"说完,扫了一眼谭沫细弱的手腕,把自己的手表摘了下来,摆在了桌上,然后不再看她,研究起了手中的卷宗。

谭沫看了看那块精致的男士手表。

十二颗细小的钻石,简约却典雅的表盘,真皮质地的表带,还有那个熟稔的品牌。她真不觉得警察是一个如此高薪的职业。

洛涵的眼睛没离开卷宗,却开口说了一句:"你已经用了两分钟。"

谭沫只好将注意力转移到卷子上。

谭沫沉默:一套卷子竟然用了四种语言,且均匀分布……

好似察觉到了她的惊讶,洛涵轻轻地敲了敲她的卷子:"谭小姐,你在你的简历里提到了你的外语能力,这只不过是借机考查一下,这么简单的题目描述,你应该不会看不懂。"

谭沫沉默。

题目涵盖的范围很广,涉及毒品、法律、地理、军火、历史、逻辑分析、心理画像等。

谭沫认真地做着这份很难搞定的复试卷子,心情却愈来愈好。这也许就是俗称的虐点较高吧。

　　洛涵时不时扫一眼答案，注意到她专注的模样，安静地只看着题目，偶尔还用笔敲敲纸面，眉头一锁马上就能舒展开来。黑色的长发和白皙的皮肤，面容姣好。洛涵承认，他觉得谭沫的样貌是让他看着舒心的，也是有利于接下来的任务的。

　　她边做题，他边看她的答案。

　　到了最后一题，谭沫看着卷子上的那四个选项，犹豫不决。时间马上就到了，可是，这四个选项，她总觉得没有一个是对的，或者准确地说，这个题目出的逻辑就有问题。

　　抬头，看到洛涵正看着她如何做这道选择题，谭沫说不出来地又紧张了。

　　大脑忽然空白了。

　　在交卷前的那一刻，她随意地把铅笔一扔：好的，就选D。

　　洛涵接过卷子，很认真地在最后一道题上画了一个红叉。

　　"可惜，错了一个。"

　　谭沫看着那个红叉，她很执着地问："那答案应该选哪一个？"

　　他不答反问："你自己不是应该很清楚吗？"

　　"答案就是什么都不选？"

　　"嗯，所以，可惜了。"

　　可惜你不能考满分。

　　谭沫看着那张挨千刀的卷子，问："这卷子你出的？"

　　洛涵摇头，说："不是，不过，我也答过这张卷子。"

　　谭沫预感自己不会喜欢他接下来要说的这句话。

　　"并且，我拿的是满分。"说完，洛涵把卷子和卷宗一起收好。看着谭沫的脸色开始变得难看，雪上加霜，"你还有很多要学习的。"

　　虽然是事实，可是由他指出来，她觉得更加血淋淋。

　　谭沫弱弱地问："那我合格了吗？"

　　洛涵笑了，她还不知道她是唯一进了复试的？

　　信息闭塞果然会影响对事件的判断，这点以后再告诉她好了。

洛涵没有回答谭沫的问题，而是告诉她："我饿了。"

谭沫：……

这之间有什么必然的逻辑关系吗？

你饿了，和我有什么关系？

就这样，谭沫不知不觉地和她的这位准上司一起进了一家中餐馆。

小小的包厢里，洛涵点的东西并不多，却样样精致。

他吃东西的速度不快，能感觉到他的家教很好。

可是，谭沫坐在他对面，却食不知味。

这复试，是过了还是没过？杀人最讨厌的就是凌迟处死，缓缓地，让人慢慢地被折磨死。

她盯着他，不想放过他的一举一动。

可是行为分析，对眼前这位男士——根本没用。

他动作熟练地将螃蟹肉一点点地剔出来，再看那被肢解过的螃蟹，竟然像没动过一般。

终于，这火辣热烈的注视让洛涵抬头看了她一眼："你是觉得我比这饭菜更有吸引力？如果你想以色当食，我不介意。不过，你可以等我吃完之后再看我，不然，"他故意向谭沫的方向靠了靠，眸子也锁住她，嗓音压低，大言不惭，"我会不好意思。"

谭沫的脸一下子就红了。

她轻咳了两声，自我掩饰："我还不饿……"

洛涵退回原来的距离，不再看她，说："嗯，那你自便。"

这顿饭，饿得前胸贴后背的谭沫就这样看着洛涵"慢吞吞"地，以低于龟速的速度把面前的几样精致菜品悉数送进口中。

终于等到洛涵吃完了，谭沫觉得她就要"出师未捷身先死"了……

饭后，洛涵扫了一眼很没精神的谭沫，说了一句："晚上来我家。"

不会想歪的人，应该都不是正常人。

可是，谭沫却心有余悸地问了一句："难道还有加试吗？"

他若有所思地看了她一眼："是加班。"

谭小姐心里的石头终于落地：她被录取了！

洛涵的家在外环的一座高级别墅区，虽然离市中心很远，但是环境非常安静，谭沫评价：嗯，很符合他的气质。

进门前，洛涵特意将车窗放下，示意保安记住谭沫这张脸。当然，这张脸，还是很容易记住的。谭沫却感慨道：教授当真是一个高薪职业……

洛涵住的别墅，装修得典雅而别致。屋内的装潢偏冷色系，层层叠叠的窗帘将窗户遮得严严实实，棚顶高挂着的繁复水晶灯将屋内照得通明，一张巨大的长沙发横在客厅，大得不像话的电视机挂在墙上，还有一把老藤椅，放在了沙发旁边，与这所房子的整体感觉格格不入。

专业习惯让谭沫看着这些整理得规规矩矩的东西，心里暗暗品评洛涵这个人：低调，略倨傲，做事干净利落，逻辑性超高……还没等她总结完，洛涵便开口说："与其你通过观察来研究我的性格，你大可以直接问我来得到更准确的答案。"

谭沫觉得很有道理，轻轻凑过去："嗯，那你简单总结一下你自己吧。"

她倒是毫不客气。

洛涵很高，站在谭沫面前，阴影恰好可以将她整个人包裹住。

他回答也很不客气："你问我，我就要回答你？"

谭沫打算学以致用："那就不用了。我自己看得懂。"

"谭小姐，你是在说笑吗？"

你看得懂？

谭沫煞有介事道："嗯，你看，你这房间摆放的东西，每一样都很整齐，还有……"

没等谭沫说完，洛涵就打断了她："谭小姐，我家每天都会有钟点工来打扫。"

谭沫哑然，然后十分淡定地开口："所以说啊，这个打扫的阿姨性格很严谨……"

洛涵不打算在这个问题上再浪费时间，他正色道："你坐沙发上等一下，我去拿资料。"

他从书房回来，手里除了拿了几本厚厚的卷宗外，还有一副扑克牌。

洛涵把关于这个案子的卷宗递给谭沫，说："黄宗祥是N公司的董事长，也是我们这次案件最关键的人物之一。N公司私下倒卖毒品还有走私枪支牵扯的金额庞大。最近他那边应该是进了数额巨大的毒品，但是具体藏在什么地方我们不知道。我们已经了解到的是，那些毒品正在慢慢流通到市面上，就目前抓到的那些小贩子，我们推测这次他进的毒品数量惊人。同时黄宗祥和美国那边的一个大毒枭有很深的渊源，其实，我们也是想借着这次机会，拿到可以逮捕他的证据，把他送进监狱的同时搜集到更多的资料，也有助于FBI（美国联邦调查局）在美国那边办案。"

洛涵将重点的一些页铺在桌子上，继续说道："黄宗祥这个人，很好色，也很爱赌博，这个月的十九号，他会去澳门赌场，而二十七号，是他的六十岁生日。关于他的家庭状况，黄宗祥只有一任妻子，可是他的妻子在很多年前去世了。而黄珊珊，是黄宗祥唯一的女儿，但是他们父女的关系并不好。在他妻子过世后，黄宗祥并未再娶妻，却花名在外。而这次生日会，一向不出席有关黄宗祥任何活动的黄珊珊也会来参加。至于原因，可能是她想把热恋的男友借此场合正式对外公布。"

洛涵顿了顿，看到谭沫正认真地研究手里的材料："所以，这次你的任务是在澳门赌场里吸引他的注意。并拿到他生日宴席的邀请函。这样我们就有机会进入他的家里，技术部的同事入侵他家的内部监控发现，在黄家老宅应该是有一间屋子里藏有我们想要的资料。"

谭沫心里分析着洛涵的话，重点在于吸引黄宗祥的注意，可是……

"可是，我不会赌博。而且，你确定要我去吸引那么个老头子的注意？我连续两个月相亲八次，没一次成功的……"她连一个正常年龄的普通男子都吸引不了，让她去吸引一个年过半百的老狐狸？怎么看，都觉得这个可行性很低。

洛涵把扑克牌打开："没关系，赌博可以学。"

至于那方面，这记录着实很让洛涵有些吃惊，转念一想，却又合情合理。

他随口提了一句："没关系，他若看不上你，我们就不走这条路。"

"还有planB（B计划）？"谭沫问道。

洛涵简单地"嗯"了一声，转移了话题。

高中时代经过奥数的培训和一路名校的经历，让洛涵对于谭沫的数学功底有了一定的信任度。可是谭沫的心理压力却很大。

"你把澳门赌场里常见的这几种玩法，弄懂即可。主要是把21点玩好。"说完，洛涵把扑克牌摊在了沙发上。

"黄宗祥最喜欢玩21点，因为他觉得21点这个玩法可以充分体现人脑的聪明程度。但是，其实只是基本的概率论应用。而这个，也是你用来接近他、吸引他注意力的最佳方法。"

洛涵随意抽出一张牌："其实21点的玩法，主要是用数学的方法来估计，你是要加牌还是不加牌。6以下的牌就算小牌，7以上的牌就算大牌。一张21点的赌桌大约有十个座位。你要做到通过对概率的估算，来掌握整张赌桌要不要补牌的话语权。你要记住每个赌局小牌出了多少，大牌出了多少。然后来算，接下来是要补还是不补。"

谭沫有些犹豫地开口："不好的情况是我无法掌握话语权，好的情况是，我能够掌控这张桌的赌局，但是我怎样会避过dealer（发牌人）的眼睛？"

很好。

洛涵继续说道："黄宗祥是个老玩家，谁是高手，几场下来，他心里就会有数。对于这方面，他可是'求贤若渴'，基本上一些厉害的玩家，他都有结识。这也说明他本身的牌技很不错。"洛涵把牌重新洗了洗。

"那我们开始吧。"

谭沫融会贯通的能力，让一直沉默的洛涵多看了她两眼，嗯，很聪明，也足够机智。

练习有一会儿了，本来消失的饥饿感再次席卷而来，且来势汹汹。

谭沫下意识摸了摸空空的肚子，她看了一眼还打算继续训练她的洛涵，她想开口问他要不要吃点儿夜宵，却不知道该如何称呼他。

洛教授？老板？老大？

洛涵瞥了她一眼，以极淡的口吻说："叫我的名字就可以。"

这家伙是神人吧……

"洛涵，你要不要吃夜宵？"

"冰箱里有吃的，自便。"

"谢谢。"说完，谭沫便奔向了厨房，看着那抹身影，洛涵把头靠在沙发上，闭目养神。

要不要把这次任务的危险性和她强调一遍？她会不会被吓到然后打退堂鼓了？可是，她是他见过的最适合这次任务的女性：不论外在还是内在。

　　本来这次招助理的目的并不是让她来做这项任务，洛涵本打算亲自上阵，可是，当他在餐馆里第一次遇见谭沫的时候，这姑娘的反应速度、判断力、观察力和逻辑分析能力，就让他决定，这种任务还是女性来做成功的可能性最大。他本来不期待面试的助手可以像她这般优秀，没想到在翻简历的时候，竟然在最后一份看见了她！

　　洛涵知道，这次，是上帝在眷顾他。

　　谭沫在冰箱里发现了不少好食材，金枪鱼罐头、芝士、黑胡椒、火腿、鸡蛋，应有尽有。

　　正在她忙着煎鸡蛋的时候，洛涵出现在了她身后，他把两盒牛奶倒进杯子里，放进了微波炉，睨了她一眼："难道你想喝冰牛奶？"

　　冰牛奶对胃非常不好。

　　谭沫说："可是加热会破坏牛奶的营养结构。"

　　洛涵没理她，看着面前的谭沫娴熟地煎鸡蛋，开罐头，撒黑胡椒。不一会儿，三份很有卖相的三明治便被端到了餐桌上。

　　刚想伸手的谭沫却被洛涵叫住了。

　　"我想，用玩牌的方式来分这三块三明治是再好不过的了。"洛涵悠然自若地把扑克牌一摊，"赢一局就吃一块三明治。嗯，开始吧。"

　　谭沫无语，她可以发表一下意见吗？

　　这是她的劳动成果。

　　"这是我冰箱里的食材。"好像猜到了她心里的小九九，洛涵一边发牌，一边提醒她。

　　前两局，都以谭沫的惨败而宣告结束。洛涵理所当然地解决两块三明治，看着可能随时会饿晕的谭沫，决定放她一马。

　　在以三明治为筹码的比赛中，谭沫竟然赢得了最后一块三明治，被打击了一晚上的自信找回了一点点："看来我还是很厉害的。"她还故意再次确定，"竟然这么快就可以打败你了。"

　　洛涵"哼"了一声："那我们可以再试试。"

结局显而易见。

谭沫很疑惑地问:"刚刚你为什么故意输给我?"

答案简单到充满暴力美学。

"因为我饱了。"

谭沫在果腹后逃离了洛教授的家,可是,她为什么要拒绝洛涵送她回家这个方便条件?她走了好远还没看到一辆出租车……太失策了。

谭沫走后,洛涵等了约十分钟,去车库提了辆车。

刚刚谭姑娘义正词严地开口:"没事的,我自己能解决的事,一般不麻烦别人。洛涵,你就先休息吧,明天见。"如此信誓旦旦。

洛涵心想:他是不是应该怀疑一下她的观察能力,刚刚他开车载她进来的时候,她难道没发现,这个别墅区附近根本就很难打车吗?况且,住在这里的业主们全都有私家车,基本上很少有出租车往这里开。她是高估了自己的身体素质,还是太小瞧这个小区的地理位置?

很快,洛涵发现了还在龟速前行的谭沫。她好像走累了,随意坐在路边,长发被风轻轻吹起,她坐在那儿,手里举着手机,老远就能看到屏幕那抹淡淡的亮色。

她翻了半天,才发现,除了慕荷、老妈、老爸,还有那天通知她面试和今天复试的电话,她的手机里连个送外卖的电话都没有。

人生原来可以这么失败……

这么晚了,让爸妈派车来这种高档别墅区接自己,回家肯定会被审问好几次。她从小就被教育,不要和那些富家子弟走得太近,他们最忌讳的就是官商勾结。谭沫看着通讯录上"慕荷"那两个字,更犹豫了。

如果这个点给她打电话,她一定会马上赶过来,然后一路上用各种语言暴力凌迟她……而前些日子因为相亲连累她的事,慕荷一定会新旧账一起算到她头上的。

默默地叹了口气,谭沫打算还是先闭目养神一会儿,方法总是会有的,就如同面包总是会有的一样。

她刚打算闭眼,就听到有人叫她的名字:"谭沫。"

夜晚凉风习习,这个声音有些熟悉。

是洛涵，他开着一辆银色轿车，穿着的还是他们刚刚吃三明治时的那件白色衬衫，放下车窗，看着她。

好像熟人碰到一般的语气。"谭沫，好巧。"

谭沫思忖片刻，气势很弱地应他："一点儿都不巧。"

这委屈的声音却仿佛一把小锤子，轻轻地敲在了洛涵的心上。

他没有留意这一瞬间的感受，只是说了一句还算有些人情味的话："嗯，上车，我送你。"

Chapter 4 深夜纵火案

洛涵在被谭沫乱七八糟各种指路半小时后把车停在了路边，口吻不容商榷："你，下车。"

"……"

谭沫双手紧紧握住安全带，做事要持之以恒——不下。

洛涵忽然将坐得笔直的她转过来，面向自己，语气很迫人："你到底住哪儿？几环？什么小区？或者起码给我个路名。不要一直叫我左转右转，你以为我大晚上有这个时间和闲心陪你在这里浪费时间？"

某人却不知死活地接了一句："你晚上很忙啊……"

"下车。"

谭沫只是觉得不方便把自己住在军区大院这件事告诉他。

另外，晚归，这事不好。

大脑里搜索着什么街道可以让她下车，她琢磨了半天，略不情愿："下车可以，不过你先帮我拦一辆出租车。"

话音刚落，洛涵忽然近身，吓得谭沫——以为他要动手，他不知道什么时候松了安全带，探过身子把车门给她打开，言简意赅："谭沫，现在你有两种选择：一，自己下车。"他坐回到自己的位置，看了她一眼："二，我把你拎下车。"

谭沫慎重地权衡利弊后，慢慢解开安全带，说："嗯，洛涵，你保重……"她忽然能明白以前慕荷总是对她说"保重"二字时是怎样的一种心情：那是一种祝你一定别犯事犯在我手上的意思！

快被蚊子"吃掉"的谭沫，终于打到了车。

洛涵其实并没有走远，在看到谭沫上了出租车后，他保持了一个不近不远的距离，跟在后面。待看到她下车，和站岗的军人打了个招呼进了大院后，洛涵明白过来，为什么刚刚她死活都不说她住哪儿。

谭沫，谭……

大脑里迅速搜罗出一连串"谭"字打头的高官。哦。原来是谭司令的孙女。

洛涵的车停了一会儿，不知道在想什么，然后忽然绝尘而去，带走了一片浓重的夜色。

连续几日的高强度训练，谭沫的21点已经练得差不多了，明天就要去澳门了。谭沫在房间里收拾东西，她把爸爸和妈妈给她买的小礼服找了几件带上，又装了些必需品。

谭沫想了想，决定还是给洛涵打个电话。前几天，洛涵拿着她的手机，很理所当然地把他的号码输入进去，然后把他的号码设成快捷键1号。

"喂。"一如既往的清凉利落的嗓音。

"哦，我是谭沫。"

"我有来电显示，什么事？"

"我想问一下，去澳门有什么一定带的吗？"

这么晚打电话把他吵醒，就为了这样一个问题，洛涵不爽："把你的智商带上。还有，八点××大厦集合，别迟到。挂了。"

然后，谭沫和洛涵第一次的电话交流就在大神简单的几句话之后，以不到一分钟的效率结束了。

谭沫很准时地在八点出现在了××大厦前。

洛涵已经到了，他斜靠在那辆银色的轿车前，一身黑色西装，低着头，时不时滑动一下手机屏幕，他似乎很喜欢用手机看新闻。

谭沫滑着她的小皮箱走了过来，高跟鞋发出"噔噔噔"的声音，洛涵闻声关了手机，抬头看到她笑呵呵地站在他面前。

"上车。"

他的口吻让谭沫看看手表，她并没迟到……

原来开车的并不是洛涵，而是萧哲。洛涵和谭沫坐在后面。

谭沫现在仍旧有一些入睡困难症，昨晚再次失眠，于是在去机场的路上，有些困倦。她目光发呆，看着前方，好在在她睡着前，他们到了机场。

萧哲在刚开车的时候，就注意到谭沫迷迷糊糊的样子，如若不说话，她给人的感觉是不可轻易靠近的，可是，刚刚却可爱得一塌糊涂。心里一直封着的某个地方被轻轻打开。

洛涵提着包走在前面，谭沫晕晕乎乎地跟在后头，萧哲目送他们过了安检，心里暗下决定：虽然他知道，对于谭沫这样的女孩，一定很难追，可是，有洛涵的帮忙，他一定比刑侦厅里的其他小伙子更有优势！

谭沫没想到他们被升舱了。

谭沫说："竟然升了舱，我们今天很幸运啊。"

洛涵登机的时候拿了一份报纸，正低头扫着上面的文字。

"是我自己花钱换的。"然后给了谭沫一个"我可能去坐经济舱吗"的眼神，戴上耳机，注意力重新集中到那份报纸上，只是这份注意力在飞机起飞可以使用电子设备后，便消失了。

洛涵在笔记本上浏览一些材料，他工作的时候十分投入，目光从来都是留在屏幕上，哪怕是思考的时候，也仅仅是默默地闭一会儿眼睛，从不会向周围看一眼。

谭沫很喜欢这样的工作状态。

可能因为自己没有这样的习惯，便觉得他这样非常可贵吧。好在她有带口袋书的习惯，从包里拿出来，决定消磨一下时间。

她歪着头靠着他的肩膀睡着了，手上还有一本书：《直面内心的恐惧》。

李曼的名作，洛涵在大学时代就读过，对里面的一句话印象尤为深刻。

恐惧属于生命的一部分，你我都在劫难逃，它以不同的面貌伴随着我们，从诞生直至死亡。

想到这里，他合上了笔记本，叫来空姐要了一条毛毯，替谭沫盖上。

关于谭沫，如果他没有记错的话，是有一段渊源的，那时候他也不过是个高中生，虽然记忆有点儿远，但他记得这个姑娘并非独生女。事情的细节没有人了解，他能想起来也不过是因为遇到了她。

恐惧和死亡，这本书将他的思绪扯得有些远。

洛涵想在非工作的层面上知道谭沫为什么会选择当刑警。

脑子里过着关于本次案子的所有文件，她的行动会决定这次计划的成败。无非两种结果。

不能够将所有的情况列举给她影响她，在不完全了解她心理素质的前提下，这些都会提高失败的可能。洛涵不打算想了，他做事从来不会完全依赖别人。

人都是自私的，不会将生死真的放在别人手里。

毯子上有一种体温，很温暖，睡梦中的谭沫抓住了帮她盖毯子的洛涵伸过来的手。

她的指腹有些凉，这无心的触碰让洛涵停下了动作。

这动作的意图很容易解释——缺乏安全感。

安静的环境，睡着的谭沫做了一个梦，梦中总是能遇见同一个人。

那个总是一脸浅笑的男孩，摸了摸她的头发，笑得和煦春风。

"沫儿，别担心，我会安全回来的。"他的声音很轻，却重重地敲打在谭沫的心上。

洛涵将肩膀向谭沫的方向动了动，方便她靠着他。

飞机马上降落前，谭沫睡醒了，她不淑女地伸了个懒腰，恰好看到洛涵在用手敲着肩膀处。

"怎么？落枕了吗？我帮你敲一敲就好了。"谭沫刚想帮忙，却被洛涵淡漠地推开了，谭沫听不出来他话里的其他意思。

"别动手动脚。"

谭沫不明白，却看到来收杯子的空姐轻轻地笑出了声。

可是，睡落枕的话，不应该是颈椎疼吗？怎么到了洛涵身上，转移了？

谭沫决定不再思考这个毫无养分的问题。

洛涵下了飞机，不再和谭沫说一句话，只有到酒店出示证件时，他才开口："你的证件给我。"

就这样不明所以地进了套房。

因为是洛涵付钱，谭沫很知趣地睡在了外间，她收拾好东西，把带来的小礼服一一挂好，之前这些衣服始终没有用武之地，这次竟然派上了用场。

等了半天，里间没有声音。

这时，谭沫很不争气地饿了……

她轻轻地敲门，没人答，推门进去，却看到洛涵上身没有穿衣服，下身一条长裤，湿淋淋的头发上的水缓缓地向下滴，眼睛看着笔记本的屏幕，神情专注。

谭沫迅速转过头，她从来没有这么后悔自己的记忆力这么好：那清晰的八块腹肌和人鱼线……

她轻咳了两声，有些词不达意："那个，你忙，我没事。"

洛涵抬头，看到谭姑娘僵硬的背影，目光回到他的电脑上，同时开口，只有淡淡的两个字："过来。"

谭沫莫名地紧张了，这……似乎不太好吧，他还没穿衣服。

洛涵等了约一分钟，她还没过来？抬眸，却看到谭沫拿着他的衬衫和一条毛巾，低着头，向他的方向移动。

这个单纯的从来没有谈过恋爱，甚至没怎么看过爱情电影的姑娘慢慢地道："那个，我觉得，你把衣服穿上比较好，毕竟男女有别……"

洛涵蓦地了然，上帝是公平的：这人情商低得可以。

"过来。"洛涵再次强调。

谭沫慢腾腾地迈步，说："这不妥吧……"

"谭沫，你是故意的吗？"

什么？

"你是故意情商这么低的吗？"

"……"

"看来情商与智商的和是个定值，这句话在一定程度上可信。"

谭沫听明白了，他是说她的智商高，情商低！

谭沫咬唇，反击："那洛教授，你是智商高还是情商高呢？"

洛涵不知何时已经走到了谭沫面前，他接过谭沫手里的衬衫穿好，然后拿过毛巾，一边擦拭头发，一边回答她："不好意思，我智商与情商都很高。"

谭沫望望他，水珠从他的脸，沿着那冷峻的曲线慢慢向下滑，他好像不管做什么事都很专心，比如看她的时候，这样安静，让她想起了一个人。

眼睛忽然被水汽晕了一般，有些湿润，她转过头，不再看他的动作，说："我过来了，你有什么事？"

察觉到那一瞬间她情绪的变化，洛涵稍稍退后了一步，给她一个潜意识认知的安全距离。

接着平静地叙述了一件事："就在刚刚，厅里传来消息，在 B 市下属的一个区今晚发生了一场火灾。"

"是蓄意纵火？"谭沫接话。

"还在调查中，"洛涵继续说道，"但就目前资料来看，是蓄意的，而且我想，这场火灾和黄宗祥有关，他是昨晚刚刚到澳门。"

"为什么和他有关？"

"他是那家工厂的大股东。"

"那纵火犯呢？"谭沫关注问题的重点。

"你要不要来试试？"洛涵说着把电脑上萧哲传来的资料转给谭沫看。

谭沫摇了摇头，却给了一个肯定的回答："当然。"

那个摇头，是想在此刻把脑子里的一些东西甩开。

电脑上是厅里那边传来的最新照片：被烧毁的建筑，滚滚浓烟中，消防车正奋力扑火。所幸被毁的仓库独立于这片空地上，并没有其他建筑物受到牵连。

洛涵说："除了仓库被烧光外，只有三名保安受了不同程度的伤，并没有其他损失。这里有一些监控录像。"

监控的时间段就是当天下午的五点到晚上十一点。

监控视频一：安置在拐角的摄像头在九点左右拍到了两名保安，他们正在巡逻。

监控视频二：仓库的大门外，没有任何可疑之处。

监控视频三：仓库里，除了安静被放置的货物外，并没有异常。

在大约九点十分的时候，监控视频三里面出现了浅浅的烟，紧接着，视频一拍到了这两名保安奔向仓库的画面。然后，烟越来越浓，紧接着视频二里同样可以看到烟气。这时候的视频已经不能准确看清里面的情况。

谭沫看着视频，问洛涵："那三个人的伤势如何？"

"并无大碍，在意识到起火后，监控室里的那名保安也跑去了仓库。"

"当时的情况问过他们了吗？"

"嗯，他从监控里看到了异常也马上给他的同事打了电话，接着报了警。所以那两个人才能迅速赶去。"

谭沫的眼睛盯着屏幕，然后很认真地开口："虽然这个单独行动的保安看起来没有什么不在场证明，但是纵火的不是他。纵火的应该是巡逻的两个保安里的一个人。"

她给结论的时候很有自信，洛涵想提示她得出这种结论有些草率，可是她的结论却和他想的相同，洛涵就没把这话告诉她，而是应道："嗯，接下来只要判断是哪个就可以了。"

"你不用听听我的逻辑吗？"

"其实很简单不是吗？作案的人当然要先给自己做个不在场证明，如果是监控室的那名保安要作案的话，他不是应该留个人陪他一起才好吗？但实际上，他应该是黄宗祥的人，并且这个被毁的仓库和黄宗祥私藏的毒品有很大关系。去巡逻的两个保安中，有一个应该是被人买通，进行这次纵火的，当然，他的上家也就是想威胁黄宗祥的人。他吞了他们的毒品，当然不会被轻易放过。"

"可是，会不会有别人？毕竟，虽然和本次案件最相关的人是这三名保安，但是不能局限于此。"谭沫其实觉得不应该忽略他人作案的可能性。

"不会有别人。这个工厂并不是很大，员工只有三十几个人。并且工厂的地理位置也比较偏僻，这些从市区里雇用的员工平日里都住在宿舍，只有周末会休息，基本上所有人都会选择回市区。萧哲他们已经排查过了，因为是星期六，员工都回家了。所以，这个工厂就只剩下这三名保安。"

"可是，黄宗祥为什么要把毒品放在这里？只有三名保安，岂不是非常不安全？"谭沫质疑洛涵的分析。

"谭沫，我并没有说黄宗祥把毒品放在了这个仓库，我只是说，这个被毁的仓库和黄宗祥私藏毒品这件事有很大的关系。"洛涵的整个回答始终语气波澜不惊。

"那你又是凭什么判断这关系的呢？"

"那他们为什么要不痛不痒地在这个敏感的时刻烧掉这个仓库呢？"

谭沫明白了：这是信号。

洛涵扫了她一眼，继续说道："所以，只要根据那两名巡逻保安的家庭情况和为人品性大致就可以判断到底是谁纵火了。当然那名留在监控室里的保安也要受到调查，不能因为'不在场证明'这一点就否定他作案的可能性，当然，这个可能性很小。还要把这近两周他们的活动范围进行调查。我们要用证据说话，而不是仅仅靠逻辑分析。"他补充了一句："只不过，那保安背后的人现在我们还没有头绪。"

工厂仓库，深夜纵火，无人员死亡，大股东黄宗祥……

思考着这几个关键词，谭沫看着洛涵把注意力转移到了电脑上，到底是谁，为什么要选择这个工厂来警告黄宗祥？是怕伤及无辜吗？就仅仅是因为这里很偏僻？

偏僻。

脑子里闪过这个词语的时候，心好像被揪了一下，狠狠地疼。

谭沫不再说话，陷入了自己的思绪。

她大概了解了整个案件有价值的地方，这个案子是线索，要顺着它抓住这后面的人。

可是她沉默的样子并不像是在思考这件事背后的主事者。

她或许表现得不明显，可是，不巧的是他耳闻过那件事，也记得有那样一个人。

他将毛巾扔给她，说："替我擦头发。"

"什么？"她的思路被打断，愣了一下想明白他话里的意思，把毛巾扔回去。

"不要。"

洛涵看她的注意力被转移了，也不再强求："嗯，那我负责擦头发，你负责擦地。"说着指了指地上的水珠。

谭沫："……"

晚餐过后，洛涵丢给她一个"你不要来打扰我"的眼神，进了里面的主卧。谭沫望着那个背影，其实，她一点儿都不在乎睡哪儿，因为……睡哪儿……都是睡不着。

她躺在外间的大床上，辗转反侧。

每天晚上睡觉，是一天里最让她最痛苦的事。其实，白天她可以睡得很香。只是在晚上，入睡实在是太困难。往往要在床上打滚好多次，她才可能睡着。

这个坏毛病，是她在十二岁的时候留下的。有些事情一到晚上便出现在她的脑海，紧紧地缠绕她。

深深的痛苦，夜夜难眠。

她不是没有看过心理医生。

躺在床上不知多久了，谭沫在数到5766只羊的时候，终于决定起床。

无聊的谭沫回忆了一下，这些天来一直练习的"赌术"，明晚，她就要正式上"战场"。其实，谭沫心里多多少少有些没底，她只和洛涵一起赌过，如果同时有十个人的话，她知道，虽然概率的计算方法是一样的，只不过要求脑速和记忆力更快更好。她穿着黑色的丝质睡衣，开始在房间里踱步。

大脑里想着所有洛涵和她讲过的技巧，还有一些可能会出现的情况。明天，洛涵会作为她的保镖，陪在她身边，但是，他不会对她进行指导，也不会有其他多余的动作。她需要扮演的是一位富家千金，有很高的社会地位，虽然，对于这种事，谭沫觉得并不难，可是，如果那个黄宗祥根本没注意到她，怎么办？她越想越纠结，这时候的洛涵是不是已经睡着了？如果他没睡的话，或许能陪她聊聊天。她觉得很无聊，电视和电脑都在主卧，长时间看手机这种愚蠢的"自残"行为，她是绝对不会做的。

她轻轻走过去，把头靠在门上，洛涵好像还没睡，轻快的敲击键盘的声音断断续续地传来。谭沫听着这个声音，不自觉地想：勤能补拙是良训。可是，他不"拙"。

想得正入神，由于没掌握好距离，谭姑娘的头不小心撞在了门上。

还好这一下不是很痛。她揉揉额头，觉得：果然，偷听这种事是会遭报应的。

她转身决定再回床上去做一会儿翻滚运动时，刚刚被撞的门，忽然开了。

洛涵把门打开，睨了一眼正在揉额头的谭沫，问："你有事？"

谭沫一歪头，看到鹅黄色的床头灯亮着，旁边的笔记本也开着，看样子洛涵还没睡。

"嗯。"谭沫顿了顿，她琢磨着如何把自己无聊这件事说得正经一点儿。

"没事就早睡。"洛涵转身，却又看到她穿着丝质睡衣，补充了一句，"空调记得定时。"

"等一下。"谭沫快步走到他旁边，嘴角上挂起她一贯温婉的笑容，"你听说过普赛克吗？"

洛涵一副兴趣缺乏的样子，但是看到她眼睛里闪着光，很有神的模样，便没有说话，听她继续讲："普赛克是一位国王膝下三女儿中最小的女儿，她外表和心灵美丽无双，人们不远千里长途跋涉来瞻仰她的美丽，这一切使得美神维纳斯心生妒忌，因为世人忽视了她的美丽甚至忘记了她的存在。于是维纳斯心生一计，想让她的儿子爱神丘比特设法把普赛克嫁给世界上最丑恶凶残的野兽，因为丘比特的爱情之箭可以让任何人跟他为他们选择的对象堕入情网。"

洛涵抱着双臂，斜靠在门口，眼睛看着她，谭沫讲话时喜欢偶尔加一些小动作，时不时地还会看看他，希望得到认同的模样，屋内微弱的光，照在她身上，明晃中有一种味道。

她在同他讲话，他在看着她。

"但是，维纳斯忽视了一个细节，一个爱情故事中最致命的细节，当丘比特见到普赛克的时候，他自己一见钟情地爱上了她，他不仅没有把普赛克嫁给毒蛇，反而把她秘密地带到了自己居住的辉煌宫殿里，并娶了她为妻。因为普赛克是凡人，因此丘比特不能让她知道他的真实身份和面貌，他只是在夜间与普赛克相会，并让她答应永远不看他的真面目，从此她与丘比特过着幸福的生活……"故事只讲了一半，谭沫却停了下来，洛涵当然知道这个故事，他不打断她只是想知道她要做什么。

谭沫正对着洛涵，看着他的眼睛，开口问："你是不是困了？"

洛涵不想再听下去，"嗯"了一声。

谭姑娘满意！她就知道会管用。

"那你也给我讲几个这样的故事，我有点儿失眠。"

她那副天真烂漫的笑容此刻却换来洛涵的一句话："谭沫，你不要用你的情商一次次地来挑战我！"

原以为赤裸裸地威胁会管用，可谭沫却根本没感觉到，"我觉得我这样讲故事挺有催眠作用的，你给我讲两个又不会很花时间。"末了，声音小小的，加了一句，"我睡不着。"

洛涵深深地看了她一眼，没再讲话，直接关了门。

谭沫叹了口气，她还是回去数羊吧，数完羊再数牛，等会儿天就亮了。

夜晚很安静，琉璃的街灯映着酒店内的人工河，别致得让人心悸。皎皎的明月，被稀释了的光，仍努力地向外洒着，给予孤独的人的心灵一抹淡淡的寄托。

谭沫抱着双腿，靠在竖起来的枕头上，没拉窗帘，正好能看到外面，微微灰暗的天，不知何时才能亮。凄寒的月光，洒在地板上，没有形状，散散的，错落着斑驳在空荡荡的房间。

谭沫把头埋在臂弯里，数牛数牛……现在到处都是假奶粉，哪来那么多牛可以数？

她叹了口气。

忽然，"吱"的一声，门被推开了。

谭沫抬头，一抹淡淡的光照了进来。

洛涵高大英俊的身影就这样毫无预警地闯进眼帘。他站定在床边，低头看她，屋子里有些暗，谭沫看不清他的表情，只觉得那倨傲的神情一如既往，洛涵轻咳了一声。

谭沫微微皱眉："你感冒了？"

洛涵不客气地直接把盖在她身上的薄毯一掀，说："往里。"

然后整个人坐在了她旁边，修长的双腿随意地交叠在一起，把另一半的薄毯盖在自己身上。

他身上有一股好闻的沐浴露的味道。

他解锁了手机，屏幕的亮光，照在他脸上，能看到他的眉眼清冷，轮廓清晰，谭沫觉得有一股书卷气。

"以前，没有人愿意接受一个解释不通的假设，尤其是严肃的科学家。"洛涵顿了顿，看着手机上密密麻麻的字继续讲话，清凉的声音低沉而悠扬，"普朗克为了说明物体热辐射的规律，被迫假设能量量子的存在，但他内心却无法容忍一个近乎荒谬的假设。"

在一旁听得很认真的谭沫忽然坐直了身子，她清脆地回答："我知道这个假设，就是在光波的发射和吸收过程中，物体的能量变化是不连续的，或者说，物体通过分立的跳跃非连续地改变它们的能量，能量值只能取某个最小能量元的整数倍。"她大学可是去蹭过很多物理系的课的，因为学物理可以让人聪明。

洛涵侧眼看了她一眼，手机滑了滑屏幕，继续说道："玻恩-奥本海默近似也称为定核近似或绝热近似，它基于这样一个事实。"还未等洛涵说完，谭沫不自觉地向他身边靠了靠，眼睛里很有神采："嗯，这个事实就是电子与核的质量相差极大，当核的分布发生微小变化时，电子能够迅速调整其运动状态以适应新的核势场，而核对电子在其轨道上的迅速变化却不敏感。"

洛涵停顿了好一会儿，最后清清喉咙，好似极忍耐一般："薛定谔的猫，是关于量子理论的一个理想实验……"还未等洛涵讲完，谭沫就笑眼弯弯地开口："嗯，这个我也知道，这里提出了一个非常经典的佯谬。"

谭沫刚要具体描述，却听到洛涵清冷的声音："谭沫！"

光线不明朗的直接结果就是不能让机智的谭小姐"察言观色"！

她弱弱地答了一声："到……"

洛涵身上那淡淡的味道逐渐浓郁，他倾身向她逼近："你以为我大晚上的在这儿是做什么？"

谭沫疑惑："不是在玩你问我答吗？"

他一下子就火了，把并排而坐的谭沫转向自己，双手紧紧箍在她瘦弱的手臂上，低沉的男声在这夜里严肃得格格不入："谭沫，你最好给我敬业一点儿。"

说完，他松开她，像裹粽子一样，把所有的薄毯都盖在她身上。

"从前，也就是在十九世纪末，原子光谱和原子结构问题引起了不少科学家的关注，里德伯就是其中之一。"

谭沫本想开口说，她知道里德伯常数，但考虑到身边坐着的这个一直散发着强烈气场的心理学教授，她思考了一会儿决定闭嘴。但是看到洛涵在滑着手机屏幕，她忍了又忍……

洛涵的声音干净，讲话简洁，可是……

察觉身边的人想要搞小动作，他不客气地再次警告："你老实点儿。"

忍了半天的谭沫终于忍不住了："洛涵，在黑暗中看手机，容易得白内障的。"

"你是在诅咒我？"

"不是！"

她哪敢！

"那你……"他话只说了一半。

谭沫接道："我是要睡觉了，我困了……"

"很好。"完成"任务"的洛涵从床上起身，夜色中，他随手拿起床头柜旁的空调遥控器定好时间，然后看着被他裹成"木乃伊"的谭沫，"这笔费用以后会让你付的。"

他给她出了几个问答题就要她付钱！他这是压榨贫苦大众！

在澳门的黄宗祥今夜同样难眠，他坐在沙发里吸着雪茄，手机铃声响了，一个非常尖细的男声:"黄先生,你应该收到我们的信号了吧,你现在还有时间,用来做一个正确的决定。祝你好运。"

"等一下!"没等他说完,电话那边便只剩下嘟嘟的声音。

黑暗里,一个俊秀挺拔的身子站在落地窗前,他挂了电话,然后把变声器摘下,一个意味深长的笑容缓缓地展开。

黄宗祥手指有些颤抖地发了一条信息:这几天,什么都不要动,等我回去。

于是,今晚,有些人注定无眠。

Chapter5 初上赌场

清晨的第一缕阳光洒进窗子的时候,洛涵还躺在床上。昨晚休息得不是很好,并不是因为今晚的行动,而是因为谭沫,他发现他思考了太多关于她的事。他一向对其他人的生活不感兴趣,可是,他也惊讶自己竟然记多年前那个销声匿迹的案子记了那么多年。收拾了一下打算去吃早餐的洛涵,推门,看到外间的大床上,谭沫睡得很安静。

暖色的日光照在她脸上,洛涵决定不叫她了。

他眸色一敛,走上前,轻轻把薄毯帮她盖好,然后关了门自己出去吃早点。

刚出门,便接到了萧哲的电话:"洛涵,我们按照你的建议,调查了那三名保安的背景和最近的活动状况,嫌疑人已经锁定。"萧哲叹了口气,"可是,关于指示这保安纵火的背后的人,目前仍然没有线索。我们按你说的在适当的位置都安装了监控器和窃听器。上头的意思是你和谭沫今晚完成任务后,尽快赶回来。"

"嗯。我知道了。"洛涵继续说道,"他们不会马上行动的,现在那里是烫手的山芋,不管是哪一方都会等纵火犯被抓起来后才会现身。如此数量的毒品,他们不会说放弃就放弃。"

萧哲一直都很信任洛涵,这一次当然也不例外。放下电话的洛涵再次想到了谭沫,只要她不失误,一切便可以按计划进行。

吃完早饭回来的时候,谭沫依旧处于睡眠状态,本来想再帮她确认一下晚上赌博技巧的事,洛涵觉得还是算了,还是看她自己的临场发挥吧。

于是谭姑娘是被饿醒的。

大约五分钟后,洛涵合上笔记本,套上了西装,清逸挺拔,站在她身旁再次打量她:"你确定现在和我去吃饭?"

谭姑娘温温婉婉地笑着点头。

她都快饿死了……

洛涵不再询问其他，开了门，示意谭沫跟上他。

到了餐厅，谭沫后悔死了……

这么高级的西餐厅，她穿着一身十分不合时宜的休闲装来的！

洛涵就不能直接说让她换身衣服吗？

点菜的时候，谭小姐脸红地跟服务生用日语说了几句话。

哼！要丢脸也不能丢祖国的脸！

洛涵看着她，笑了，他同样用日语问她："难道你想整顿饭都讲日语？"

谭沫义正词严地说："孔子教育我们要：食不言，寝不语。"

嗯，然后他煞有介事地斯斯文文地用餐。

谭沫的餐桌礼仪确实很好，想来出身于那样的家庭，这些都是极讲究的。

用餐快结束的时候，洛涵忽然问她："你很紧张？"

谭沫抬头看他的时候眸子里有一丝稍纵即逝的情绪，她摇摇头。

"你失眠是怎么回事？"他的声音容不得拒绝。

"我只是在晚上入睡的时候，比较困难。"她拿着刀叉的手明显有些用力，那微微的颤抖自然瞒不过洛涵的眼睛。

"从几岁开始的？"她听过同样的话，从心理医生那里。

"十一二岁吧。我记不清了。"谭沫喝了口水，目光看向不远处的小提琴手。

乐音悠扬，低低婉转。

洛涵放下刀叉，双手交握，胳膊撑在桌子上。

这个入睡困难的问题并不该是谭沫讲的那样云淡风轻：从他开始提到这个话题时，她的眼神就开始躲闪，低眸的次数变多，显然是不愿意谈论它。问她具体什么时候开始的，她的眼睛先是一亮，随即暗了下来，再然后，转移了目光，同时用喝水的动作来分散他对她的注意力。这是明显记得那个时间，却不愿意告诉他的表现。如果是个普通人，洛涵可以理解他们记不清某些事情，但是，对于她这样聪明的人，记忆力往往比其他人要优秀不少。

再者，这个话题竟然让餐桌礼仪很好的谭沫手指发抖，刀叉在盘子上敲出了声音，可见，不好的回忆一直笼罩着她，影响深远，直到现在。

十一二岁？简历上显示她十六岁就上了大学，那之前的话，她是一直跳级还是在家里上课？简历上，没有提到她的高中，一切的荣誉都是从大学开始的。连通常要读五年的博士学位都因为异常优秀的成绩提前拿到了。简历上还有两句教授对她的评价：聪慧机敏，为人友善，团队合作能力极强。团队能力极强的人，仅仅在大学期间就能把性格从内向培养成外向？

洛涵看了一眼安静吃饭的谭沫，不打算再问。

谭沫，你最好把它掩盖好，不要让我发现。

晚上，洛涵先下去提了车。

在车里等了有一会儿，才看到谭沫穿着不太习惯的小礼服上了车。

车子里很安静……

洛涵观察了谭沫一会儿后，终于评论性地开口："你很热吗？"

谭沫："我不热啊。"

洛涵："那你脸红什么？"

谭沫用手贴了贴脸颊，不烫。

洛涵盯着她的脸琢磨了一下，拿出一张纸巾，轻轻擦谭沫的脸。

谭沫有些痒，想向后仰头，却被洛涵一把托住她的后脑，极淡的语气说："别乱动。"

这么近的距离，这么灼人的注视，呼吸浅浅，彼此相闻。

谭沫有些僵硬地不敢动。

一会儿，洛涵把满是腮红的纸巾递给她，声音微凉："谭沫，在我质疑过你的情商后，难道还要再次质疑你的审美吗？"

谭沫承认，她是不擅长化妆，可是，老头子们不是都应该喜欢浓妆艳抹的女人吗？他有必要这么嫌弃她吗？

呵，质疑她的审美？她有些报复性地回答："可是我觉得你长得很帅！"

他秒回她："嗯，谢谢。"

谭沫："……"

银白色的轿车穿梭在繁华的街灯下。谭沫在下车前，说了一句话："洛涵，好运。"

她的声音不高，却透着一股坚定。

洛涵当然明白她的意思。"嗯。"洛涵下车，替谭沫将车门打开，谭沫一袭黑色的小礼服，踩着纯黑色的高跟鞋，她轻轻扶着洛涵的手，走了下来。

她向洛涵微微笑了笑，这个笑不同以往，不再看起来那样温婉而轻柔，这个笑矜持疏离，淡淡的却让人看得舒心至极，一举手一投足，尽显大家闺秀的风范。

洛涵看着谭沫挺直的背，细碎的步伐，没有讲话，跟在她身旁。

黄宗祥是这里的常客，当然有他的保留席位。谭沫为什么能进这间贵宾室，是因为她买了足以让人侧目的筹码。

洛涵作为保镖，随着进了贵宾室后，就站在一边不说话。但是目光却紧紧锁住谭沫，一副尽职尽责的模样。

果然，谭沫刚一进贵宾室，便能看到正在21点赌桌前玩得欢脱的黄宗祥。

他看起来并不像六十多岁的人，许是皮肤保养得好，脸上并没有多少皱纹，岁月给予他更多的是成熟男人的魅力。也不像那些步入中年后发了福的男人，他的身材健硕，透过那灰色的衬衫，依稀能看见他硬朗的线条。

谭沫刚一进房间，黄宗祥便看到了这位样貌出众的美女，当然还有她身旁跟着的那位保镖。

谭沫把包交给洛涵，走到了梭哈桌前，玩了两把，小赢几次后，来到了21点的桌前。她有礼貌地冲大家点头微笑，坐姿优雅，等待发牌。

她没有太多时间，在21点的桌前并不能玩太久，避免被dealer盯上，谭沫虽然看起来一副云淡风轻的模样，实则交握在一起的手已经有些微的细汗。

洛涵站在她背后不远的地方，目光扫过黄宗祥。他本人和资料上的描述基本一致，只是很多细节，通过见面，会让洛涵看得更清晰。

正式发牌！

洛涵将目光转移到谭沫身上，她表现得很好，很镇定，虽然实际上有些紧张，但在别人眼里，她落落大方，端庄典雅。一举手一投足间，尽显身份地位。

黑暗中，一个低沉沙哑的男声颤抖着说："我做，可是，你们不要动我的家人。"

电话里传来一丝尖细的回答："当然，这是一命换一命。"

男人无法控制自己发抖的双手：“好。”

放下电话，他迈着沉重的步伐，跌跌撞撞地向前走，枯瘦的手指扶在墙上，略显惨白，他厚重的眼皮耷拉下来。仰头，不让混浊的液体滴落下来。

"少爷，这么做，黄宗祥会明白吗？"黑色西装的人毕恭毕敬地站在男子身边，男子摘下变声器，拿起桌子上喝了一半的威士忌喝了一口。

"嗯，如果他还不懂的话，下一个就轮到他了。准备一下，这些天我们也该回去了。"

谭沫凭借出色的大脑计算速度和准确度，以及对局势的判断，轻松地连胜了六局。她在离开21点的赌桌前，笑着看了眼坐在她对面的黄宗祥，转身打算去找洛涵。

还没走到洛涵身边，黄宗祥便跟了上来，他身上有浓浓的高级古龙水的味道，可是谭沫并不喜欢。

"这位美丽的女士，不知该如何称呼？"

洛涵长腿一迈，已来到谭沫身边。

"不好意思，先生。"

一边说，洛涵一边做出保护性的动作。

谭沫嘴角挂起一抹浅笑，说话的语气很温和，没有丝毫的慌张，轻轻推开洛涵挡在她身前的手："你过去那边等我。"然后礼貌地回了黄宗祥一句："我姓谭，单名一个沫字。"

"谭小姐，幸会。老生黄宗祥。"说完，黄宗祥绅士地伸出手。

"黄先生，您好。"谭沫轻轻握了一下黄宗祥的手便马上松开。

"谭小姐，方便的话，我们可否换个地方讲话。"没想到黄宗祥马上就提出这样的要求。

谭沫的脸上始终挂着笑，长发披肩，头微侧，整个人亭亭玉立，却露出一副拒绝的模样。

不能操之过急，不能显得自己太主动。

"谭小姐，你不要介意，我玩21点也有些年头了，但是还没见过谁和你一样，计算如此准确，所以想向你讨教一番。"黄宗祥语气诚恳，尽显赏识之情。

Chapter 5 初上赌场

"黄先生抬爱了。其实,我刚刚只是运气好一点儿,我看您才是判断精准。"

"但还是麻烦谭小姐赐教,我们去喝杯咖啡如何?"说完,黄宗祥招来身后的保镖,几个高大的男人站在谭沫的周围,她站得很稳,只是轻轻抬了下手,洛涵便瞬间来到她身边。

一袭黑色的西装,面无表情,清俊逼人,莫名地让人不敢再向前一步。

谭沫冲黄宗祥笑笑,示意他带路。

清脆的钢琴声配着低沉的大提琴,合成悠扬的音乐,整个咖啡厅的人并不多。洛涵由于身份的原因,只能坐在离谭沫他们有一定距离的桌前。他的眼睛一刻都没有离开过黄宗祥,他表现得太君子,让洛涵心里有一丝怀疑。他刚刚明明表现出想要碰谭沫的模样。而谭沫聪明地一侧身,好像不经心一般,轻巧地躲开了黄宗祥的手。

她说话的时候,清亮的眼睛里很有神采,亮晶晶的。

忽然,黄宗祥叫来了服务生。一会儿,一支笔和一张纸被拿了过来。

谭沫很认真地拿起笔,在纸上边写边开口传授她的计算方法:"其实,不管是几个人玩,方法都是一样的。"接着她把洛涵和她讲的如何应用概率论的方法来玩21点的方法,还真是毫不保留地倾囊相授。她写得很认真,不一会儿,满满的一张纸上便都是计算方法。她没注意到黄宗祥的脸色变得越来越难看。这一切都被洛涵悉数收进了眼底。

他在不远处,心里觉得好笑:他的这位助理还真把别人的智商当成和她自己一样了。

黄宗祥轻咳了一声,看着这满篇天文般的计算公式,他想马上结束这个话题进入他所关心的正题。

谭小姐终于看到了黄宗祥不好的脸色,极其善解人意地问了一句:"没听懂吗?没关系,我可以再给你讲一遍。"她语气切实,态度真诚。

洛涵不知道谭沫后来是怎样从研究数学问题谈到黄宗祥的生日会的,但是,他看着谭沫坐在副驾驶席上,温温婉婉地告诉他,她顺利完成了任务。

洛涵没有多余的话,仅仅六个字,就让谭姑娘高兴了好半天。

"谭沫,做得不错。"

返回酒店已是深夜，洛涵回了里间，刚准备休息，手机铃声大作，是萧哲。

"洛涵，出大事了！今天晚上又发生了一场火灾！规模比昨天的更大！形势紧迫，你要赶快回来！相关的资料我发到你的手机里了！"萧哲电话那边有很强的噪声，显然是在火灾的第一现场。洛涵听后微微皱眉，看了一下时间，最快也要明早的航班，改签了机票后，他想他不得不去打扰谭小姐的美梦。

推门却看到谭沫直挺挺地躺在床上，嘴里念念有词："2804只羊遇见第5994头牛……"

洛涵站到床边，把床头灯打开，直入正题："如果睡不着就起来收拾东西，我们明天一早要赶最早的那趟飞机回去。"

谭沫意识到肯定是发生了什么重大的事情，她坐直身子："怎么了？什么事这样严重？"

"蓄意放火，今晚是第二场。"

洛涵不再看谭沫，欲返回里间。谭沫忽然跳下床，连鞋子都没来得及穿，她很焦急地跟在他后面，浅浅地开口："有人受伤吗？"

洛涵扫了一眼谭沫，注意到她光着的脚，说："把鞋子穿好。"然后继续说道，"有。"

谭沫一顿，想起来之前洛涵给她看过的材料。虽然是不同起火灾，可她直觉这几次事故是关联在一起的。

谭沫的余光注意到洛涵，他的神情看不出什么。

"这场大火也和黄宗祥有关吗？"谭沫说到这里，心里不知为何觉得凉凉的。

洛涵食指轻轻地敲着桌面，并没有把话说满："这次火灾发生的地点虽然也在郊区，但是，此次烧毁的不仅仅是仓库，还有办公楼和周围相连的建筑物，火势很大。"按照这个逻辑和作案思路，他不说，谭沫应该也会明白今晚发生了什么。

"也就是说，有人不幸遇难了吗？"谭沫轻声询问。

"是。这场大火，就到刚才萧哲给我打电话为止，已经有五名加班的工人遇难，死亡人数可能还会继续攀升。"洛涵把整杯水喝了下去，空空的杯子上，贴着壁面的水珠缓缓地向下坠。

"这是警告。"谭沫总结道,"这是对黄宗祥的警告。"谭沫的目光从杯子转移到洛涵的脸上,正好对上他的透彻了然的目光。

"是,已经出了人命,所以他必须在这个时候回去。"洛涵等着谭沫接话,他很满意她能紧跟他的思路。

"是今晚。"谭沫评价。

"对,"狭长的睫毛下那动若明察的眸子看向窗外,"是你可以回来受死的信号。"

她认真地望着他:"你能抓到这些纵火者背后的人吗?"

洛涵听到她用的是"你"而不是"我们",略不满意,回了她一句:"谭沫,你最好有一种认知:以后,有我的地方,就要有你。"

机场外面,萧哲已经等了有些时候,他神色紧张地望着出口,终于看到了穿着一身黑色西装的洛涵和跟在他旁边的谭沫。

洛涵和谭沫坐在后座,看着最新的数据,车里气氛凝重。

萧哲透过后视镜,看到谭沫安静地看着材料,还有低头翻着笔记本的洛涵,开口:"很严重,死亡人数已经上升到了十六个人。还有很多人受伤。"

"直接去第二次火灾的现场。"洛涵没有抬头,目光仍然锁定在那些现场记录上。

那些让人心碎的场景,再一次出现:烧得只剩骨架的仓库、办公楼以及周围的草木早已成一整片一整片的灰黑色。

洛涵目光扫过这些被烧毁的建筑物,跨过警戒线,有警员看到他,叫他"洛教授"。

洛涵轻轻点头,他微微下蹲,手指轻轻擦过黑乎乎的墙壁,指间擦了擦,若有所思。这次火灾烧得最彻底的就是这里,看来是以这里为中心开始的。他在这些仓库的位置来回踱步:应该是熟人作案,避开了所有的摄像头。

纵火者用的是汽油,大火烧掉了所有的证据。

现场有些警员在安慰逝者的家属,突然一个纤细的身影蹿进了仓库里面。

谭沫?

她要做什么?

谭沫双腿跪在地上,她脑子里面的思路还不是很清晰,思考得太专注,丝毫没有顾忌自己只穿了一条刚过膝的连衣裙。

　　为什么选择这里？一定有什么原因！肯定和黄宗祥有关，她确定这两个起火的地方必然藏了毒品，不然，对方不会这样咄咄逼人。到底藏在哪里了？

　　忽然，一双有力且冰凉的手握住了她的手臂，向上用力便把她拉了起来。

　　"起来。"

　　她不知道这地上很凉？

　　谭沫抬头看到洛涵不知何时站到了她的身边。

　　"你有什么想法吗？"

　　"嗯。初步而已，需要再确定一些事情。"洛涵转身，却被谭沫一把拉住了衣角，如此熟悉的动作，让谭沫顿了一下。

　　这一瞬，当然逃不过洛涵的眼睛，她以前经历过类似的场景？

　　洛涵轻轻拂开她的手，没再探究："那你跟上来。"

　　办公室里，已经搬来了洛涵要的东西：该工厂车队的员工资料。

　　"你觉得是这里面的人放的火？"谭沫很自觉地摆了一把椅子在他旁边。

　　"他用的是汽油，这么大的火，认定了是要搞出人命，火场的中心位置，巧妙地避开了所有的摄像头，显然是内部人员作案。而且他需要弄到大量的汽油。

　　"一，他本身购买汽油并不会引起怀疑，是车队的人员或者是采购组的，但是，这个工厂加油是由车队自己的人负责的。

　　"二，考虑是供应商的问题，可是，记录上写的，车队始终在一家加油站加油，同时在固定的一家店购买备用汽油。而最近并没有在这个点上出现问题。

　　"三，他不怕死，或者说，他知道自己早晚会死。很有可能，他身患重病，活的时间不长，抑或是被威胁，才会这样心狠。所谓一命抵一命，再者可能就是雇用他的人答应为他脱身，不过，能在这样的情况下帮他洗脱的人，除了有钱，更重要的是有权力，在本市，有这样能力的人，我想并不多。

　　"四，能下得了手的，并且到现在都没有露出马脚的，应该是有过很多社会经验和经历较坎坷的中年男性。"

　　听了洛涵的分析，谭沫拿起笔在纸上随意画了起来。

　　在一旁看资料的洛涵看到她画的东西，眸中忽然闪过一丝光。

嗯，不错。

是地图。

谭沫把第一场火灾的现场照片转换成了俯视图，并且把有监控器的位置全都标记了出来：果然，记忆力和空间感很优秀。

可是，接着，她开始在这些图上写写算算。

萧哲进来的时候，正好看到谭沫把整张地图变成了"天书"。他低头，靠在谭沫身边，如此近的距离，能闻到她身上清清爽爽的一股好闻的香气。

"你在算什么？"

"哦，没什么。"谭沫不好意思地把演算纸收了起来。

这时，洛涵站了起来，把一份资料递给萧哲："这个人，找到他，我想我们有必要和他聊一聊。"

Chapter 6 谭沫，你不许出事

审讯室的灯光并不是很亮，洛涵坐在王国福的面前，他的手指在桌子上轻轻地敲着。监控室里，大家都屏息看着这年龄差距很大的两个人。

王国福，男，五十二岁，开货车已经二十五年了，在这个工厂工作也五载有余了。家中有患阿尔兹海默病的母亲，摆地摊卖小饰品的妻子，还有正在念大一的儿子。

洛涵看着他低着眸，双手紧紧地握在一起，双唇已经被咬成了白色。

很明显，他十分紧张。

洛涵双手交握在一起，撑住下巴，声音很平静，却让王国福听起来心里一片冰凉。

"他答应负担你儿子大学的学费，治疗你妻子的胃病，同意送你母亲去养老院，只要你在这次火灾中弄出人命，"洛涵故意顿了顿，他若无其事地喝了一口水，"当然，这一切都是在你放火之后。"洛涵幽深的眼眸锁住他："他拿你的家人威胁你这样一个癌症晚期的病人，并不人道。所以，告诉我那个人是谁，我才能帮你。"

王国福吃惊地看着洛涵，为什么他全部都知道？

"你不用害怕，我们已经派人去了你家，现在他们都很安全。"洛涵的话让一直有些提心吊胆的王国福稍稍安定。

他感觉到自己的眼睛有些湿润，他的牙齿紧紧地抵在嘴唇上，他害怕，他清楚地记得那个男人鬼魅般的声音缠绕在耳畔："想让你的家人陪你一起离开很容易，你要相信我有这个能力。所以，你记住，遇到什么情况，都要说是你自己想放火的。"

王国福摇了摇头，声音中饱含沧桑与痛苦，他慢慢地，好像每说一个字都如在针尖上行走一般痛苦："没有谁，是我……是我自己想要放火的。"

哦，威胁得很有力度。

洛涵再次开口，声音又一次凉到王国福的心里："你说不说，决定的不仅仅是你自己的生死，还有你亲人的。这个时候，如果你不相信警方，你只会冤死。你的家人将要背负的是罪犯亲人的骂名，你死了，他们还会苟延残喘地继续活在你的阴影下。"

说完，洛涵站起了身，转身离开前，扔下一句话："好好决定，你想你的儿子以后怎么回忆你。"

监控室里的人都沉默了，洛涵的话，每个字都没错，可是，为什么简简单单的话语却让谭沫觉得字字都如一把尖刀插在了人心上？

洛涵回到监控室，对萧哲说："注意之前安放的监控，两个人都被抓了，不管是哪一方，都要开始行动了，只是，我们不能确定谁会更早下手。"

他看了一眼还穿着连衣裙的谭沫，她认真地看着屏幕上要被人带出去的王国福，抱着双臂，不知道在想什么。

洛涵深深地看了她一眼，把西装外套脱了下来披在她身上："你可以下班了。"

说完，留下一脸震惊的萧哲和不明所以的谭沫。

洛涵的外套带有他温暖的体温和淡淡的青柠味道，她都没感觉到其实自己很冷，踩着小高跟紧紧跟在洛涵后面，清凉的声音："等我一下。"

应谭沫要求，洛涵把她送到了一个好打车的地方，临下车前，谭沫有些欲言又止。她很想问洛Boss，他是否知道他们为什么要选择这两个工厂放火。

洛涵瞥了她一眼，淡淡道："有什么事，明天说，今天回去先把睡眠补一补。"扫了一眼她身上的西装外套，"衣服洗好了再还我。"

谭沫刚想感谢他的关心，却在听到这句话的时候硬生生把"谢谢"两个字咽了回去。

他嫌弃她脏？她非常爱干净的！这不科学！

回到家的谭沫换了一身运动服，把长发随意地散了下来，喝着酸奶，盘腿坐在床上，面前摆着那张她用来演算的纸。

用铅笔把摄像头找不到的区域打上阴影，清澈的目光里露出一丝笑意：果然，和她想的一样。一定会有路，避开所有的摄像头，仍然能走到第一火灾工厂的各个重要地点：厂房，电控室，食堂……

只是这样的路竟然不止一条。谭沫看着她写的那些计算公式，慢慢收敛了笑容。

以第一次发生火灾的那个工厂为例，他们在这里放火一定是这座工厂藏了毒品。那么，究竟怎样才能既起到警告的作用又不会破坏毒品的隐藏地呢？

谭沫咬唇，扫过地图上的所有监控地点，大火的温度上百摄氏度——地下！

那么如果是这间厂房的地底下，那入口在哪儿？到底怎样才会掩人耳目理所当然地进入呢？谭沫越想，越觉得心脏在骤缩。

她拢了拢头发，戴上了一顶棒球帽，踩了一双运动鞋，拿好手机和钥匙。这时候爸妈都睡了，谭沫轻手轻脚地下了楼。

……她不能开车去……车库里的车都是军牌照……

这么晚，终于拦到一辆出租车愿意载她去郊区，下车的时候，出租车大叔还特别意味深长地看了她一眼：这么晚，一个小姑娘来这个刚出过事的工厂干吗？

谭沫压了压帽檐：这可能是她人生第一次做人要偷偷摸摸……

门卫室有两名保安在聊天，许是因为发生过火灾，很多地方被警方拉了警戒线。这里的工人也都暂时被放了假。

谭沫望了望周围，很安静。她拾起一块石头，用尽全力，狠狠地砸在了一个办公室的铁门上。

"哗啦"一声！

两名保安拿着手电筒迅速跑了出去，冲着她希望的那个方向。

谭沫趁机跑进门卫室，这里果然有监控视频：和她记忆中的位置一样。那些地方真的没有安装摄像头！为什么？明明知道会造成安全隐患的……哦，他是故意的，黄宗祥是故意的，这样他自己去藏毒的地方才不会被人发现。

那么，这个工厂建造的时候，就会专门为这个用处做考虑。

谭沫迅速穿过门卫室，按照她脑中的地图，她紧张地加快步子，那个入口到底在哪儿？

第一个监控的死角在被烧厂房的后门处。她蹲下摸了摸那块地，没有找到任何痕迹。

第二个监控的死角……在食堂的后门。

为什么？什么都没有发现……

谭沫使劲儿摇了摇头，不对。这个思路是不对的，监控虽然会有死角，可是不一定被监控拍到就会让人怀疑。即使被摄像头拍到，仍然可以很自然。那么……

哦，她知道了！

她早该想到的，到达那里，不需要让人怀疑，而且来回进出带毒品要很方便。

对，是那里——地下停车场！

谭沫很容易就找到了这个停车场，她微微抿起嘴，那么，接下来的，就要按照之前的那个思路了，她要走能避开所有摄像头的路，那样就一定能找到那个藏毒品的位置了！

深夜，凉风扫过，树叶被劲风吹落。

两个高大的黑色身影同样出现在了谭沫的身后，他们的动作很轻，有些兴奋的谭沫根本没有察觉到。

按照她脑海中的立体地图，谭沫找到了这里的唯一一条路，唯一能避开所有监视的路，然后，她的面前出现了一扇镶嵌在墙壁上的门。不仔细看这个位置，根本不会发现这样一扇门。谭沫觉得胸腔里的心脏在狂跳，是的，她太紧张了！她太高兴了！她找到了！

奇怪的是，这个时候，她第一个想到的人竟然是——洛涵。她想把这个消息和他一同分享。

谭沫拿出手机，给洛涵发了一条短信。她是不是该稍稍收敛一下她愉快的心情？

可是，一想到洛Boss一脸嫌弃她穿他衣服的清冷模样，本该义愤填膺的谭沫叹了口气，唉，她一定是头昏了，竟然觉得总是一脸倨傲的洛涵好像有那么一些……嗯，顺眼。

然后，短信的内容很简单，可字里行间却能透出她欢悦的心情：

洛涵，我找到了藏毒的地方，入口就在地下车库，避开所有摄像头的那条路，能帮我们把坏人抓住！

谭沫发了短信，深深吸了一口气，推开那扇门，长长的一条阴暗的路，她伸手摸了摸墙壁，很干燥。水泥的路，踩上去听不到大的声音，她轻轻关上门，用手机照着前方，那种未知的可怕并没有吓到她，这个时候的谭沫，忽然想起了十二年前，那时候：

他们的面前也是这样一条黑黑的路，看不到前方，谭熙温柔地摸了摸她的头发，冲她笑了笑，告诉她，他会没事，然后，就这样消失在那黑而漫长的路中……

洛涵从浴室出来后，一边擦着头发，一边习惯性地拿起手机想要看新闻，却忽然想起，谭沫前天一本正经地教育他：黑暗中看手机容易得白内障。

洛涵笑了笑，把客厅的所有灯都打开，亮得有些晃眼。这时，手机上的短信却让他一顿。

她找到了？已经这么晚了，竟然还急切地发短信告诉他！这么晚……她在那个工厂？

一向冷静的洛涵不知为何，忽然感到少有的紧张，他按下了她的号码。

人工女声告诉他："您拨打的电话不在服务区。"

洛涵毫不犹豫地挂了电话，直接打给萧哲。

"洛涵，已经这么晚了，什么事？"萧哲已经睡了，声音里有些迷糊。

"你让人看一下我们在地下车库里安装的监控，现在！"萧哲听出洛涵声音里那一丝不对劲儿，立刻意识到事态的严重，到底怎么了，一向镇静自若、理性自持的洛涵竟然紧张了？

"好的，马上！等一下我给你回电话。"

"嗯。谭沫现在就在那儿。"洛涵的声音凉凉的，让萧哲的心一下子提了起来。

谭沫？她怎么会在哪儿？

"她找到了藏毒的入口。"洛涵顿了顿，低沉的嗓音里好像有微弱的自责，"或许，我应该早点儿把我们已经分析出入口在哪里的事告诉她。"

"洛涵，我现在就回厅里，等我电话！"萧哲挂了电话，匆忙地穿好衣服，不顾已是深夜，那里是郊区，那里是被放过火的工厂，那里是他们正在监视随时可能出现犯人的地方，那里——有谭沫！

洛涵在客厅里坐了两分钟，他双手交握在一起，深邃的目光看着面前的手机。不会那么巧的，王国福今天刚刚被抓，他们不会就选今天去把毒品弄出来的！一定不会的。

可是，他的心却告诉他……真的可能就会是今晚。

他们只要证据，可是……可是！

洛涵抓起车钥匙——谭沫那个笨蛋竟然自己去了那么危险的地方！

刚把路虎开出车库的洛涵，看到手机来电显示着那可恶却又可爱的两个字：谭沫。

接起来刚想训她一句，却听到明显的有节奏的声音。

嘀——嘀——嘀——

洛涵握住方向盘的手指有些泛白，他的目光冰凉地看着前方：是摩斯密码。

是她现在要和他传达的信息。

是S-O-S（国际通用的紧急救援信号）！

黑色的路虎疾驰在路上，不顾那不停闪烁的交通灯。洛涵的嘴唇紧紧抿在一起。

谭沫，你不许出事！

硬硬的凉凉的东西抵在谭沫的后背上，就在她看到路的终点是一扇密码门的时候，低哑的声音阴森恐怖地从后面传来：“你是谁？”

谭沫的心猛地一缩，她感到，那抵在她身上的应该是——枪。

她深深地吸了口气，平复了一下心情。很听话地答了一句：“大哥，我刚做小偷没多久，但是我也知道咱们的行规，所以，前辈先请，我不偷了，还请放我一马。”

背后的男人沉默了一下，和身边的男人比了比手势，示意他先把这个小姑娘带离这里。谭沫被押着往外走，她的手放在口袋里，她清晰地记得，她把洛涵的电话号码设成了1号键。可是，刚刚用手机照明的时候，她就发现这里没有信号，她必须在入口那里拨电话。凭着记忆力，把所有的设置都调成静音，按下1号键，就在刚迈出这阴暗小路的时候，她按下了拨通键。心里默数着，不知道洛涵有没有接到，她在话筒的位置，有规律地敲击，她有背过摩斯密码。他一定能听懂她的信息的。手指有些微微的颤抖，她能听到背后的人有些波动的呼吸声，冰凉的枪口对着她的脊背，凉森森的紧张感让她挺直身子。

她一定要镇静，谭沫感觉到握着手机的手掌有些微的汗湿，她紧紧咬唇，一定要说点儿什么，来缓和一下这个紧绷的气氛，怎么样才能让背后的人相信自己只是个小偷？他们是黄宗祥的人还是那边的人？她看到了他们停在摄像头外的车——是黄宗祥的人！刚停下脚步的谭沫，还未等说什么来辩解一下自己可疑的身份时，头部被狠狠地砸了一下，强烈的眩晕感席卷而来！在意识消失的最后刹那，她使劲儿睁大眼睛，黑暗中，她看到一个高大威猛的男人嘴角有一丝令人厌恶的笑。

洛涵的车疾驰在路上，谭沫的来电里一直有有节奏的敲击声，转弯处，那敲击声忽然断了！

出事了！

洛涵没有出声问，果断地挂了电话。他沉如暗夜的眸子扫过"通话结束"的手机屏幕，白皙的手指飞快地拨通萧哲的电话，开口声音如寒冰般："监视器里什么情况？"

萧哲声音低沉："监视器里显示一切正常，什么都没有看到。"可是，怎么会这样？如果谭沫真的发现了入口，监视器肯定会拍到她的！

洛涵了然，清寒的声音让萧哲一下子提起了心："刑侦厅里有他们的人，你现在看的是录像。或者，监视器被他们拆掉了。"

"那怎么办？"萧哲有些心急如焚，谭沫一个人在那么危险的地方。

"如果现在派警车出现的话，便会打草惊蛇，我们过几天去黄家老宅取证据也会受到牵制。"洛涵看着前方，他已经接近她所在的地方了，就快到了，谭沫，等我。

"洛涵，你要自己一个人去？"萧哲忽然明白了洛涵的意思：他是要单枪匹马？

"嗯。你派一支小分队到附近待命，不要声张，如果过了一个小时我还没有联系你，你就带人闯进去。还有，帮我向总医院联系，预约最好的专家，"他低沉的声音让萧哲心里猛地一跳，"她，可能已经出事了。"

黑色的夜幕笼罩着大地，跳动的车灯终于熄灭。

洛涵从车座底下拿出两把枪，检查了弹药，把枪贴身带好，没想到，时隔一年，再次摸这些东西竟然是为了那个总是一脸无辜把他气到内伤的谭沫。

身手矫捷的洛涵贴着墙壁，仔细听门卫室里的声音，很安静。

他微微眯起眼睛，一个翻身，拔枪瞄准里面：两名保安被人打晕了，被绑在一起。眼睛被蒙了起来，嘴也被封了起来。看样子还没有醒。

洛涵看到监控室的屏幕上没有任何异常。洛涵嘴角微勾：很好。

原来他们也担心被人看到。

危险的气息掠过那张俊逸非凡的脸，深邃的眼睛里有一丝冰凉：如若你们伤她，我便会替她加倍还给你们。

洛涵的方位感比谭沫更优秀，地下车库，黑暗中，他侧耳静听，不放过一丝声音。

前方不远处有低低的脚步声和开门的摩擦声，洛涵紧了紧手上的枪，并没有朝那扇门的方向走去。

那扇门里面的路很窄，基本上只能容下两个身材正常的人通过，还有谭沫应该是出了那暗道才给他打的电话，那里面是没有信号的。顺着避开所有摄像头的那条路，洛涵动作迅速地向前移动。

男人进了密道尽头的那间密室，向另一个身材魁梧的男人开口："我已经把她打晕了，下手很重，一时半会儿是醒不了的。刚又去检查了一下，放心吧。"他打开箱子，开始把货往里面装，"那女的看着不像小偷，可是，我刚刚搜过，她身上没有枪，也没有任何有攻击性的武器，除了手机和一把钥匙，还有少得可怜的现金外，没有其他了。我们要不要给老板打个电话和他说一下？"

魁梧男人道："算了，既然没有什么威胁，我们何必给自己找事？估计是厂子里没离开的员工想偷点儿东西罢了，赶紧装货，抓紧时间。"

两个人的面前便是黄宗祥隐藏起来的毒品，白花花的一大片，没一会儿，带来的箱子便装满了。

漆黑的地下停车场，洛涵顺着刚刚听到的那微弱的声响，往前走。

一向冷静淡然的他不自觉地把枪握得越来越紧：谭沫，你在哪儿？

他们如果想把毒品带走，又不想被拍到把货运到车上抬走的话，那一定要把车停在——没错，摄像头的盲点，也是萧哲他们安装监控器的位置。

一辆黑色的面包车安静地停在那儿。

在车的旁边，有一个人躺在地上。

洛涵并没有马上跑过去，他观察着周围，这个停车的位置离入口有一定距离，竟然没有留下人看着谭沫，看来人手很少。这种事当然不能大张旗鼓地做。

他刚要过去，一个身材高大的男人就推着一堆箱子从门的位置过来，洛涵一个侧身躲在了一辆大客车的后面。

　　男人检查了一下谭沫的呼吸，嗯，根本没有要醒的迹象，他伸手把她抬起来，放到了一边。然后开始把箱子一个个很规整地放到车里。还有不少毒品没装箱，男人做完后转身回了密道。

　　确定他不会再折回来后，洛涵迅速地跑到谭沫身边。

　　她戴着棒球帽，呼吸很轻，静静地躺在冰凉的地上，安然得像一座精美的雕像。洛涵轻轻托起她的后脑，那沾在手上的黏湿的感觉瞬间猛击他的心——是血！

　　洛涵幽深的眸子看着她惨白的脸，一如既往地那样毫无防备。他神色清冷地看了下那扇门的方向，把谭沫背在了背上。

　　刚想离开，洛涵便听到推门的声音！

　　他把谭沫的棒球帽戴在了自己头上，一个翻身，把谭沫拥在了胸前，她的脸紧紧地贴在他的胸口，他温热的体温渐渐包围她冰凉的身子。他目光冰凉地看着来人，沉稳地等那人看到他们两个，唇角微勾，手上的枪却毫不迟疑地射进了来人的身体。

　　没有任何声音，安静得如同她熟睡一般。

　　壮汉还没看清怎么回事，便沉沉地倒在了地上。

　　洛涵收起消音的麻醉枪，把谭沫散在额前的头发轻轻顺了顺，她的睫毛长长的，呼吸浅浅的，他无声地叹了口气，她怎么那么傻？一个人来这种地方都不会害怕吗？

　　洛涵把谭沫再一次背在背上。他把谭沫的手拢在他的胸前，她一直都没有醒，所以没有机会听到洛涵下面的话：

　　"谭沫，我说过，以后有我的地方，就要有你。同样地，以后，你去的地方，也要有我在。"

　　洛涵的黑色路虎疾驰在回市内的高速上，茫茫夜色中，一个在暗处的男人踢开了被麻醉枪射晕的壮汉，把那辆面包车开出了工厂，他阴森森的声音好像机器一般："少爷，货已经到手。只不过，出了一些小插曲。"

　　站在落地窗前的俊雅男子喝着红酒，蓝牙耳机里传来了男人带来的消息，他略感兴趣地问："什么插曲？"

男人继续公式化地回答："有人和我们一样，猜到了黄宗祥的藏毒位置，却丝毫不在乎毒品。"

被称作少爷的男子晃了晃手中的高脚杯，他站在高高的顶层向下望，本该是纯黑的无尽的夜色被绚烂的霓虹染成刺眼的颜色，声音轻而凉："哦？那还真有趣。"

推着剩下的那一小批货出来的魁梧男人看到同伴倒在地上和不见踪影的货车，吓得上前摸了摸他的鼻息，还好，还有气。

然后他颤颤巍巍地拿出手机拨了一个电话。声音里的恐惧显而易见。

黄宗祥在接完电话后，非常愤怒地将拳头砸在了桌子上。

洛涵停下车，给萧哲打了个电话，声音中透着一如既往的冷静："萧哲，你现在回厅里，我们事先安装的微型跟踪器已经启动了。派人跟上，你回去把监控的录像调出来做一个备份。"手机屏幕，地图上有一颗小红点在缓缓移动。

没错，利用红外检测和高级的自动发射装置，现在他们已经可以追踪那辆装满毒品的车了。

萧哲在电话里应道："嗯。好。我派我信得过的兄弟去。"

"随时和我联系，谭沫这边处理好后，我会亲自过去。还有，小心你身边的人。"洛涵继续说。

"嗯，我明白，不会让那个内奸察觉的。放心，今天的小分队都是我兄弟，我会和他们打个招呼，今晚我们去过工厂的事，先不会让人知道的。"

"洛涵，谭沫就交给你了。"萧哲挂了电话，像个真正的军人。

洛涵的车稳稳地停在了医院门口，一直守在那里的洛父的秘书看到洛涵，立刻跟了上来："洛教授，你父亲听说你让他们急召了专家，让我先过来看看，难道你受伤了吗？"

洛涵没有回答他，直接向跑过来的护士交代："伤在头部。快找专家过来！"

洛父的秘书这才看到，原来受伤的是刚刚洛涵怀里抱的女孩。

女孩面色惨白，洛涵一脸严肃。秘书退到后面，不再作声。

手术室的外面，洛涵坐在长椅上，手指交握在一起，闭着眼睛，一如既往的淡漠疏离，秘书看着他，那个一直少言少语、清俊逼人的洛教授，在外人面前表现出焦急。他狭长的睫毛映在白皙的脸上，嘴唇抿在一起，不说话，安静得让他有些害怕。

洛涵一言不发，时不时看一眼手里的手机，神色严肃。

一直立在一旁等待的秘书猜测洛涵应该是有事需要离开："洛教授，如果你不放心的话，这位小姐就交给我照看吧。"

洛涵漆深的眼眸看了他一眼，轻道："谢谢，不过，我想有个人更合适。"

Chapter7 破译密码

很快，不到一个小时，戴着口罩的资深专家走了出来，在看到秘书的时候愣了一下，赶紧过去跟他握了握手，专家开口道："别担心，伤口已经处理好了，不严重，只是有一点儿轻微的脑震荡，需要好好休息几天。"秘书微微松口气，露出一丝笑容，"谢谢你了。"

专家走过长椅，看到洛涵的时候，微微一怔，洛涵看了他一眼，轻微点了点头，专家这才应允离开。

手术室的门开了，谭沫被推了出来，安静的睡颜让人心疼，瘦弱的身子裹在那浅色的单子下，洛涵轻启薄唇，没人听清他说了什么，可能这话是他说给自己听的：

"谭沫，对不起。"

白色的床单映着她同样苍白的脸，谭沫如泼墨般的长发随意散落着，洛涵坐在高级病房的沙发里，手里拿着的正是谭沫的手机，里面的联系人少得可怜。除了他自己的，还有刑侦厅里的号码外，就只有她父母和一个叫慕荷的人的联系方式。

洛涵应该感谢他超凡的记忆力，慕荷这个名字，他知道，当然不是从谭沫的口中，而是，他的另外一个好兄弟——姜永恩。那个和他不打不相识的技术天才，心中念念不忘的就是这个名字。洛涵记得在复试的时候，谭沫接了一个电话，她叫那人"慕慕"，想必应该是慕荷。

起身，帮谭沫掖了掖被角，他该如何评价这个十分聪慧的女孩？即使在美国参与过案件的画像分析，但自己一个人这样鲁莽地去那么偏僻的地方，而且什么防身的东西都没带，实在是太欠考虑。

站在一旁的秘书刚刚从外面接萧哲的电话回来，大概了解清楚事情的经过后，他轻缓地开口安慰："洛教授，你不要太自责。"

洛涵手上的动作一顿，没有应他。

这般心怀愧疚，是第一次，好在他去得及时，也好在她伤得不重。

他早就分析出了藏毒密室的入口，却没有告诉她，也没料到会出现如此的局面。

对于谭沬，洛涵还没有习惯她在他的身边，仍然和以前一样，他喜欢独自处理事情。而现在她是他的助手，和他一样关心案件的每个细节，有时候那惊人的洞察力让他吃惊中带着刮目相看。

他轻扶额头，这种错误，他不会再犯第二次。

微微的月光透过窗帘，悄然踏进室内。夜仍旧很长。

谭沬受伤的事，不能让谭家那些高官知道，一旦知道的话，他们就会将她从他身边带走。

洛涵仰头靠在沙发上，可现在，他不能让她离开。他需要她。

接到电话的慕荷正睡在她搭在实验室里的一张简易床上。

一向有些起床气的慕荷看到来电显示是谭沬的名字，仍旧没好气地说："沬儿，这么早叫我起床？你是系统故障了吗？"

听到慕荷的声音，洛涵在电话这边有一丝停顿，紧接着应她："慕小姐，我是洛涵，谭沬的上司。她现在人在医院，方便的话，希望你来一下医院。如果不便的话，我可以派人帮你处理你手边的事情直到你有空为止。"

慕荷在听到"医院"两个字的时候，猛然清醒，她忽略了洛涵话中强势的态度，一边接电话一边起身，声音干脆却含着担忧："我马上到。"

见到慕荷的第一眼，一向对儿女情长不感兴趣的洛涵好像忽然能够明白，为什么姜永恩曾经和他说过这样的一句话"我知道明明有很多人，但却一定是非她不可。"

慕荷和谭沬给人的感觉完全不同，她闯进病房的时候，身上穿着的还是实验室的白大褂，不太长的头发被扎成了个马尾，明明有些风尘仆仆，温婉精致的模样却让看的人心情渐好。

看到躺在床上的谭沬，慕荷好看的眉蹙在一起，毫不掩饰那丝责怪的语气：

"洛先生,你可以解释一下这种情况吗?我家沫儿,应该是今天刚刚从澳门回来。"

洛涵长睫微挑,果然人不可貌相,这位慕小姐可比她的外表要不善许多,于是说:"你大可以等她醒了讲给你听,现在,我需要你给她的家人一个交代。"

找她来就是为了这个?

慕荷略不满意,但是考虑到如果让谭老爷子知道了,沫儿以后的日子一定不好过,她勉为其难地决定忽略一下眼前这位气焰嚣张、冰冷倨傲的男子的态度,说道:"给我个可行性高点儿的提案。"

洛涵随手拿起搭在沙发上的外套,语气平淡:"解释一下她今晚夜不归宿的原因,顺便给她找一个可以在外面多住些日子的理由,我想,慕小姐,你绝对有处理这件事的智商。"

慕荷清秀的面容上闪过一丝不爽:"你打算让谭沫这些日子住院?同时瞒着她的家里人?"

"放心,她的伤没那么重。"说着,洛涵长腿向外迈,秘书紧紧地跟在他后面。

"那你想让沫儿住哪儿?"慕荷完全搞不懂眼前这位 Boss 的意图,虽然伤得不重,但是看样子脑袋上的绷带可能要几天才能拆除。

洛涵长身玉立,手插入裤袋,幽深的眼里略带促狭:"你的意思是想让她和我一起住?"

洛涵在转身离开前留了最后一句话给慕荷:"那接下来麻烦慕小姐了。"

慕荷看着洛涵离开的背影,轻轻叹了口气:"沫儿,和你的 Boss 相比,我觉得我对你而言,是好人。"

洛涵走出门,冲着洛父的秘书嘱咐了最后一句:"请营养师做些东西送过来,我现在做的事不要和我父亲讲。"他微微低眸,暗流涌动,"今晚谢谢你。我先走了。"

秘书看着洛涵开车离开,轻轻叹了口气,这位洛家少爷与经商的洛家人深切的距离感,仍旧和以前一样。

洛涵戴上蓝牙耳机,手机地图上的红点显示得很清晰,在他带着谭沫离开后,它在原来工厂的位置就开始移动。很明显,那开车的人和搬货的并不是同一伙,不然还有货没有装上车前,他不会离开。

洛涵微微眯起眼睛,露出危险的信息:在城市里这样绕圈,是在和我炫耀你的成果吗?

"萧哲,情况怎么样?"电话那头的萧哲已经把被人换掉的录像拿掉,显示屏上的正是他们的监控器所拍到的真实景象。

"你把谭沫救走后,有个人从侧门的位置出现,然后开走了那辆载有毒品的车。很明显他和装货的两个人不是一起的。我们安置的那几个监控位置极好,多个角度拍到了那人的脸!"萧哲说话的声音有略微的颤抖,他没想到洛涵竟然这样厉害,他好像可以预见这两伙人行动的路线一般,事先竟然安置好了监控和窃听器。

"窃听器的内容有调出来吗?"洛涵继续冷静地问道。

"嗯,之前两个装货的人基本上没什么太多的对话,但是,在他们进入密道前,提到了'毒品'二字。我已经派人按照追踪器的指示跟过去了,那辆车一直在郊区和市内乱绕,你现在人在哪里?要我过去吗?"萧哲毕竟有些年轻气盛,总是有些沉不住气。

"不用,你留在厅里,用不多时,内鬼就会出现,你睁大眼睛,把他给我找出来。"洛涵打了个方向盘,"追车这件事,就交给我。随时联系。挂了。"

电话那边剩下了忙音,洛涵的唇角微微勾起,如他所想,双方没有一人会放弃第一夜的机会,"他"和他想的一样,只不过,"他"为何要在路上浪费时间?

男人开着车,蓝牙耳机里传来了少爷爽朗的笑声。男人疑惑,少爷今晚的心情似乎好得出奇。

"少爷,我们不能这样一直绕着圈,现在到底要把这些货送到哪里?"

被称作少爷的男人缓缓收住了笑,他明澈的眼眸看着落地窗外那个灯火辉煌的世界,此刻竟然如此可爱。他微微勾起一抹笑容,声音轻快:"Steve(史蒂夫),你说那个同样猜到毒品所在的人为什么不把车子开走?"

Steve握着方向盘,茶色的眼眸里怀着一丝猜测:"是因为他不知道车子里装的是什么?"

少爷邪魅地嗤笑:"你觉得那么聪明的人会猜不到?"

"那是为什么?"

"呵，"少爷走到酒架前，再次挑了一瓶有年头的红酒，缓缓倒进高脚杯里，声音里恣意着慵懒，"因为在他眼里，那女孩远比毒品的价值大得多。"

Steve 不太明白，但也决定不再问。

"既然这些毒品的价值都不及一个受了伤的女孩的话，那，我们就让它值一条人命。"

少爷晃了晃酒杯，将刚刚添入杯中的红酒慢慢倒入桌上的那盆植物里，姿态高傲而不屑一顾，就如同他对待这已经到手的毒品，"我们就把这些货先还给黄宗祥，然后，看着愚蠢的警察怎么和他玩。"

Steve 不可置信！这么多毒品，这价值千万元以上的货就不要了？他实在无法理解少爷！

不容他发表什么看法，耳机里传来了如寒冰般的声音"你想违抗我的命令？"

"不敢，少爷。我绝对不敢！那我现在把这些货送到哪里？"Steve 紧紧闭上嘴，没人比他更了解少爷的狠绝。

少爷拿着酒杯，俊逸的眼睛看了看黑色的天空，命令道："送到第二次火灾的工厂，仍旧放到他引以为傲的地下密室。让我们帮帮那些警察。"

"嗯，明白。"

Steve 的车最终消失在郊外那浓重的夜色中。

洛涵看着地图上那个红点出了市区，他的心猛然一缩，他们的目的不是毒品，而是黄宗祥？手指在方向盘上轻轻敲击，他思考的时候，常常不自觉地做这个动作。

那追踪器的红点最后进入了他划分的"危险区域"，洛涵的嘴角慢慢溢出一丝笑。

很有趣。

看来，这次棋逢对手。

Steve 把车停在了第二个工厂的地下车库，他松了松一直戴着的手套，茶色的眼眸扫视四周，跟着少爷出生入死过的他微微眯起眼睛，躲在了一辆货车的后面，他的姿势像一只捕猎的豹子，耳朵贴近地面，发觉微微的振动和碎碎的步伐。被人跟上了？

　　Steve 将背在身上的包拿了下来，找好位置，速度快得惊人，安装好，然后一个纵身，脚踩货车借力，轻轻一跃，便抓住了通风口的铁栏，不一会儿，便"凭空"消失。

　　刘向阳带着几个兄弟跟着追踪器到了这里，竟然是第二次火灾的那家工厂的地下停车场？当时大火形势猛烈，唯有这个地下停车场没有受到多少牵连，如今想来确实有猫腻。

　　他们手中持枪，贴着墙壁，谨慎地向前走。洛涵的车还没开到，看到一直闪烁的红点停在了他已经猜到的地方，车速越来越快，犀利的目光看着前方，洛涵更加确定——"他"的目标就是黄宗祥。

　　车终于开到了工厂，洛涵握着枪，没有直接冲向停车场，而是绕到了工厂的后门，他躲在高树的后面，紧紧注视着黑暗中的声响。

　　忽然，地下停车场那边传来了爆炸的声音，"轰"的一声，洛涵的心一紧，几个兄弟还在那边！可是，他现在不能走。

　　果然，随着这爆炸声，一辆黑色的车转瞬出现在后门，一个矫健的身影从不远的地方跑了过来。洛涵蹲在原地，手举着枪，眼睛紧紧地跟随狂奔的那个人，就在他要跑出工厂的那一刻，洛涵毫不犹豫地扣动扳机，正中他的右腿！那黑影因动作剧烈，一下子跌在了地上，出人意料的是，他在倒地的瞬间举枪朝着洛涵的方向同样开火。洛涵一个翻身，滚到地上，然后举枪再次瞄准他。

　　可是，一个阴冷的女声从车子的方向传来："别动！"

　　洛涵顺着那声音，看到一个偏瘦的身影在黑暗中举着枪，她踩着高跟鞋，一步一步走向她的伙伴，将那人搀起来，然后慢慢向后退。

　　洛涵目光沉沉，不语。但是举枪的手准准地瞄向了她的头。

　　隔着这样的距离，女人仍旧能感到那股压迫的气势，但是，她忽而冷笑一声："后会有期。"

　　说完钻进车里，带着男人绝尘离去。

　　洛涵微抿嘴唇，没有多做停留，把枪收起来，跑到地下停车场那边，几名刑警正站在那里，火药的力度刚刚好，炸开了地面，出现在他们眼前的是如山的毒品，还有，那辆满是战利品的车。

　　洛涵向刘向阳他们打了个招呼，刘向阳把萧哲打来的电话递给他，传来略

Chapter7 破译密码

显焦急的声音:"洛涵,怎么样?"

"毒品悉数被送上门,我想,在黄宗祥生日宴会前,我们不得不看他如何在警局巧舌如簧。"挂了电话,洛涵把手放进裤袋,高挑的身姿映着黑暗中的弱弱火苗,绕着那炸开的坑,一圈一圈地走,眼睛扫视着他们安装摄像头的位置,蓦地,唇角勾起一丝笑,不知道那个"他"有没有想到这一点。

医院的病房里,慕荷面无表情地看着谭沫,还缠着绷带的谭沫被这样直接地审视着,十分不自在,但此时,保持沉默才是最正确的选择。

"你到底想干什么?"就知道她开口第一件事就是问这个。

"我……我……想去洗手间。"谭沫琢磨了一下,人的生理需求是最该得到重视的。

"答了我的问题再去。我再问你一遍,你把自己弄得'头破血流'好玩吗?"

"……不好玩……"弱弱的声音完全没有气势。

慕荷清亮的眼睛盯着谭沫看了一会儿,许是她真的很……急,慕荷决定还是先放她一马,她和她有很多时间可以谈论。

一名护士端着药和体温计礼貌地敲了敲门,她笑容满面地将东西放到了桌子上,闪身,才让谭沫看到她身后那位朗朗君子,一袭白衣黑裤的洛涵,他手里提着两个饭盒,谭沫笑眼看着他。

他都能猜到她现在饿了,后来,事实证明,谭沫想多了。

他如墨的眼眸扫过她的脸:刚醒没多久,神情有些恍惚,但是,看上去已经没什么大问题了。

护士帮谭沫做了简单的检查后便很自觉地以路人甲的姿态离开了,然后……就没有然后了,屋里忽然安静下来。

终于,这悄然的沉默是被谭沫不争气的肚子发出的那一声叫而打破的……

慕荷一本正经地忍住笑,她摸了摸谭沫的头发,柔声宣告了一个让谭沫有些不高兴的消息:"既然你家Boss出现了,我就不奉陪了,有事再给我打电话,我实验室还有事。"

这就是传说中的,学霸!

在她眼里,科研永远是第一位!

谭沫觉得,如果爱可以超越生命这个界限的话,她坚信慕荷会和实验室结婚！

　　慕荷扯了扯身上的白大褂，冲洛涵点了点头，一脸高深莫测道："剩下的就拜托给你了，你交代的事我已经办好了，接下来的一周，我想谭沫要出差，至于去哪儿，其实，我一点儿不介意是你家。"

　　然后，一脸不知道何时被卖了的谭沫就这样被慕荷抛弃了……

　　洛涵修长的腿慢慢地向她走来，谭沫看着他伸出手，白皙冰凉的手指轻轻抚了抚她的额头，眼睛专注地望向她，声音清凉："还疼吗？"

　　他墨色的眸子里全是她的倒影，他的手指顺着绷带缓缓滑过，一直到她的耳畔，随手帮她把掉下来的碎发拨到耳后。

　　谭沫仔细想了想洛涵的这个问题，很认真地更正他："我的伤口在后面……"

　　洛涵不由得轻笑："那你后面的伤口还疼吗？"

　　谭沫摇摇头："已经没事了，其实现在就可以把绷带拆掉。"

　　"戴着吧，挺好的。"洛涵将饭盒打开，清粥小菜很适合她现在的状况。

　　挺好的？她觉得洛涵的意思绝对是：挺好玩的！

　　她刚刚在洗手间里照了照镜子，好像日本敢死队……

　　洛涵将桌子撑好，把粥和小菜摆在谭沫的面前，问："你不是饿了吗？"

　　谭沫咬咬唇，果然，那声肚子叫，太毁损形象了。

　　她煞有介事地舀了一勺，哦？味道很好——很显然不是他做的。她好像猜中了问题的答案一般满足，嘴角露出浅浅的笑，安静地喝了大半碗粥。

　　忽然……谭沫意识到，她旁边坐的是她的Boss！

　　她看了看眼前的粥，犹豫着开口："洛涵，你饿吗？"

　　洛Boss靠在床边的椅子上，手撑着下巴，轻柔地看着她，虽然他不饿，但是，此时似乎应该回答："嗯。"

　　谭沫抿了抿嘴，为什么刚刚不说？

　　他救了她，还饿着肚子看着她吃东西，谭沫决定忽略他的回答，义正词严地转移话题："我什么时候可以出院？"

　　"吃不下就不要勉强。"说完，洛涵很自觉地把粥端到了自己面前，看着她吃得那么香，似乎真的有一点儿饿了，就着她的勺子，舀了一小口，嗯，味道不错。

Chapter7 破译密码

眼底浮出浅浅的笑意，瞥了一眼谭沫，很正经地回了她一句："我们不要浪费粮食。"

谭沫不知为何，脸上飘过一丝红晕，他……他不知道那是她的勺子吗？

看来，今天需要忽略的事太多，可是有一件事她不能忽略，就在洛涵放下碗，准备把桌子拿走的时候，谭沫忽然伸手抓住了洛涵的手腕，她的指腹有些凉，清冰一般，可是，就在她触碰到他的那一刻，洛涵觉得，手腕处却有些微热。

"洛涵，我好像还没有和你说，谢谢。"谭沫的声音轻轻的，却很清晰，彼此的距离近到好像能闻到他身上淡雅的青柠的味道。

洛涵一顿，她真诚而毫不闪躲的目光就那样澄澈地看着他，洛涵好似想到什么，唇角略含笑意地说："其实，这两个字，你说得太早了。"

"嗯？"谭沫不明所以。

洛涵不再答她，将东西收拾好后，说："我回厅里了，你是跟我一起去还是回我家？"

谭沫根本没注意到"家"字前面那个代词，爽快地答了一声："当然和你一起回厅里。"

洛涵靠在椅子上，看着屏幕上的人脸，手指轻轻敲着桌子，旁边的技术员赵寒萧开口："洛教授，这个人的侧脸，我们已经比对过了，是黄宗祥的私人助理，名叫陈航，跟着黄宗祥已经有些年头了，这个比对的可信度和匹配程度高达90%。"

洛涵"嗯"了一声，俊眸沉静。

黄老板坐在审讯室的椅子里，一身高级的灰西装，头发梳得光亮，他看着对面的男人，无奈地扯出一丝笑："大队长，我是无辜的。"

孙大海看着黄宗祥，没理会他一脸被冤枉的神情，说："黄老板，你投资的那家工厂前几天发生了大型火灾，昨晚又被检查出地下藏有大量毒品，你对这事知情吗？"

黄宗祥睁大眼睛："那地下藏有毒品？我不知道啊！我虽然是股东，但是我并不是一把手！"

孙队忽略他演戏的成分，继续说道："可是，监控器里拍到了你的助手陈航开着一辆装满毒品的车来到这家工厂，这是不是你的授意？"

黄宗祥的眼珠忽而一转，该死！他们竟然利用他的人？可是，陈航那小子跟随他多年，一直对他忠心耿耿。

"我真的不知情。"黄宗祥的声音里透着那么一丝不平静。

站在监控前的洛涵面容沉沉，人说谎的时候眼睛会不自觉地转移视线，提到毒品的时候，黄宗祥很明显地将目光挪开，可是在说到陈航的时候，他略有震惊地看向孙大海。看来暗中的那个人，思维之缜密根本不是黄宗祥可以企及的。

审问终是没什么结果，但是陈航因为给不出不在场证明而被拘留了，黄宗祥则面无表情地坐车离开，回到车里，他扯了扯领带，目露凶光，这分明是要慢慢玩死他！

洛涵照旧送谭沫回家，只不过，这次回的不是她的家。

看着车再次开进洛涵家那片高级别墅区，谭沫疑惑地问："今晚还要加班吗？"

洛涵淡淡答她："不是，是出差。"

"出差？来你家干吗？"

他清逸的眼睛微微含笑："嗯，是来我家出差。"

谭沫终于明白医院里慕荷话中的意思了：她这个敢死队的形象如果回了大院……嗯，相较而言，还是出差好啊……

在洛涵家养了几天，谭沫的绷带已经可以拆掉了，最重要的任务也来了。虽然陈航被暂时拘留了，藏毒的事情也被曝光了，一切舆论压力似乎都对黄宗祥不利，但是这一切并没有影响他正常举办他的生日宴。

银色的宾利车里，洛涵目光沉静地看着坐在副驾驶上的谭沫。感受到他的注视，谭沫很知趣地从包里拿出一张面巾纸，今晚的妆，她可是化得很认真，看来洛Boss还是不满意。她刚要再擦掉一点儿腮红，洛涵忽而开口，声音清冷："不用。"

谭沫歪头正好看到他清逸的侧影，洛Boss唇角微勾："很好看。"

谭沫一怔，一股特别的热慢慢涌上面颊，她转过头，用手背轻轻贴了贴脸，她想脸红一定是因为车里比较热……

Chapter7 破译密码

之前入侵了黄家老宅的保全系统，最终洛涵锁定了他的卧室，黄宗祥一定会把那最重要的资料放在离自己最近的地方。进入宴会厅后，洛涵便和谭沫约定，在众人切蛋糕的时候，在黄宗祥的卧室，老宅的三楼会合。

香槟和灯光交错在一起，黄宗祥的生日会，来了各界的精英，谭沫独自站在不起眼的角落，她乌黑的眸子观察着黄宗祥的一举一动，就在众人为他举杯的时候，她闪身，悄悄退了出来，轻轻提起有些拖地的晚礼服，上了三楼。不知道洛涵是用什么方式打开的黄宗祥卧室的门，谭沫推门进去，看到洛涵一袭黑色的西服，长身玉立在房间的中央，手斜插在裤袋里，目光冷静地扫视着整个房间。

谭沫轻轻关上门，问："怎么样？"

洛涵桀骜的眼眸含着轻蔑："在床的那堵墙的后面。"他轻轻走过去，在床头的旁边有一个电源插座，可是，轻轻一拨，就露出一个旋转的钮，接着一个密码盘露了出来，九宫格的数字模式。

"这个破译密码……我没有什么头绪。"谭沫对于这方面确实经验不足。她看了看洛涵，他仍旧环视着整个房间，随口说了一句："嗯，我没指望你。"

谭沫抿嘴，好打击她……

洛涵接着补充了一句："你去帮我把一下风。"说完，他在房间里随意地走着：屋内的摆设很简单，一张很大的床，一个女人用的梳妆台，上面摆了一张单人照片。照片上的女人温柔地微笑着，眉眼亲和。整体的装修氛围不像那个一贯行事作风很刁钻毒辣的黄宗祥。窗帘上繁复的花纹有些脱丝，明显年头已久。淡黄色的墙壁，还有高高的架子，摆满了精美的瓷器。

洛涵蹲下身子，把密码盘旋出来。白皙的手指刚刚要落下，却被谭沫一把拉住："你这么确定？如果有失误的话，恐怕会有报警。"

洛涵瞥了她一眼，俊颜清冷，声音低沉："IMISSU。"

谭沫愣在了原地，这是？

转瞬便明白了他的意思。

这屋内的摆设，每一个细节都保持着他已故夫人生前的模样，女人的梳妆台，女人的相片，女人喜欢的收藏，女人用过的窗帘。沉迷花丛的黄宗祥却一直没有续弦，谭沫慢慢松开了手，看着洛涵在键盘上输入了几个数字：

464778。

"啪"的一声，后面的墙露出了一条小小的缝隙。

出乎谭沫意料的是，那里面竟然还有一个保险柜。

"这……密码，难道是ILOVEU？"

她说话的时候，声音如清泉一样好听，洛涵听着这所谓无心的"告白"，稍稍顿了一下，谭沫自顾自地解释："如此念念不忘，一定是因为爱得很深。"

洛涵薄唇轻启，眸间波光流转："念念不忘的还有一种感情，是IHATEU。"

他明明爱她，却又不能对她在身体上保持忠贞，这是一种矛盾的感情。他恨她，却忘不掉她，爱和恨交织，刻在身骨上，而能让黄宗祥那个老男人对他唯一的女儿不闻不问，关系冷淡，正是因为，爱到深处便是恨。

洛涵轻轻按下密码：442838。

然后"啪"的一声，密码箱真的打开了！

谭沫有些惊诧地看着洛涵，他则动作迅速地把资料拿出来拍照，微型摄像机就在他西服口袋里。

一切处理完，两个人刚刚踏出黄宗祥的卧室，便听到有女佣的声音。

洛涵一顿，深色的眼眸扫过谭沫身上的晚礼服，忽然牵起她的手闪进了另一个房间，如果他没记错的话，这个就是黄珊珊的卧室。

冰凉的指腹触到她细弱的手腕，谭沫看不到洛涵脸上的表情。

女佣的脚步声越来越近，她贴在门上，能够清晰地听到，谭沫有些紧张地看着洛涵，而他神色波澜不惊，四目相视，好像时间就此凝固。

忽而，他的唇角含笑，伸手揽过她的腰，谭沫一个趔趄，在跌进他怀里前，被洛涵稳稳地扶住，然后他优雅地一个转身，轻轻带她进到了后面的纱帐，斯文有礼地在她耳边轻语："不要害怕，配合我。"

低沉雅厚的嗓音，让谭沫有瞬间的闪神。

女佣的声音在门外响起："小姐，老爷让我叫你下去，小姐？小姐？"说完她轻轻地推开了门。看到的却是一位高大英挺的男士，拥着面前瘦弱清丽的女士。男士轻轻托着女士的头，一手稳稳地握住她纤细的腰身。

洛涵没有回头，背对着女佣，冷声严厉："出去！"

"对……对不起，少爷小姐。"女佣根本没有看清两个人的样貌，但是这是小姐的房间，她根本没有任何怀疑，胆战心惊地快步退出了房间。

　　静谧的夜，炫目的灯光，楼下华丽的舞曲，眼前被放大的俊颜。
　　谭沫睁大双眼，她是第一次这样近距离地看洛涵：高冷的气质，无可挑剔的五官，深邃的眸子紧紧锁住她……
　　心，忽而跌跌撞撞……

Chapter 8 好久不见，程骏哥哥

谭沫呆呆地看着眼前俊雅逼人的洛 Boss。

洛涵漆深的眼眸里映着让人捉摸不透的情绪，他轻轻拍了拍谭沫的头，好听的声音一如既往地带着些清淡："再这样发呆下去，我们真的会被发现的。"

谭沫回过神，别过头，她想知道怎样才能控制她脸颊上的红晕。

"我们分开走，我先把资料带出去，你返回会场，我会回来接你。"他停了停，冰凉的手指轻轻拂过谭沫耳边的碎发，清晰雅然的嗓音："等我。"

和洛涵分别走出了房间，谭沫提着晚礼服的裙摆，有些心不在焉。

忽然，身后远远浅浅地传来了两个男人说话的声音。

"你好点儿了吗？"

"老子倒霉，竟然中了麻醉枪。不过早就没事了。要是让我碰到开枪的人我一定以牙还牙。"

"那个小姑娘不知道去哪儿了，现在看她应该不是厂里的员工，不过她的同伙竟然放心她自己来？"

"谁晓得？"

……

听着他们的对话，谭沫的脊背发凉，她不由自主地加快了脚步——是他们！在密道里，拿枪抵着她后背的人。

高跟鞋在光洁的地面上踩出低低却清脆的声音，长而空旷的走廊里，有她，有他们！

"阿轩，"高大的男子忽然在同伴耳边低语，"这个楼层不是不准宾客上来的吗？"

"是啊。"

Chapter8 好久不见，崔骏哥哥

"前面好像有人，但背影看起来不像是我们的人。"阿翔看着前方。

长长的走廊，此时格外安静。

拐角处，谭沫一个闪身，消失在他们的视线里。

阿轩觉得不对，说："我们跟上去看看。"

谭沫能感觉到身后有人在跑过来。她轻咬嘴唇，那天夜里很黑，她戴着棒球帽，他们应该是没有看清她的脸，至于昏倒之后，如果真的被看到了，她现在不可能安安全全地以受邀嘉宾的身份进来。可是身后越来越近的奔跑声，让她的心越来越不安。前面的那个拐弯处，她记得有楼梯通到二楼。

谭沫提着长长的裙摆，白皙的脚踝露在外面，有略略的凉意，她侧耳：后面渐渐没了声音，怎么回事？

忽然！一双有力的手，带着暖暖的温度，扣住她的手腕，将她拉到了一边。没想到在旁边竟然还有一条小而窄的过道！隔着层层叠叠的竹子，正好能遮住他人的视线。

那双修长温润的手覆在她的嘴上，清澈的嗓音传来："别讲话。"

这人一个侧身，将她带入了怀里。一股好闻的茶树的味道忽而袭来。他的后背对着那片竹子，另一只手稳稳地揽过她的肩膀，她整个人正好完全被嵌进他的身体里。

黑色的西服好像将两个人包裹在这安静黑暗的角落。

深深凉凉的阴影，谭沫觉得她的心在不规则地跳动，这个熟悉的味道……这个淡雅的茶树的气息……

阿轩和阿翔觉得奇怪，他们刚刚确实看到了一个人影，顺着楼梯往下看，阿翔开口："可能是下楼了吧。"

他们就在竹子的对面，说话的声音如此之近，谭沫紧张得呼吸有些不稳。

他似乎也很紧张，隔着衣服，她仍能听到他怦怦有力的心跳。

"我们下去看看。"说完，两个人下了楼。

听着他们的脚步声越来越远，谭沫终于松了口气。

可是，面前的人……是敌是友？

男子松开了覆在谭沫嘴上的手，谭沫刚想后退，却被他用双手紧紧环住，温柔却霸道的拥抱，他的下巴抵着她的头，高高的个子，她熟悉的高度……她用力推开他，却听到那个调侃的语调。

他低眸，如宇宙深处耀眼的星星，明亮闪烁。

清晰富有磁性的嗓音好像压着浅笑。

"沫儿，好久不见。"

谭沫睁大眼睛，看清了他的模样，曾经有人笑着说，他有着世界上可以融化冰雪的温暖笑容，你一定会喜欢他的。

可是，事实却很残酷：她不喜欢他。她甚至有些讨厌他。

"程骏？"

不知道有多久没有再见过，时间像一把刻刀，契合了岁月，把那个阳光的少年从一个一尘不染的男孩雕琢成了玉树临风的男人。

程骏的嘴角滑过浅浅淡淡的微笑："沫儿，不是告诉过你吗？要叫我哥哥。"

谭沫抿了抿嘴唇，百般不情愿，可是她的眼睛却没有离开过他，她深深地、慢慢地、一遍遍地打量他，描摹着那英俊的轮廓，好像站在眼前的人根本不是程骏，而是她心里一直记挂的人。

最后，思念敌不过现实，她淡淡地开口："好久不见，程骏哥哥。"

眉目如画，青山如黛，清冷的气质一如既往。

程骏看着谭沫，眼底有抹化不开的浓郁：

在谭沫的世界里，只有一个人，她愿意一辈子叫他哥哥，那个人已经不在她身边了，可是，却好像永远活在她身边。

世上也许真的会有那样一个人，他明明不在，却好像一直都在。没有人可以代替他。

他是谭熙。

程骏嘴角勾着笑，看着一身晚礼服的谭沫，他避重就轻："怎么一个人在这儿？"

谭沫不答反问："你为什么在这儿？"

她的目光已经掩盖了初见时的惊讶，取而代之的是冷淡疏离。

"我自然是受邀之人。"说着，程骏优雅地伸手，却被谭沫轻巧地避开，他轻笑，"对我还是这么防备？"

谭沫默默地向后退了退："没有。"

"嗯,说'讨厌'二字可能更准确。"

他明澈的目光好像早就将她看透,谭沫扶开他撑在墙壁上的手,说:"没有感情,哪里谈得上讨厌。刚刚谢谢你。不见!"

她低着头,这长长的裙摆在地面划出好看的弧形,她伸手提起裙摆,刚想迈步离开,却发现手腕处传来不可忽视的温暖——是他的手。

他用的力不大不小,不会弄疼她,却又恰恰可以阻止她离开。

程骏清澈温柔的声音从身后传来:"沫儿,不是不见,是再见。"

说完,他轻轻放开了手,看着谭沫有些僵硬的背影有小小的颤抖,然后在他眼前落荒而逃,一直带着浅笑的英俊男子,收敛情绪,刚刚灿若晨星的眸子暗淡下来,他斜倚在墙壁上,伸手,那双握过她细弱手腕的手,覆在眼睛上。

深色的西服,角落的黑暗,竹子的清香和她从未改变过的态度……

程骏放下手,轻轻扯了扯领结,幽深的眼眸里,闪过一丝冰冷。

楼下的会场,庆祝的氛围应着宾客们的笑声,谭沫踩着不太习惯的高跟鞋,终于回到了人群中。她拿着红酒,四下寻找洛涵的身影。

他还没有回来?

就在她疑问的时候,一束追光灯打在前方,宴会的主持人笑着宣布:"接下来请黄董事长的千金珊珊小姐致辞!"

一抹高挑的身影映入眼帘。周围浸在黑暗中,只有她在那光明中万众瞩目。

黄珊珊眉眼清秀,像极了她已过世的母亲,她看上去很温和,说话的声音也柔柔弱弱:"谢谢各位百忙之中来参加我父亲的生日宴会,由于我常年在国外求学,一直不能很好地孝敬我父亲,在今天这个重要的日子里,也请在座的各位给我做个见证,以后,我一定留在我父亲身边好好照顾他,尽一个女儿该尽的孝道。"她腼腆地一笑,"同时,我也想将我的男朋友介绍给大家,接下来他会出任S公司的代理首席执行官,大家一定要多多支持他的工作,珊珊在这里先谢过各位了。"

那抹追光灯稍稍偏移,在黄珊珊的背后,一位清俊逼人的男子浅笑着看着众人,那抹微笑如阳光般耀眼,他微微颔首,语调清凉:"大家好,我是Jason(詹森),还请多多关照。"

追光灯下的程骏让在场的女士们脸莫名地红了一下。黑暗中，谭沫的双手紧紧地握在一起，她眸子沉沉地看着前方，他说他叫Jason，他竟然是黄珊珊的男朋友。

全场恢复了照明，远远的台中央，他没有动，目光定定地看着一个方向，嘴角的那丝浅笑恣意优雅，谭沫微微皱眉，他是在看她吗？

"他认识你，"洛涵不知道什么时候回到了她身旁，他好像很随意地下结论，但是语气却很笃定，"很久。"

谭沫移开视线，什么事都难逃过他的眼睛。

她轻轻点了点，语调平平："不过，我和他不熟。"

呵，不熟？

洛涵轻挑俊眉，他漆深如墨的眼睛扫了一下谭沫紧握的双手，不能忽略她刚刚望向Jason那里的那般黏着的目光，洛涵没有继续问她，这不是合适的场合。

黄宗祥站在台下，脸上没有表情。可是，他同样盯着一个人移不开视线。不是那个像极了他过世妻子的黄珊珊，而是，那个台上一派自然却透着强大气场的男子。黄宗祥晃了晃手中的酒杯，红澄澄的液体好似鲜血，妖艳的轻微在杯子里翻动。他那个眼光极高的女儿果真是给他找了一个出色的女婿。

不可微闻地冷哼一声，黄宗祥移开视线。

黄珊珊自然亲昵地挽着程骏的手臂，走下了台，宴会厅内又恢复了热闹的气氛。二人来到黄宗祥的面前，程骏微微点头示意，黄珊珊则举起了酒杯，轻轻撞了下黄宗祥的杯子，温柔地轻启红唇："爸爸，生日快乐。"

"你没咒我早死，就已经是我的万幸了。"黄宗祥将红酒一口饮尽，黑亮亮的眼睛盯着黄珊珊。

黄珊珊"扑哧"一笑，小嘴微微抿了一口酒，说："爸，你别误会珊珊，珊珊一个人在外从未给你惹过麻烦啊。"

黄宗祥撇了撇嘴角，黄珊珊继续开口："而且，爸，你不会忘了之前几单大生意不都是Jason帮你搞定的吗？"说着，手轻轻和程骏十指相扣，温暖的感觉从指间缓缓流入。

黄宗祥纵然不喜欢黄珊珊，却无法忽视和她比肩而立的这位男子。之前几单大的涉及毒品的生意，黄宗祥本来没有把握拿下来，人在美国的黄珊珊得知后，向他推荐了这位人才。这个叫 Jason 的男子以精巧的方案帮助黄宗祥赚了上亿元的人民币，可是今天却是他第一次面对面见到此人。

　　Jason 一直眉目亲和地看着父女俩谈话，不插一言，父女俩暗波流转。他的余光却没有停留在黄珊珊的身上。谭沫站在远远的地方，一袭高贵的晚礼服，目光毫不掩饰地看向他的方向。

　　不是明明不想再见到他的吗？

　　不知为何，程骏觉得心情渐好。他亲密地揽过黄珊珊的肩膀，说："伯父，珊珊站了这么久，我带她去休息一会儿。"如此贴心细腻，黄珊珊顺势将身体都靠在了他身上。

　　"下去吧。"黄宗祥不是没有调查过这个叫 Jason 的男子，他在孤儿院长大，后来被一家美国中产阶级家庭领养，生活优渥，接着念了名校，再没有多余的资料。

　　程骏转身离开，不经意间，和谭沫四目相视。

　　她的目光很冰凉，有着不掩饰的冷漠。可是她的眼睛却一直追随着他。

　　她，是在意他的。

　　程骏搂着黄珊珊，鼻尖靠近她的头发，有一股很浓重的香水的味道。

　　忽然，一股特别的气场将他的视线从谭沫身上移开！

　　优雅低调，高贵气质卓然，犀利洞察一切的眼神。

　　程骏深沉的眸子扫了洛涵一眼，马上便移开了。

　　那男子出色的样貌和气质，让程骏的心忽而一沉。

　　"已经上楼了，你还舍不得移开视线？"洛涵没什么语气，好像只是陈述事实一般。

　　谭沫略有些尴尬地收回目光："对不起。"

　　"跟我来。"洛涵侧身，护着谭沫往一边走，不远处，阿翔和阿轩跑了过来，在黄宗祥耳边低声说着什么。

　　"是他们。"谭沫余光看到了那两个人，她十分镇静地跟在洛涵身边，迅速闪出了宴会厅。

　　西服口袋里的手机在振动——是 Steve。

"少爷，事情已经办妥了。如您所料，他们出现了。微型摄像机已经拍下了，现在传给你吗？"

少爷坐在沙发里，说："先传过来，然后等我命令。"

"少爷，摄像机拍下的那两个人，现在可能还在宴会厅。"

少爷沉默了一下，接着吩咐："看完录像我会马上回复你。"

听到女人从浴室里开门出来的声音，少爷把手机挂断，长身玉立，眼底没有任何感情，手插进裤袋，走上前去。

女人仅仅裹了一条浴巾，脸上还有刚刚沐浴过后的粉红。

少爷沉默地看了她一眼，声音优雅而冰冷："我还有事。你先休息吧。"说完，他毫无留恋地转身离开了。

女人看着他转身的背影，呆呆地长久站立。

深夜，黑暗没有柔情。

坐在车上的谭沫扯了扯安全带，问："资料呢？"

"传到萧哲那儿了，现在他们应该正在分析。这一次，靠着这些资料，将黄宗祥绳之以法并不难，关键在于，"洛涵稍稍停顿，他回国的目的其实就在于，"美国的RT毒枭集团，希望能得到关于他们的消息。"

"RT……"谭沫重复洛涵的话，她之前在美国念书的时候，就听说过这个贩毒集团。有一次做罪犯画像，那个贩毒的小集团就是受雇于RT，这个集团早就上了不少国家的黑名单，可是，虽然破获过很多和他们相关的小的贩毒集团，但是始终抓不到他们的一丝踪迹。没人知道他们的货源到底在哪里，也不知道他们的运输途径，甚至他们的社交网络和代号，人们都不知道。

"洛涵，"谭沫的眼睛掠过后视镜，她很认真地开口，"我们好像被人跟上了。"

洛涵黑色的眼眸冰凉，嘴角慢慢滑过一丝笑，那是直面挑战的自信。

是他们……

黄宗祥没这么迅速，这么快的反应，洛涵的沉默让谭沫觉得心有不安。

"系好安全带。"他语气平淡，却有让人心安的力量。

谭沫听话地紧了紧安全带，银色的宾利忽然加速，周围的景色在急速变换，谭沫能感觉到车里的气氛很紧张，她看了眼洛涵的侧脸，俊逸而坚定，一股莫名的信任从心底传来。

洛涵的车技很是了得，可是后视镜里面的车始终甩不掉。

在一个十字路口处，洛涵看着红绿灯的时间，不知道按了一个什么按钮，车子在加速的同时，那后面的车忽然减速了。

洛涵急速地转了几个弯，谭沫不由自主地捂住胸口，后视镜里竟然看不到了那辆跟踪他的车！

"你刚刚做了什么？"

"让他的轮胎出点儿故障而已。"

宾利还有这种功能？谭沫忽然觉得她身旁的男人到处都有让人好奇的地方。

"今晚去我那里。"洛 Boss 开口。

谭沫一愣，然后很自然地回答："嗯。"

她知道现在这种情况，她最好不要和他分开。

和洛涵在一起，总有一种莫名的安全感。

宾利在进入小区前慢慢恢复了正常速度，保安自然是认得这些业主的，看到谭沫的时候，保安不自觉地笑了，这位美女前段时间整天戴着绷带，还是摘了之后漂亮："小姐，晚上好。"

"哦，你好。"谭沫觉得，她应该和他不熟才对。

洛涵升起车窗，俊颜上略略的不快，淡淡道："这种搭讪下次不用回。"

谭沫眨了眨眼睛，"这种"该怎样定义？

Steve 开着车，Katy 在一旁嚼着口香糖，鲜红的嘴唇吹出一个完美的球形，她嘴角扯出一丝嘲笑。

"哇哦！这么快就跟丢了。"毫不掩饰的幸灾乐祸。

Steve 骂了一句，不爽地答她："爆胎了，还有，跟丢这件事不仅仅是我的责任！"

Katy 轻蔑地看了他一眼："呵呵，你觉得少爷真的很指望你追上他们吗？"

"你什么意思？"

"少爷让你追上他们杀了他们？他一定没有下这样的命令。"Katy 说话的时候，冲着后视镜照了照自己的样子。

Steve 接到的命令只是一直跟着他们，找到他们的落脚地。

"少爷的目的是在好心告诉他们，他们暴露了，下次游戏要注意了。"Katy 扫了一眼面色有些惨淡的 Steve，"你跟在少爷身边的时间比我久，少爷的心思却还读不懂，难怪上次少爷命令要我和你一起去工厂。"

"你给我闭嘴！"Steve 心里有些窝火。

"瘸子，你不要惹我，不然我让你生不如死。"Katy 笑着伸手拍了拍脸，"这张脸，其实看起来还不错。"

变态！

Steve 没有再出声，他淡色的眼眸看着前方，少爷是不信任他了吗？

洛涵把车子停好，看到谭沫一袭拖地的晚礼服坐在别墅外的长椅上，夜风将她耳鬓的碎发吹得有些飞扬，她把鞋子脱了放在地上，光着脚一下下的，顽皮地踢着礼服的裙摆，像个孩子一般。

洛涵将西装外套脱下，刚刚要给她披上，谭沫却歪向一边，说："我不要穿你的衣服。"眼底全是：我不要给你这个嫌弃我的人洗衣服！

洛涵一顿，眼底渐渐露出笑意，语调轻松："不好意思，谭小姐，今晚，你要听我的。"

谭沫终于明白了洛涵话里的意思。

他拿着他的衣服递给她，一副再正经不过的模样："如果你打算穿礼服睡觉或者裸睡，我都不会介意的。"

谭沫一把夺过他的衣服，闪进了浴室。嘴里小声嘀咕："原来，这就是命运……"

洛涵抚了抚额头，看着她消瘦窈窕的背影，他眸色沉沉，那个 Jason 和她的关系根本不是那般轻描淡写。

谭沫洗好后，换了洛涵的衣服，发现洛涵虽然看起来很瘦，但是他的衣服套在她身上还是很宽松的。她挽好裤脚，洛涵也已经洗好坐着沙发上看资料了。

谭沫凑过去。

"怎么样？有发现什么和 RT 有关的数据吗？"

洛涵沉默了一会儿，说："恐怕我们不是最先窃取到资料的人。"他转头看她，却微微愣住了。

她穿着他的T恤和休闲裤，白皙的脸上带些微微的红晕，长长的睫毛像一把浓密的刷子，一股淡淡的青柠的味道从她身上缓缓传来。她的头发还有些湿，细细小小的水珠挂在发梢上，模样精致而美好。

洛涵莫名地有些不自然，移开视线，低哑的声音："这里的资料足以判黄宗祥的刑，可是没有一丝关于毒品来源和与RT往来的记录。"

"是那些人？"谭沫的心微微一紧。

"嗯，糟糕的是，我们已经暴露了。他们刚刚是在提醒我们这个事实。"洛涵站起身，往浴室的方向走。谭沫跟在他后面："我们在黄宗祥卧室的时候被人撞见了？或者说是那个女佣？"

"不是，应该是监控。我们在进去之前，技术部那边已经入侵了他们的整个监控系统，但是，拍到我们的摄像头应该是那些人安的，不在这个系统内。"洛涵很平静地叙述着。

好厉害……

谭沫以前不是没有见过涉及毒品的案子，这样神不知鬼不觉地打算惩罚判者的方法，让人胆寒。他们一开始的目的，就不是要那些被私吞了的毒品。他们要的是——黄宗祥的命。

而且，他们要借刀杀人，这把刀是——刑侦厅！

谭沫正想得入神的时候，一条大大的毛巾遮住了视线。感觉到头发正在被人很认真地揉搓，是洛涵？

洛涵一板一眼地擦着谭沫的头发，在谭小姐感觉自己的头发要壮烈牺牲的时候，洛涵清雅地开口："这地上的水你负责擦干净。我负责擦头发，你负责擦地。"说完转身把毛巾就那样随意搭在了谭沫的头上，声音里有浅浅的笑意："很公平。"

"……"赤裸裸地压榨她。

Chapter9 定时炸弹，还有三分钟

许是青柠的味道有助于睡眠，谭沫昨晚睡得很好。她起来去厨房找水喝，发现穿着运动衫的洛涵。他刚刚运动回来，手里还拿着清水，看到谭沫一副睡眼惺忪的模样，他扫了一眼一身睡衣的她："你去二楼洗漱，我要在一楼冲个澡。"谭沫回到厨房的时候，洛涵已经一身清爽地坐在餐桌前了。早餐很简单：面包、煎蛋、牛奶、水果。

看着细嚼慢咽的谭沫，洛涵道："你怎么吃这么少？"

谭沫："没什么胃口……"

Boss 略挑眉："你是对我的厨艺不满意？"

谭沫："……"

于是，早餐一向吃得很少的谭沫就在洛 Boss 犀利的眼神监督下，消灭了她的那份早餐。

刚刚把车开出车库的洛涵便接到了萧哲的电话："直接来黄宗祥的老宅，我们遇到麻烦了。"

萧哲所说的麻烦便是——黄宗祥失踪了。

黄珊珊依在 Jason 身边，看着拿着逮捕令的萧哲，开口依旧温和："我也没有见过我父亲，昨晚晚宴还没结束，我就回房间休息了。到目前为止都没有再见过他。"

"为什么提前回去？"萧哲看着黄珊珊的表现，心里暗暗评价：果然和资料上写的一样，他们父女的关系并不好，即使见到了逮捕令，她的表现也未免太淡定了。

"珊珊身子比较虚弱，所以不经常参加这种社交场合，昨晚是我带她先退场的。"一旁的高大男子解释道。

"你是黄小姐的男朋友？"

"Jason。"

从门口走进来一名男子，身材颀长，举手投足间有一股逼人的贵气，见到他来了，有警察开口："洛教授，往这边走。"

他身后跟着一名女孩，容貌清美艳丽，许是女人往往就在意比自己美丽的事物，洛涵和谭沫的出现让刚刚一副兴趣缺乏模样的黄珊珊稍稍站直了身子。

谭沫一进来便看到依偎在一起的程骏和黄家大小姐，眼睛不经意地扫过，程骏嘴角好像微微有笑意。

"这位是洛教授和他的助手小谭。"萧哲向黄家人简短介绍后，便随着老宅的管家陈生来到了黄宗祥最后一次出现的地方——卧室。

洛涵打量了一下陈生，年过半百，皮肤仍保养得很好，手腕上那块手表更是价值不菲。他微微眯眼，陈生的左手食指上贴了个创可贴。

黄宗祥的卧室拉着厚厚的窗帘，屋内很暗，陈生走上前，把灯打开却没有拉开窗帘，道："昨晚，我照例来给老爷收拾床铺，老爷回来后，叫我送牛奶过来，之后我就离开了。今早我来叫老爷去吃早餐，发现他没在。我以为他出去了，一直到你们来。"陈生笔直地站在原地，谭沫看到他不自觉地用右手遮住了左手受伤的指头。

"你的手怎么了？"谭沫走到他身边，开口问。

"哦，昨晚在厨房用刀子的时候不小心弄伤了。"陈生自然地答道。

在不远处的洛涵听到，唇畔微微上翘，他的小助理果然够犀利。

"哦，下次要小心。"谭沫语气平和。

一个人走路的时候习惯先迈左脚，开门的时候习惯用左手，陈生明显是个左撇子，可是他说在厨房用刀子弄伤了左手，握刀的明明应该是左手。

谭沫侧头看了一眼陈生，他是一个管家，却戴着价值十几万元的表，年纪不小了，保养得这么好，一定要花费不少时间和金钱，看来黄宗祥足够信任和重视他。

萧哲和其他人在屋里转了一圈，还是没发现什么，他有些不确定地说："会不会因为黄宗祥知道我们要来逮捕他而自己逃掉了？"

在一旁一直没有吭声的黄珊珊不可微闻地冷哼一声："警察先生，你们慢慢看吧，我先回房间了。"说完拽过Jason的手，走出了卧室。

"她是不是很恨她父亲？"萧哲小声问洛涵。

洛涵没理他，目光停留在地毯上，渐渐幽深。

谭沫一个人进了浴室，正想看看前面是不是有什么蛛丝马迹，刚迈步，没想到脚下一滑，整个人向后仰，忽然一双有力的手拉住了她，但是向后滑的身子还是结结实实地撞上了身后的人。

"你就不能慢一点儿？"冰冰凉凉的声音有略微的不满。

谭沫看着镜子里面，洛涵一脸冷淡的表情，没有回头，弱弱地答："是地比较滑……"

地比较滑？

两个人同时反应过来。

镜子下的两层物架上，整齐地摆着洗漱常用的物品。整齐对称得那般刺眼！

"证据，我去找。"谭沫踮起脚尖，在洛涵耳边说，"放心。"

洛涵墨玉般的眼睛看着她自信的模样，轻轻点头："让萧哲和你一起去。"

"那样容易被他觉察的，我自己可以的。"谭沫说完便闪出了浴室。

洛涵握了握刚刚抓住她的手，这种不用多说，便能完全相互理解的感觉很……奇妙。很久没有能和谁这样心思相通，真的是因为智商的水平差不多吗？

谭沫边走边想，黄宗祥不是自己躲起来的，是被陈生带走的！他为什么要这样做？陈生……陈航？谭沫给厅里的信息科打了个电话："萧宇，我是谭沫，你可不可以帮我查一下陈生和陈航的关系？"

"你不要挂，"电话那边传来了回答："是父子，陈生是陈航的父亲，陈航就是在黄家长大的。"

没错！

陈生把黄宗祥藏起来不是为了别的，就是为了他儿子！那个替黄宗祥入狱的他的亲生儿子！

他绑架他，那交易的筹码呢？黄珊珊和黄宗祥的关系并不好，她会答应救他吗？

谭沫把老宅的垃圾桶都翻了一遍。果然，最后在二楼最角落的储物间里发现了一个包起来的袋子。

她谨慎地打开：正是那个被打碎了的杯子！她看到上面还有残留的液体和斑斑的血迹，证据找到了！做交易的会是谁呢？是谁能为了赎回黄宗祥而救陈航呢？

不对！筹码是绑架了黄宗祥，他们就会替陈生把陈航救出来！是RT！

谭沫拎着袋子往卧室跑：洛涵，是RT！那么黄宗祥危险了！

黄宗祥的卧室里，洛涵蹲在地上，手轻轻地摸着一块地毯，看到谭沫手里提着袋子进来，他站起身，一直站在旁边的陈生看到那个袋子，瞬间表情有点儿僵硬。

谭沫刚要把袋子递过去，一只大手一下子掐住了她的脖子，然后，冰凉的枪口对准了她的太阳穴！

"陈生！你干什么？"萧哲他们迅速拔出枪，对准了陈生。

洛涵冷声道："这么沉不住气？我们还没有揭穿你，你就自己承认了？"

"什么？"萧哲他们不明白。

洛涵往前一步步逼近："黄宗祥是右撇子，浴室里的东西第二层摆放的明显是惯用右手的人摆的，而第一层却明显偏左。你的左手受伤根本不是因为用刀，你一个左撇子，怎么会习惯用右手握刀？你的左手是在捡掉在地毯上的装牛奶的杯子时被划伤的，她手里的袋子装的就是那些碎片。"洛涵顿了顿，已经站在了陈生的面前："你绑架黄宗祥前给他服了药，掺在了牛奶里，你没想到他会把杯子打碎，但是你来不及收拾了，你要趁着天黑把他带出老宅。把他送走后，你发现每天晚上都会洗澡的黄宗祥浴室还很干净，为了掩饰，你用浴霸把浴室弄湿，还故意用了一些浴液和洗发液。可是你忘记了，黄宗祥是右撇子而你不是。而最关键的地方在于，你忘记了时间，那就是今早刚用过的浴室地还很湿。"

陈生掐着谭沫的脖子一步步往后退，说："是他先害了我儿子的！"谭沫被他掐着脖子渐渐呼吸困难。洛涵眸色冰凉，厉声道："把她放开，我和你走。"

"我们父子为他卖命那么多年，他却要把阿航灭口！那晚去仓库的根本不是阿航！他却认定就是阿航！"陈生激动得用枪深深地抵住谭沫的头，手指颤抖，"他不仁，我们便不义！"

他拖着谭沫慢慢往后退，不知道什么时候到了车库，他冲着洛涵他们喊道："你们把枪扔掉！不然我就杀了她！"黄珊珊和Jason闻声也赶了过来。

程骏看到谭沫的脸色越来越差，目光渐冷，双唇紧紧抿了起来。

黄珊珊也安抚道："陈管家，你不要冲动。我们可以冷静下来谈一谈。"

"谈什么？都是你父亲害的！"

终于，谭沫一直挣扎的手渐渐松开，整个人慢慢地向下滑……

忽然陈生猛地扔下谭沫，开了车，冲了出去！

"追！"

"谭沫！"

洛涵跑上前去，抱起躺在地上的谭沫，轻轻捧起她的脸，然后深深吸了一口气，为她做起了人工呼吸。

Jason原本想迈出的步伐忽然定在了原地。他揽过黄珊珊，说话的语气毫无温度："我们回去吧，剩下的交给他们。"

谭沫醒的时候躺在警车的后座上，萧哲看到她醒了，总算松了一口气："你感觉怎么样？"

谭沫摸了摸脖子："没事了。"

"陈生呢？"谭沫发现萧哲开车正在往郊外走。

"洛涵他们去追了。我们现在去之前发生大火的仓库那边。"萧哲透过后视镜看到谭沫的脸色渐渐红润，一颗吊着的心也渐渐放下，"洛涵说，黄宗祥应该就关在那里。"

萧哲、谭沫他们找到了那个密道的门，这里和之前一样，只能容得下两个人并行通过。在密道的尽头是一扇密码门。

"知道密码吗？"谭沫问萧哲。

萧哲拿出手机翻了一下。"来之前问了黄宗祥最贴身的两个手下，他们说应该是这个。"说着，在键盘上输入了几个数字。

忽然，警报响起，整个屏幕上出现了警示的字样！

不对？

谭沫微微皱眉，萧哲也不明所以："那两个人说前些日子就是用的这个密码啊！"

chapter9 定时炸弹，还有三分钟

警报声响了十秒便消失了，屏幕上出现了一个单词：five。

谭沫看着屏幕，脑海中闪过各种画面。密码已经被 RT 的人换掉了，那为什么还要留提示语给他们？

和 five 有关的东西……和这件事应该都没有关系！

"是不是我刚刚输入错了？"萧哲又把那几个数字按了下去。

"等一下！"谭沫没来得及阻止萧哲，果然警报再次响起。系统提示，密码再次错误。

"怎么会这样？"萧哲看着这扇密码门，和周围的刑警低语着。

谭沫摸着输入密码的键盘，看着那个晃眼的单词，five……到底和这个有什么关系？

RT 他们的目的就是要黄宗祥的命，陈生已经暴露了，如果不把黄宗祥救出来的话，难以保证明天会发生什么！

到底是什么……密码到底是什么？

忽然，谭沫明白了。

RT 的心狠手辣她之前就见识过，他们对背叛者是绝对的惩罚，绝不姑息。

是 loser！五个字母！

即使他们能把他救出来，他也活不了！

就在萧哲他们愁眉不展的时候，门开了。

映入眼帘的是躺在地上的黄宗祥，他一动不动。

谭沫走过去，只看了一眼，便冲着萧哲他们大喊："是定时炸弹，还有三分钟！快跑！"

挤在密道里的人迅速撤了出去。

就在大家跑出去看着表等待爆炸的时候，萧哲环视了一周，忽然大喊了一声："谭沫还在里面！"

谭沫看到那枚定时炸弹，双腿像被定住一般，无法移动。他还活着，她还不能放弃他。数字一点点在减少，她蹲在地上，仔细观察。拜她优秀的记忆力所赐，这枚炸弹和上次在美国的那个案子一样。繁复缠绕的线让人无从下手，但是只要剪掉一根就能让其失效。

红色的数字越来越少，谭沫的头上渐渐出了细汗，她有些颤抖的手一根根捋过那些线,她清晰地记得,那位金牌拆弹专家和她讲过,要怎么样找到那条"生命线"。当时的现场,专家剪掉的蓝色的,可是,这次呢?是红色的还是蓝色的?

还剩下三十秒了!

谭沫俯身,用牙齿一点点咬破那根线,嘴里虽然有些微的苦涩,但还是不断重复相同的动作……

萧哲站在外面,不知为何,看着手机上的时间在改变,眼睛忽然有些湿润。握着手机的双手上青筋暴起。

谭沫!快点儿跑出来啊!

可是……

没有爆炸声,一切安静祥和。

一个瘦弱的身影走了出来,她的肩膀上支撑着一个人。她走得很慢,但每一步都很坚定。

"谭沫……"萧哲别过头,用手抹了抹眼睛,然后跑了上去,帮她扶着仍旧昏迷的黄宗祥。

"谢谢。"轻轻的声音像一把锤子重重敲在他心上。

她的头发有些细碎的遮在额前,萧哲看不到她的表情,他轻轻拍了拍她的肩,什么话也说不出。

洛涵赶来的时候,谭沫正一个人坐在台阶上,她双手捂着眼睛,长长的头发披散着,将自己包裹起来。陈生和黄宗祥都已经被送回厅里,还剩下一些刑警在做最后的收尾工作。

远远地便能看到她一个人单薄瘦弱的身影,他双睫轻敛,走上前去。

许是脚步很轻,谭沫并没有发现洛涵。

他穿着深黑色的风衣,修长的身姿挺拔,站定在她面前,他伸手摸了摸她的头发,然后轻轻地让她的头抵在自己身上。

谭沫的身子明显一僵,洛涵唇角浮现一抹浅笑:"你什么时候学的拆弹?"

闷闷的声音,好像小动物的低语:"我只会那一种……"

"为什么自己不逃走?"

"我不能走……那是一条生命,我不能……见死不救。"

洛涵沉默了一会儿，而后他用手搂过谭沫的肩膀，嗓音里着晚秋般的微凉，但是隐隐含着暖意："做得漂亮。"

谭沫终于肯抬头了，她的眼睛有些红，细碎的头发贴在耳鬓，洛涵蹲下来，和她相同的高度，帮她把碎发拨到耳后，幽深的眸子打量她。

两个人就这样保持安静。

最后，洛涵使劲儿地弹了一下谭沫的额头，语调中有着不常见的温和："但是，下次不要再这样鲁莽了，现在后怕了吧。"

谭沫一边揉着额头，一边重重地点了点头……刚刚，她真的想过，会不会就那样死掉……

"走吧，我们也该回去了。"

说着，洛涵牵过谭沫的手，放进了自己的衣袋里，暖暖的温度缓缓传来。她犹豫了一下，没有挣扎，因为……现在，她真的觉得很冷。

黄宗祥的案子因为证据确凿，很快就进入正常的审理程序。陈生和陈航因为多年跟随他，自然也有不少的污点。

可是萧哲却带来了一个坏消息："换掉监控视频的是我们厅里的一位副队长。"

坐在沙发上的洛涵放下手中的卷宗，应他："嗯，那暂时当作什么都不知道。"

"这样合适吗？"萧哲疑惑地问。

"你觉得能让副队长都当内奸的人，你现在的能力能扳倒他们？"

"我还有一点儿疑问，之前监控里拍到的不是陈航的话，那是谁？"

"RT的人用易容的方法来挑拨黄宗祥和他心腹之间的关系，借此来达到他们的最终目的。"说完，洛涵拿起外套往外走，"我还有事，先走了。"

"洛涵，你是不是要回美国了？"黄宗祥的案子已经进入了尾声，洛涵回国的任务也完成了。

"嗯。不过，走之前，我还有一件很重要的事要办。"

谭沫在收拾好最后一点儿文件后，提着包出了办公室。没想到办公室外，洛Boss一派悠闲的手斜插在裤袋里，身形清逸俊朗。

"怎么这么晚还没回去？"谭沫随便地打了个招呼。

"等你。"洛涵说着从谭沫手里接过她的包，"走吧，一起吃饭。"

谭沫石化了……等她？

见谭沫立在原地没有动，洛涵挑眉："难道你晚上还有约？"

"没有……"谭沫弱弱地应道。

"那还不快跟上来？"洛涵转身的时候，谭沫没有看到 Boss 嘴角那微微勾起的弧度。

晚餐吃得很艰难，洛涵的餐桌礼仪依旧优雅完美得无可挑剔。

饭后，他说了一句："陪我散一会儿步。"

"……"

谭沫想问，洛涵他今天是发烧了吗？怎么感觉这么不正常……

于是，两个人就沿着大街，漫无目的似的——散步。

终于，在步行了近一个小时后，谭沫忍不住问："洛涵，你今天找我不会是为了跟我这样散步吧？"

某人神色淡然地睨了她一眼，说："当然不是。"随后指着前面不远的一家店说："嗯，到了。"

看着洛涵早有准备地从袋子里拿出了两件跆拳道服，谭沫明白了……什么叫作"天底下没有免费的午餐"，错！是晚餐！

换好道服后，洛涵开口："最基本的礼节可以忽略了，我们直接演示动作。"

"呃……那个……我可以问一下为什么要教我跆拳道吗？"谭沫紧了紧腰带，她还有些不适应这件衣服。

"你对自己常拖别人后腿这件事就没有一点儿认知？"

太犀利了！

她默默点了点头……

"好吧，从第一次被击昏开始，你还记得当时你在密道的时候，是怎样被击中的吗？"

"嗯，当时我的后背上有枪抵着，所以那个人应该距离我就一步远，就在快出密道的时候，我感觉到头被重重地敲了一下，然后就没了意识。"谭沫说着，丈量好距离，背对着洛涵。"大约就是这样的情况。"

她还真是毫无防备……

洛涵把谭沫转过来面对自己，漆深墨色的眸子看着她："你来袭击我，看我怎么反击。"

说完，背对着谭沫，一副任凭她处置的模样。

"那……我要开始了……"谭沫忽然抬手，还没等碰到洛涵，就见他一个侧身，伸手用力抓住了她的胳膊，使劲儿往前拉，她的身子紧紧地贴在洛涵的肩膀后侧。腰部一顶，胳膊继续往前一拉，弯腰扣肩——一个漂亮的过肩摔！

"痛！"谭沫被毫不留情地摔在地上，看着洛涵一副居高临下的模样，恨恨地开口："你不能因为浸淫了豪放胆大的西方文化，就不懂东方古典儒雅的怜香惜玉！"

洛涵看着她吃痛的样子，俯下身，语调温和："哦，那请问，谭小姐，你伤到哪儿了？用我负责吗？"

谭沫听他这样讲，忽然没了底气……她不要总是给大家拖后腿，揉了揉膝盖，她爬起来，义正词严："该换我摔你了！"

洛涵一副无辜的模样站在她身后，说："嗯，开始吧。"

谭沫记着刚刚洛涵的动作，拉过他的手臂向前拖，却发现一点儿也拖不动。

一声低低的叹气从身后传来，有些冰凉的指腹覆在她手上，淡淡的口气："不要用蛮力，要借着你腰部的力量。"

谭沫按照指示，费力地将洛涵向前拉，谁知道身子的重心没掌握好，自己也向前倒。

"小心！"洛涵手疾眼快，他迅速搂过谭沫的腰，一个翻身，挡在了她前面。

于是"嘭"的一声！洛涵被谭沫压在身下，重重地摔在地上。

"对……对不起……你还好吗？"谭沫趴在洛涵的身上，看着他微微皱起的眉头，小心翼翼地问道。

她离他很近，那股自然的清香阵阵袭来，彼此的呼吸缱绻萦绕。

"我不好，你怎么办？"洛涵淡淡地开口。

是要她付医疗费的节奏吗？

洛涵看着她一副焦急的神情，忽而一本正经道："谭沫，原来你这么急着扑倒我？"

原本紧张的谭沫听到这句话，瞬间石化……

他怎么就这么喜欢逗她？

Chapter 10 洛教授的远见

谭沫在摔与被摔的过程中，深切体会到了学防身术是多么"痛"的一件事……

最后，她累得靠在墙上，后背和双腿有些疼，她把道服的裤子卷了起来，白皙的腿上有一小块的擦伤……

她漂亮的眼睛满怀怨念地看了洛涵一眼，而泰然自若的 Boss 却丝毫没有下课的意思。

算了……他也是为她好。

收拾好东西，换好衣服，谭沫拖着"受伤"的身体，跟在洛涵后面。

唉……她这样回去，应该不行……

"先去我那里一下，晚点儿我再送你回家。"一直走在前面的洛涵忽然开口。

"你要干吗？"谭沫终于没有了好语气，现在她算是明白了，他整个就是一个"伪装"的"谦谦君子"！

洛涵淡定地回她："你以为我要做什么？"

谭沫仰头，那精致的五官就毫无预警地闯进视线，她别扭地转过头。

"我以为……"竟一时找不到词语回他。

他笑笑，揉了揉她的头发，说："谭小姐，不要担心，我要做的是——"洛涵故意顿了顿，语调清凉带着些雅痞，"对你负责。"

看着洛涵熟练地拿着医药箱，把碘酒、绷带拿出来，谭沫忍不住好奇：

"你是不是经常自残？"

洛涵神色严肃地看了她一眼，没有作答。

"嘶……"酒精刚刚触到她的伤口，谭沫便不自觉地把腿向后缩。洛涵伸手扣住她的脚踝，语气严厉："别乱动！"

"是伤口……"

她还是望天吧……

当修长白皙的手打了一个漂亮的蝴蝶结后，谭沫忍不住感叹，这人当真是一表人才，行行全能……

收拾好了医药箱，洛涵开车把谭沫送到了大院的门口。

"你……怎么知道我住这里？"谭沫惊讶地看着他。

洛涵双眸幽深冷厉，避而不答，然后说："我明天回美国。"

谭沫沉默了一会儿，半晌，她一副早已了然的模样，点点头："嗯，一路平安。那我进去了。"说着，打开了车门。

忽然，洛涵伸手用力扯回了谭沫，把她禁锢在自己的怀里。

谭沫瞬间僵硬在了原地。

洛涵身上好闻的青柠的味道缓缓传来，他的头埋在她的颈窝处，有痒痒的感觉。

"凡事不要擅作主张，不要参加太危险的任务。"

他的声音低沉而好听，谭沫有点儿走神。

见她半晌没有回答，洛涵不满道："你有没有听我讲话？"

"有……"

他松开她，轻抿薄唇，说："嗯，你进去吧。"

谭沫略有迟疑地下了车，看到洛涵靠在椅背上，松了松衬衫的领口，茶色的玻璃让她看不清他的表情，她跑到洛涵的那一侧，敲了敲车窗。

"你还有事？"洛涵放下车窗，看着她，幽幽的月光印在她美好的容颜上。

她一副欲言又止的样子却最终打破心理斗争，问道："刚刚……为什么抱我……"

那双澄澈的眼眸，毫不避讳地在等他回答。

洛涵清了清嗓子，一副理所当然的模样，说："美式告别，你不知道吗？"

谭沫眨眨眼睛，恍然大悟，冲着洛涵勾了勾手指。

"还有事？"洛涵的话音还未落，谭沫有些凉凉的双手忽然捧住他的脸，一个轻轻的吻落在他的额头上。

清晰如溪水般的声音，低低浅浅："美式告别，再见。"说完，再也没回头地跑了进去。

洛涵看着她的背影，沉默了很久很久，然后启动了引擎，车子很快就消失在茫茫的夜色中。

洛涵走的那天，谭沫没有去送他，只是因为太忙……

由于在黄宗祥的案子上有出色表现，刑侦一队的路远大队长提出申请把谭沫调到了他队上。谭沫刚一进来，原本有些吵嚷的办公室忽然静了下来。她跟在路队的身后，安安静静。

对于这事，最高兴的应该数萧哲，他一听说谭沫要来他们大队，顿觉自己应该开始行动追求谭沫。

"这位是从心理研究室调来的谭沫，以后就和你们一起工作。"路远向在座的小伙子们介绍道。

谭沫点了点头，深深鞠了一躬，正直而严谨道："以后，请各位多多关照。"声音清脆好听。

众人热烈鼓掌欢迎她，他们队里的第一个也是唯一一个女生啊。

谭沫开始的任务并不太难，在由萧哲简单介绍后，她大致了解了每天的工作。

第一天就这样简简单单介绍了，下班前，萧哲来到谭沫的桌子前，一副欲言又止的模样。

"还有没介绍完的吗？"谭沫问道。

"不是。"一贯吊儿郎当的萧哲不知如何开口邀请谭沫一起去吃晚饭。

"嗯，那今天辛苦了。明天见。"说完，谭沫提着她的包闪人了。

萧哲默然，女神是连一个开口的机会都不给他吗？

后来事实证明，是他想多了。

睡觉前，微信上有个新朋友和她打招呼，她没看出来是谁，想必不是什么坏人，便同意了。紧接着收到一条新消息，上面的信息很简单：我在美国的手机号：917646××××××。

谭沫抱着抱枕，琢磨了一会儿，回复道：那个……你是哪位啊？

紧接着，一条语音信息传来："谭沫，你能不能再笨一点儿？"

熟稔的低沉的音调，有着小小的冷淡。

洛涵？

谭沫觉得接下来她要表达的内容还是用文字比较能体现她的情绪：

你不要总是质疑我的智商，可以吗？

半晌，那边没有回复。谭沫想，洛涵一定是在后悔刚刚说了侮辱事实的话。刚退出微信，一个电话就打了过来……

"Hi（嗨）……"她故作镇定，好像刚刚的盛气凌人完全不是她似的。

"在做什么？"他那边很安静，好像偶尔有两下翻书的声音。

"正准备睡觉。"她拽了拽身上的被子，用此来证明她刚说的事实。

"最近怎么样？"她听到电话那边有"哗哗"的水声，这水声掩盖了洛涵声音里的疲惫。

"嗯，还好，我被调到一队去了。"她玩着被角，一圈一圈，有些漫不经心。

"那早点儿睡吧，记得把这个号码存起来。"他简短地说完，要挂掉电话。

"刚刚不是用微信发给我了吗？"他就这么信不过她？

"嗯，怕你贵人多忘事。"清清淡淡的一句话终于泄露了他的心思，洛涵喝了口水，"挂了。"

"等等。"谭沫忽然坐直身子，冲着电话急急地应了一声。

"什么事？"他深陷进沙发里，用手抚了抚额头，连续多日的失眠，让他的精力大不如前。

"嗯……"其实，她还没有想好要说什么，果然语速大于脑速的结果就是冷场。

"嗯什么？"洛涵的语调中隐隐藏着些笑意。

"嗯……晚安，好梦！"

电话那边轻咳了一声，彬彬有礼地回了她一句："谭小姐，你忘了有时差的吗？"

谭沫一愣……然后脸慢慢变红……她这不是变相地承认他对她智商的否定吗？

谭沫大义凛然地，义愤填膺地，大言不惭地道："挂了。再见！"

直到听筒里传来的只有忙音，洛涵才放下手机，身子整个一倾，侧卧在沙发上。

回到美国半个多月，他发现他做事总是分心，效率也下降了不少，关键是：他竟然开始失眠……

脑海里，谭沫那张脸总是时不时蹦出来。

她迷糊的样子，她机灵时的样子，她穿着睡衣在他面前不知避讳的样子……

他一定是着魔了……

彻夜不眠的冷静思考过后，洛涵终于想通了。

上午的日光暖暖地照在书桌上，他再次打开手机拨了个电话。

半晌才通。一个深沉的优雅的男声传来："洛涵？"

在实验室通宵了的姜永恩很惊讶，洛涵是很少给他打电话的，除非有事。

"嗯，是我。"洛涵站在落地窗前，手指轻轻地一下下敲着窗玻璃。

姜永恩起身，给自己倒了杯水，轻笑道："怎么？你失恋了？"

洛涵反击："我想你没有资格说我。"

他这辈子唯一一个弱点每次都被洛涵当作软肋狠狠地刺激他。

"我心里有数。"姜大神又回到了电脑桌前。

"我这次回国，见到慕荷了。"洛涵云淡风轻地提到了两个字。

挪动鼠标的手忽然静止。

姜永恩沉默了半晌，问道："她，过得还好吗？"

洛涵在电话这边不由勾起嘴角："少糊弄我，她好不好，你这个当黑客的再清楚不过。"

姜永恩轻咳一声掩饰道："那不是黑客，你不要搞错定义。"

"我今天给你打电话，是有件事想告诉你。"洛涵的眼睛望向远方，来来往往的车辆，奔波而忙碌的人群。

姜永恩挑眉道："难道你打算为中美关系贡献自己的一生了？"

洛涵忽略他的调侃，继续说："我终于明白了你以前和我讲过的一句话。"

"哪句？我讲过的至理名言可多了。"姜永恩不以为意。

"我知道，明明有很多人，但却，一定是非她不可。"

刚刚挂起来的微笑顿时僵硬在唇角。

"嗯，没错，挺有道理的一句话，但是，很难想象是你说出来的。"洛涵犀利地评价道。

姜永恩决定不和洛涵计较这句满含心酸之语的版权到底是谁的，问："怎

Chapter10 洛教授的远见

么忽然这么感慨？"

"因为我最近找到了一个值得我为此这样的人。"

姜永恩眸色流转："慕荷认识的人？"

洛涵抚了抚额头，说："嗯。"姜永恩的世界里还真是到处都是慕荷……

"那洛教授，祝你的爱情道路顺利。"

洛涵笑了笑："放心，我不会学你用那么龌龊的方式暗恋人家。"

姜永恩恼怒："我那不叫龌龊！"

和姜永恩结束通话后，洛涵调出之前 A 大发给他出任教授的邀请函，手指在键盘上轻快地敲击，接下来，他要为回国做准备了。

谭沫，我们来日方长。

已经快到下班时间了，路远拿着份文件递给谭沫，说："跟我来，S 区发生了一起奇怪的自杀案，你和我一起去。"

谭沫接过文件，里面是现场的照片：一个男人躺在浴室里，全身赤裸，手腕上有明显的割伤，浴缸里一片血红。

谭沫坐在副驾驶席上，系好安全带，等着路队开车。

路远看着谭沫认真地翻着那些照片，问她："你什么观点？"

谭沫捏了捏照片的一角，笃定道："他杀案。"

路队笑了笑，没再说话。他就知道洛涵挑选出来的人，绝对不会差！

被害人叫王青山，是一家外企的经理。因为前几天他刚刚拿下一个人项目，所以公司为了奖励他，给他放了三天假。今天是假期的第二天。他的妻子郁梅下班回来，发现他丈夫倒在浴缸里，鲜血如泊。

工作人员正在安慰已经哭红双眼的郁梅，谭沫看了看那女人，从包里拿出一个小本子，在上面写着什么。

浴缸的水是热的，王青山的手腕内侧有明显的刀伤，整个小臂都浸在水里，是为了避免血液凝固。一旁的刑警说："我们赶来的时候，他已经失去了生命迹象。目前，我们推断他是自杀。我们在他的卧室里还发现了一个空的安眠药瓶。"

"你丈夫最近有什么郁闷的事情吗？"路队询问郁梅。

女人抹了抹眼睛，说："应该没有才对，我丈夫前些日子刚刚拿下一个很大的项目，今年都有望升职加薪，我想不通他为什么会自杀。"

谭沫打量了一眼郁梅，中规中矩的职场女性的装扮，高高梳起的发髻，一身职业套装，她虽然已经40多岁，但是出众的五官显示出她年轻的时候一定是个美女。

"你回来的时候怎么发现你丈夫的？"路远和另外两名刑警正对郁梅提问，谭沫默默地看了他们一眼，去了王青山夫妻的卧室。

床铺整齐，没有一丝坐过的痕迹，梳妆台上确实有一瓶已经空了的安眠药。谭沫拿起来，安眠药上的标签很白，盖子上的磨损痕迹也很少，说明是刚刚买不久。

如果要用服安眠药的方式了结自己，又何必割腕？显然，被定义为自杀案太过草率。

谭沫回到路队身边，看着刑警们做的笔录：郁梅，女，43岁，销售公司部门主管，今天下午和一个女同事一起去见客户，回公司打卡后便下班了。想先放个洗澡水的她，刚进浴室就看到浸在血水中的丈夫，马上就报警了。

王青山的尸体被带回了厅里做进一步的检查，和路队一起回厅里前，谭沫抱了抱郁梅，安慰道："节哀，你丈夫的死，我们会尽力给你一个说法的。"

坐在回程的车上，路队问："怎么样？还有什么新发现吗？"

谭沫的眸色一沉，眼睛望向窗外："那个女人表现得太假。"

路远微微眯起眼睛："怎么讲？"

谭沫翻着她的小本子，道："第一，王青山的卧室床铺整齐得没有坐卧的痕迹，根据郁梅的描述，她丈夫并不是在家经常做家务的人。那临死之人为何要把床铺收拾得那样干净？"

路远同意地点了点头："没错。"

谭沫继续说道："第二，明明已经吃了安眠药，为何还要割腕自杀？这么多此一举的行为充满疑点。郁梅说她回来后，看到她丈夫那种情况，第一时间就报警了，常人的举动不是应该先判断他是否死亡，叫救护车，同时报警吗？"

路队握着方向盘的手越来越紧，听谭沫这样讲，郁梅的举止确实有些反常。

"最后一点，他们没有孩子。"她顿了顿继续说道，"我认为，他们两个人的婚姻状况有问题，死者和郁梅都没有戴婚戒，但是郁梅的无名指上有明显的凹痕，她平时一定是常戴戒指的，那为什么今天没有戴呢？"

听着谭沫的描述，路远慢慢地笑出了声："好一个谭沫啊，果然够犀利。"

谭沫不好意思地把头扭向车窗，说："离最终抓到犯人，还差一些呢。"

忽然，脑子里蹿出来一句话，如果是洛涵坐在她身边的话……

他一定会揉揉她的头发，然后一副早已了然的模样：嗯，还不错。

化验科很快就出了结果，在王青山的体内有大量的安眠药成分，那个量足以致死。也就是说，躺在浴室里，打算再割腕自杀，是凶手用的障眼法。

"太不小心了。"谭沫坐在电脑前自言自语，"想做成自杀的样子，为何不把安眠药藏好？"她手撑着下巴，一副凝神思考的模样。慢慢地……谭沫睡着了。

同样在加班的萧哲看到了，把身上的警服脱下来，披在了她身上，正巧被路队看到了。路远递给萧哲一杯咖啡，说："怎么？心动了？"

平日里总是一副吊儿郎当模样的萧哲忽然有些脸红，他默默点点头。

"呵，你们年轻人之间的事我老人家不懂，不过，说句不好听的，谭沫这个丫头并不适合你。"

听大队长这样讲，萧哲有点儿不服气："不在一起试试，怎么会知道不合适？"

路远喝了口咖啡，递给萧哲谭沫刚整理出来的作案思路，说："她聪明得厉害，只几天的工夫，她处理案件的能力就超过了咱们队一半的小伙子，这样的丫头，你降不住的。"

路远看萧哲一副有些不甘心的样子，拍了拍他的肩，说："你也别怪我说话难听，这样的丫头，我看啊，得洛教授那样的人，才镇得住。"

"洛涵？"萧哲觉得有些不可思议。

"嗯，聪明，冷静，气场强大，一表人才啊，"路远故意停了停，然后微微一笑，"关键在于他对于谭沫而言，属于道高一尺魔高一丈。"

……

路队是说他萧哲不够聪明，不够冷静，气场不够强大吗？

洛涵那种大神，是他能比的吗？

但是！他可以吐槽，从小他就是被洛涵"玩"着长大的吗？

还一表人才？洛涵那家伙整个一肚子坏水！

第二天上午，谭沫去了信息科，信息科的萧宇和她是校友，虽然两个人年纪相仿，但谭沫却是人家的"师姐。"

"小师姐，你来了？"

"嗯，查到有关郁梅的什么资料了吗？"

萧宇把资料递给她，总结道："典型的职场女强人，据说当年是他们班的班花，工作能力和人际交往能力都很强。王青山是花了很长时间才把她追到手的。"他接着撇了撇嘴，"但是，两个人结婚多年，却一直没有孩子，主要问题在郁梅身上。"

"哦。"谭沫翻着资料，听着萧宇的话，问他，"那天和郁梅一起去拜访客户的人可以联系到吗？"

"嗯，等一下。"萧宇的手指飞快地在键盘上敲击，"叫赵彤，这是她的联系方式和资料。"

"还有件事麻烦你，帮我调查一下王青山的私人博客、微博还有微信朋友圈等，了解一下有关他婚姻的情况，哦，还有消费情况。"

和路队打了个招呼，谭沫便给赵彤打了个电话，约了她见面。

咖啡厅里，两个女子坐在一个角落里，赵彤显然有些不自在。

"是不是还有什么事情没有和我说？"看她欲言又止的样子，谭沫问。

赵彤咬了咬嘴唇，说："其实，我男朋友最近腿骨折了，一直在住院。昨天下午，还要和客户继续谈，但是梅姐和我说，下午的事不太重要了，她可以自己去办，她知道我男朋友住院的事，说我可以去陪他。不过，下班前回公司打卡我们俩要一起回去。"

"大约是几点钟你和她分开的？"

"嗯，下午一点半左右吧。"

谭沫合上本子，问："你私自离岗这件事就只有郁梅知道吧？"

赵彤点点头。

"嗯，没别的事了，谢谢你提供的信息。"

"等等，"赵彤看谭沫起身，叫住她，"梅姐是个好人，她对我们都很好。"

谭沫看着她认真的眼睛，点点头："嗯，我知道了。"

出了咖啡厅，谭沫迅速给路远打了个电话："路队！可以确定了，凶手就是郁梅！"

办案队再次进到郁梅家的时候，她正在做饭。

路远拿出逮捕令，说："不好意思了，郁女士，你得和我们走一趟了。"

"你们说什么？"她睁大了眼睛，一副不敢相信的样子。

"你昨天下午本应去和客户谈判，却支走了你的助手赵彤。你又给对方公司打电话，说下午的商谈因为有事不能去了。"在谭沫说话的工夫，有刑警带着警犬冲进了卧室。

"你偷偷在你丈夫喝的水里放了大量安眠药，待他失去意识后，便布置出了割腕自杀的假象，之后马上离开，去公司打卡。"谭沫指着她，冷声道，"郁女士，你杀他的动机不外乎就是：他在前一阵子出差的时候有过出轨行为，而你为了报复他，自己也有了外遇，你提出离婚，但你丈夫并不同意。"

郁梅的脸色越来越难看。

谭沫叹了口气，"你一直恨他背叛了你，你以为他当年追到你许下的那些誓言都是假的，可是，你不知道他那次出轨后是多么痛苦，他为此夜夜难眠。这些心情，他都有记录在他公司的电脑上。"说着谭沫把从萧宇那里拿来的资料递给郁梅。

郁梅愣着没有接，忽然，她使劲儿打开谭沫的手，资料顿时像雪花一样飞落。郁梅一个侧身，从厨房的后门跑了出去。

"快追！"

谭沫离她最近，谭沫快几步便追上了她，可是，她没注意到的是，郁梅手里还拿着做饭的刀！她把刀抵在谭沫的脖子上，对拿着枪对准她的刑警喊话："你们都别过来！是他先负了我的！他罪有应得！"

就在郁梅沉默的空当，谭沫拉住她的手，向前拉，腰部用力，重心降低，一甩——一个漂亮的过肩摔！

萧哲他们迅速上来制伏了郁梅。

女人的哭腔让整个夜晚有了一丝莫名的忧伤。

路远看着谭沫标准的过肩摔动作，赞赏道："没想到你还会这个。"

谭沫抿抿嘴唇，笑着答："其实，我最近一直在苦练这个。"

看着押着郁梅的警车渐渐远去，谭沫拿出手机，给洛涵发了条微信："其实，有时候，你挺有远见的。"

一句没头没尾的话，一般人可能看不懂，但此时坐在沙发上的洛涵却十分明白，他回了她一句："嗯，所以你打算怎么谢我？"

谭沫无语，他怎么时刻想着"压榨"她？

"那个……等你回国再说吧。"

洛涵抚了抚唇角，没再回她，看了眼放在沙发上的课表，这话，他记住了。

案子结束后，路队给谭沫调休了一天，好久没见慕荷的谭沫决定去看看她，进了 A 大，顿时一股清新的气息扑面而来。

谭沫感叹：哎，果然，年轻就是好啊……

慕荷正在物理系实验楼的门口等她，已经冬天了，她只穿了一件实验室用的白大褂，头发随意扎了起来，看到谭沫来了，她极其温和地说了一句话："原来我们的时间轴不在一个空间，你的五分钟在我这里有十分钟。"

谭沫深知自己不该迟到，走上前去，抱住她："被你们学校的景色吸引了，步子慢了点儿，果然学生时代的日子就是多姿多彩啊。"

"呵呵，到处都是白色的，你能看成是七彩的也不容易。"

谭沫就知道……在慕荷面前不能乱说话。

实验室里除了慕荷还有一个女生，她的脸圆圆的，立刻让谭沫想起了一种很适合充饥的食物。一向对帅哥美女极其敏感的张美贝看到谭沫进来，迎了上去："沫沫来啦。"

谭沫想，虽然她们见过几次，可是应该还没这么熟吧……

谭沫点点头，迟疑了下："嗯，好久不见，贝贝。"

慕荷扫了她们俩一眼，指着柜子和谭沫说："第二个是我的，里面有吃的。"

"嗯，你忙你忙，不用管我。"

唉，看着闺蜜整天忙于科研，谭沫觉得，慕荷比自己更难嫁出去……

一旁的张美贝盯着谭沫的脸看够后，忽然想起一件事："哦，我得去上课了！"

"你还有课？"谭沫好奇。

"她不是去上课，她是要去当花痴。"慕荷一边抄着实验数据，一边回答谭沫。

哦……

"对了，你要不要和我一起去？"张美贝兴致很高地向谭沫介绍，"我们学校心理学系前两天新来了一名教授，他开始上课的第一天人就爆满，第二天教务处因为来听课的人太多，不得不把教室换到了大讲堂。"

"他讲得那么好吗？"谭沫觉得有点儿不可思议。

"因为我不是那个专业的，所以我也不知道他讲得怎么样，但是关键在于……"她故意挤了挤眼睛，一副神秘兮兮的样子，"关键在于这位教授长得超级帅！关键在于他刚刚25岁！"

谭沫对"长得特别帅"这个定义并没有太具体的概念。不过，她觉得她目前认识的人里，好像真有一个人能受得这么重的评价。看着慕荷一个人忙碌的身影，她伸手碰了碰她的实验仪器。

"怎么样？和我去看看吧。"张美贝一边看着表一边念叨，"再晚一点儿就挤不进去了！"

"哦……我……"还没等谭沫答完，慕荷就把她推向了张美贝："嗯，准了。"

谭沫在这儿，只会给她的宝贝实验器材增加危险系数，况且，慕荷漂亮的眼睛里闪过一抹精光。她确定，谭沫一定不会后悔去听课的。

Chapter 11 我保证下次好好回答问题

果然，如张美贝所言，来晚了就"挤"不进去了……

大礼堂的座位早就坐满了，好多人都站在过道上。谭沫看着张美贝一脸愁容，"那个，你想到前面去站着就去吧，不用管我。"

张美贝看了一眼谭沫，然后一副如释重负的模样，说："我过去了，你就站在这儿吧，听完课我过来找你，然后我们一起回去找慕慕吃饭。"

"好，你去吧。"于是，谭沫就安安静静地站在了安全出口牌子的下面。

她看着这爆满的上座率，琢磨着这位教授如果去拍电影的话，说不定可以拯救票房。

一直吵吵嚷嚷的大礼堂忽然安静了下来。从侧面的通道走进来一个人，谭沫看到他修长的身形和好像轮廓不错的侧颜，觉得有些眼熟，黑色的大衣尤其衬得他玉树临风。大礼堂里没有人再讲话，只能听到他皮鞋发出的"嗒嗒"有节奏的声音。

他正了正话筒，清淡地开口："时间刚刚好。"

洛涵扫了一眼台下的学生，忽然，一个身影让他固定了视线。

当你爱一个人的时候，整个世界可能都是灰白的，可是众生间，只有她是唯一的那一抹亮色，一眼，便能看到她。

她穿着一件红色的大衣，长长的头发披在肩上，漂亮的眸子正一眨不眨地看着自己。

洛涵轻轻勾起唇角，说："那么，我们正式开始上课。"

谭沫震惊地看着讲台上的洛涵，她咬了咬嘴唇：他不是回美国了吗？还有，他是什么时候成的教授？哦……他本来就是教授。

过了大约半个小时，谭沫有一种错觉，讲台上这位风姿卓越的教授总是有意无意地往她这个方向看。她拽了拽围巾,她博士都毕业了这个事实会不会被揭穿?

洛涵讲的什么,她一个字都没有听进去,反倒是……他的一举手一投足,吸引着她的目光。之前和他一起共事的时候,记得他总是喜欢穿白色的衣服,没想到,黑色也很符合他的气质。他的头发好像长了一点点,第一次看他那么一本正经地说话。对!他平时和她在一起的时候总是不正经!

就在谭沫神游的时候,洛教授清晰悦耳的声音钻进耳朵:"接下来这个问题,我找个同学来回答吧。"

墨色的双眸扫过台下的同学,大家都屏息着希望能从洛教授的口中听到自己的名字,然而,洛涵并没有从花名册上叫人,反倒是,一伸手,指了指门口的方向。

他声音淡淡的,有股莫名的力量将众人的视线牵引过去:"就站在安全出口牌子下面的那个女同学吧。"

谭沫看着大家都回头往她这个方向看,小声地议论着。

"那女生是哪个系的啊?好漂亮啊!校花级的啊,怎么之前没见过?"

"难道教授是看谁好看叫谁吗?那我想去整容啊!"

"她怎么不说话?不会是不能说话吧!"

谭沫满脸黑线……孩子们真有想象力……

可是!

这么多人,他都能点到自己?这么多地方……她为什么偏偏站这儿了?

这时,讲台底下有个女生在捶胸顿足!

张美贝一脸怨念:"早知道我就站那儿不走了!"

洛涵的声音透着扩音器传过来,有一股蛊惑人心的味道:"嗯,不用看了,就是你,那个穿红衣服的。"

谭沫不自然地清了清嗓子,他不会是故意的吧?

看到大家都等着她的回答,谭沫无奈道:"对不起,教授……您可以重复一下刚刚的那个问题吗?"

安静片刻后,有人发出低低的笑声,谭沫觉得有点儿脸红,但是,在不明问题的情况下就作答,那是极其不科学的。

只见讲台上儒雅翩翩的洛教授扶了扶额头,一副十分无奈的模样:"不好意思,那你下课留一下,我想我们需要聊一聊。"

……

不仅仅谭沫震惊了,在场的同学也震惊了!洛教授每次讲完课都迅速退场,从不停留,花痴女们顶多能拍到一个他的背影,今天!竟然要单独留某个同学聊一聊?

众人懂了,这才是洛教授的套路,明智者决定,下次提问时,她们也不回答,那样就有机会和教授单独相处了。可是,天真的她们没料想到的是,直到这门课期末结束,腹黑的洛教授都没再叫过任何一个人回答过问题。

有学生推测,是因为第一个女生,伤教授伤得太深了……

谭沫不自觉地扯了扯围巾……她能说,洛教授,熟人可以通融下吗?

于是,谭姑娘在众人艳羡的目光中第一次被留了堂。

下课的时候,学生们离场路过安全出口,都有意无意地看了她一眼,那目光,各种"意味深长"。谭沫看着洛涵很优雅地向她走来,一时语塞,该如何和他打招呼呢?

"跟我到办公室来。"洛涵轻凉地开口,没什么语气。

"教授……我错了……我保证下次好好回答问题。"

谭沫言下之意是:我再也不会来听你的课了!

洛教授轻轻挑眉:"你还想有下次?"

下次,你还想在我的课上走神?

谭沫默默无语……

张美贝这时正走过来,谭沫灵机一动,扯过她的胳膊,笑意盈盈:"教授,我和同学约了放学一起走,所以……"

洛涵扫了一眼这个毫无印象的女生:"所以,你可以先回去了。这位同学今天可能会被留到很晚。"

张美贝留恋地看了一眼教授和谭沫,百般不情愿地点了点头,说:"沫沫,我先回去了,晚饭,我和慕慕一起吃,就不等你了。"

"嗯,不用等。"洛教授这厢答得干脆。

张美贝这辈子都不会忘记,洛教授和她说的第一句话是替谭沫讲给她听的……

跟在洛涵身后，谭沫纠结，事情怎么会朝着一个完全不可预见的方向发展？

初冬已经下了几场大雪，Ａ大的校园里白茫茫的一片，洛涵的办公室在心理学系大楼的顶层，坐电梯时，有几位上了年纪的老教授看到洛涵以及他身后跟着的谭沫，笑着问："今天给学生开小灶？"

洛涵摇头答道："她不是Ａ大的学生。"

你知道我不是！还点名让我回答问题！

然后几位老教授意味深长道："就说嘛，这么漂亮的姑娘，要是咱们系的学生，我们几个早就会有所耳闻的。"接着，加了一句神补刀，瞬间让谭沫脸红得和衣服一个颜色："女朋友吧，很年轻啊。"

洛教授笑了笑，回答得一本正经："嗯，不过，她已经博士毕业了。"

然后，谭沫在一群很有八卦精神的心理学系教授们的目光下，默默地跟着洛涵上了楼。

可是她想问：那个"嗯"针对的是前半句还是后半句啊？

洛涵的办公室和他家的风格很像，简约却极显格调。洛涵放下书，脱了大衣，倒了两杯水，其中一杯递给了谭沫。然后，他打开电脑，自顾自地开始看起了文档。

原来被老师留堂是这样的。她轻咳了一声："那个，教授……"

"叫我洛涵就可以。"

于是，她决定再不多话，老实地等着洛涵"和她聊一聊"。

洛教授把手里的那个文件处理好电邮了出去，从显示屏后面看到，谭沫腰板挺得笔直，一动不动地盯着墙壁，做思考状。

黑色的眼睛滴溜溜的，闪着夺目的神采，许是有近一个月没见的缘故，她的脸看起来越发白皙透亮。

"起来吧，我们也要走了。"洛涵穿好大衣，站到她身旁。

"不是……要聊一聊吗？"谭沫不懂。

洛教授极温和地开口："连格式塔心理学派都讲不出来的人，下次不要再在简历上写自己是普林斯顿毕业的了，"他故意摇了摇头，"太丢人。"

谭沫咬唇，她当然知道！

看着她一副愤青的模样，洛涵把她从沙发上拽起来，淡淡道："我晚上有个饭局。"

太好了！她终于可以回去了。

"你和我一起去。"极有风度、极有涵养的洛教授微微侧了个身，看着谭沫僵住的表情，唇畔翘起，心情愉悦。

夜幕慢慢降临，整个 B 市仍旧灯火辉煌。

在 D 区一家有名的地下酒吧里，人们扭动着腰肢，跳着最火热的舞蹈。震耳欲聋的音乐声让全场的温度骤升。

一名穿着艳丽的长发女子，喝着刚刚调好的玛格丽特，眼睛有意无意地扫过一位位进来的男士。忽然一名身穿高档西服的男子吸引了她的目光，他的手上戴着一枚造型独特的戒指，女人看到他，妩媚地一笑，那笑容，美丽得可以将时间冻结。

在 GE 高档会所的顶层包厢里，一群人正有说有笑地聊着天。

洛涵推门进来，一袭黑色的大衣夹杂了一股寒气，人们望向他，刚刚还轻松的表情瞬间凝住。

他边脱外套边一副云淡风轻的口吻："怎么？不欢迎？"

方蔓他们呆住了，绝对不是因为洛涵的出现，而是，从未带女伴出席过圈子聚会的洛七少，今天竟带了一位过来，还是顶级美女！

"开什么玩笑？不欢迎你欢迎谁？你可是今天的主角。"方蔓一边说一边打量洛涵身旁的谭沫，心里暗暗惊叹：真是少见的漂亮姑娘！

屋子里正是洛涵的几位发小，听说洛七少辞了美利坚的工作回了祖国，商量了好几次，最终才找到了一个大伙儿都闲的日子来给他接风。

以前有聚会，要求必带女伴的时候，洛七少要么一个人来，要么干脆不来，这么多年来，规矩从未坏过。今儿是吹什么风？方蔓狭长的双眸不动声色地观察着谭沫，不敢多言。

"你们知道就好。"洛涵把谭沫带到跟前，声音清晰而低沉："这位是谭沫。"

谭姑娘礼仪极好，冲着在座的这六位优秀青年笑了笑："你们好。"

"这姑娘长得真是不错啊，我喜欢。"一位看上去有些痞气的年轻人开口道。

洛涵扫了他一眼，向谭沫介绍："刚才开口没说人话的那个叫李成凡。"

被将了一军的李成凡不怒反笑："七少，许久不见，依旧不是你的对手啊。"说着起身，整了整衣领，一副再正经不过的模样："虽然我大名叫李成凡，不过他们都叫我李老六，你可以叫我六哥。"说着，停了停，"妹子，你应该没我大吧？"

谭沫还没回答，就被洛涵轻轻揽了过来，带向一旁。洛涵说："你和我一样称他老六就可以。"

李成凡笑笑，猴精地抚了抚下巴，就此罢了。

一旁坐着的几个人纷纷起身，看洛七少这架势，来的这位姑娘地位非凡，连老六的调戏都不得受。

圈子里就方蔓一个女生，混在商界的她打了个圆场："快就座吧，咱们不等老八了，他说有点儿事，晚些时候会过来。"洛涵帮谭沫极绅士地扯开椅子，谭沫有些不自在。

就她观察，在场的这六位，都不是一般的主儿。

从她进场后，侧坐在沙发里的那位男士黑幽幽的眼睛就时不时扫她一眼，目光里有一丝她说不清楚的探究，那沉稳的气质让人有些不敢直视。他身旁坐着的就是李成凡。坐在椅子上下棋的两位，一个眉目和善，一个面无表情，看到她，都稍稍愣了下，但是，很快就重新投入棋局里。最后一个戴着大大的黑框眼镜，一直对着电脑，见到她进来，露出了一个大大的微笑。

方蔓坐在了谭沫的右边，趁着洛涵出去打电话的空当，她笑着向谭沫介绍道："我们这几个人都是一起长大的，按年龄排，洛涵排行老七，不过我们没人敢叫他七弟，都是称他七少。"

谭沫皱眉，他是从小就占山当大王吗？

方蔓一眼就猜出来谭沫在想什么，她悄悄附在她耳边道："混我们这个小圈子，必须谨记这样一句话：要想生日年年有，别惹七少和小九。"

谭沫"扑哧"一笑，好形象的一句话。

"不过，小九是谁？"

洛涵接好电话刚回来，便看到谭沫的脑袋和方蔓的凑在一起，两个人眉目舒展，一副很是投机的模样。

"小九是姜小九，我们几个人里面最小的，大名叫姜永恩，现在在美国念PHD（学术研究型博士学位）呢，今天你是看不到他了。"

"你有什么想知道的，可以直接问我。"洛涵在谭沫身边坐好，替她倒了杯清水，"别只顾着说话。"

她主要是一直在听好吗……

正式开餐前，那个传说中的老八还没到，众人决定不再等他。

第一件事当然是在场的各位精英自我介绍。

轮到她时，还未等谭沫开口，身边的洛七少便抢了她的白："没什么经验的菜鸟，别跟着在这儿献丑，好好吃饭吧。"

众人一听，会心一笑，不再多问。

头一次见七少这么护短的，连问都不让了。在情报部门任职的钱炳辉推了推眼镜："七少，你不说，我们不会查吗？"

谭沫觉得每一次和洛涵一起吃饭，都是一个无比艰难的过程。

饭后，几位精英打算搓麻将，谭沫觉得蹭了人家的吃的，不宜久留……本想找个理由闪人，却被洛涵轻轻按住，代替他坐在了椅子上。

洛涵开口说："陪他们玩玩吧。"

"……"

另外坐好的三个人打趣："七少，谭姑娘输了我们可不负责啊。"

只见洛涵十分自信地笑了笑："没关系。她输了，算我的。"然后在谭沫耳边低语了几句，看得方蔓眼皮直跳。

洛七少勾了勾唇角："赢了的话，你们别抱怨就好。"

圈子里的这几位哪个不是人精？第一圈下来，谭沫输多赢少。洛涵不急不缓地揉了揉她的头发，从衣袋里摸出一叠钱："你要是今晚能把这些都输完，也算不辱你博士的名号。"

谭沫轻咳一声，歪了歪脖子，躲开他的手，一副"你别管我"的模样。

方蔓看着洛七少和谭沫，盯住自己手里的牌，每次打麻将，如果姜小九不在，必定是洛涵一人大杀四方。有一次，一个名牌包包钱就那么输给他了！看来，君子报仇，十年不晚！

后来，事实证明，方蔓着实是想多了。

第一圈结束后，谭沫彻底明白了这牌的玩法，她默默记下所有出过的牌，以及码牌时牌的位置，心思缜密，不露声色。

第二圈开始后，坐庄的人就一直没换过……

看着谭沫面前的钱越来越多，洛涵满意地笑笑："天儿不早了，明天我还有事，各位早休息吧。我们先走了。你们继续。"

方蔓睨了一眼洛涵，果然是七少，所有的主动权都在他手上，唉，今晚又把几个包包钱输出去了。她侧头又看了眼谭沫，这姑娘非常漂亮不说，智商也不是盖的啊……转念一想，七少看上的人，必定不会差。

谭沫站起身，笑意盈盈："第一次和大家一起玩，非常开心，不过呢，谈钱太伤感情。"说着把赢的钱数量不差地一一分给在座的三位。

就在这时，包厢的门被推开了，一个穿着警服的年轻人走了进来。

"老八，你可算来了，今儿七少带来了位稀客，给你介绍认识一下。"方蔓刚起身，便见到萧哲直愣愣地看着眼前的姑娘，不可置信地开口："谭沫？"

在场的人看着萧哲一脸震惊而又欲言又止的模样，瞬间心中了然。

呵，这下有意思了。

Chapter 12 连环盗肾案

一股强烈的不安感涌了上来，萧哲看着刚刚穿好外套的谭沫，虽然心里隐约有了答案，却还是执拗地开口问她："你怎么在这儿？"

谭沫犹豫着要怎么回答……她总不能说是来蹭饭的吧……而且是在被莫名其妙地留堂之后……

"人是我带来的。"洛涵站在谭沫身边，语气微凉，身形高挑，气场强大。

萧哲松了松警服的领口，心里五味杂陈。

洛涵从来没带女生出席过他们圈子的聚会，这次把谭沫带来，无疑是向他们这群发小宣布她在他心中的重要地位。

他默默地看了眼谭沫，她长长的头发随意披散着，手上拿着一件红色外套，整个人文文静静，显得格外出挑。

"哦。不好意思啊，我今天厅里有点儿事，来得有点儿晚了。等会儿自罚三杯。"萧哲的声音有些低沉，一群精英，一听就知道其间有猫腻，这语气哪像是平时生龙活虎总是犯二的老八说的？

方蔓过来想帮萧哲脱下外套。"这屋里这么热，别说自罚三杯了，都撤席好半天了，等会姐去给你弄点儿好吃的。"说着方蔓拍了拍萧哲的肩膀，"你也是够有想法的，还在厅里干着呢？你家老爷子还真是宠着你啊。"

"刑侦厅可不是谁都能进的地方，你们这群人别看不起我们。"说着故意看了一眼谭沫，"你说是不是，谭沫？"

谭姑娘温温婉婉地笑着点点头，丝毫没看出来眼前这有些不对的气氛。

钱炳辉推了推鼻翼上的眼镜。哦，原来这位谭小姐和老八都在刑侦厅工作啊。调查范围可以缩小了。

"衣服穿好。"洛涵站在一旁，指了指谭沫手上的外套，说着从衣架上拿过她的围巾。

看着老八别扭的神情和七少流畅的动作，大伙儿心里都明白了，此时，一言不发是最好的反应。

从小到大，洛涵从不和别人争什么，但是，当他认定了什么的时候，便是十头牛也拽不回来。那种毅力和耐力，总让人觉得，如果这种人是自己的敌人，太过可怕。

好在他很少对一般的事情花心思。

"我送你吧。"萧哲把警服紧了紧，冲着谭沫道，完全不像是在做最后一次挣扎。

"谢谢你的好意，此事不用麻烦你。我觉得你还是先吃些东西吧。"洛涵说完，熟稔地把围巾缠在谭沫的脖子上，一圈一圈，细致而认真。

谭沫不习惯地开口："我自己弄就好。"

洛涵淡淡道："不要浪费时间在这种事情上，我晚点儿还有别的事。"没有停下手中的动作。

"……"

在他人眼里，这种感觉就像是，这空间里，只有他们两个人。

萧哲盯着地面沉默了半晌，握着的拳头紧了松，松了紧，接着他憨憨地一笑："蔓姐，这么一说，我还真有点儿饿了。帮我弄点儿吃的吧。"

方蔓和其他几个人看了萧哲一眼，心里有些犯糊涂。老八这是要力争到底？

不说洛涵动作轻柔地帮她系好围巾，单单是带她来参加聚会，就已经向在场的所有人宣布了那位谭姑娘的所属权。对于萧哲而言，接下来的"追求"可能会和抗战一样艰难，不过这事谁也说不好，说不定愣头青也有春天呢。

不知为何，大家忽然有点儿想站在心思耿直的老八那边。他放弃家里的安排，自己考警校，去刑侦厅应聘，对于周围的那帮朋友，从来都隐藏他高干子弟的身份。

偶尔开开玩笑，但绝对不会仗势欺人。

方蔓笑着挽起萧哲的胳膊："走，你想吃什么，咱们让大厨单给咱做。"

"那我们先走了。"说着，洛涵轻轻将谭沫带出了门，临走前，意味深长地看了萧哲一眼。

"嗯,慢走哈,我先替我的肚子做战斗去了。"说着,萧哲也拽着蔓姐出了包厢,又恢复了他一贯二呵呵的人生态度。

四个人走了,剩下的几位打趣道:"老八这是要将战斗进行到底的架势啊,先进行后方补给去了。"

"谁知道呢?"

"我支持老八的奋起直追,要是真能和七少叫板成功的话,那就有趣了。"

包厢里剩下的几位人精打起了赌,赌注下得也颇有意思。

坐在车子里面,谭沫终于把憋了大半天的她纠结的问题问了出来:"洛涵,你今天到底为什么留我堂?"

洛涵握着方向盘的手忽然一紧,然后慢条斯理地应她:"不为什么,吃个饭而已。"

"……"谭沫默觉得越来越不能理解洛涵的世界了……

下车进大院前,洛涵把谭沫叫住,问:"你今天开心吗?"

免费吃顿饭的话……应该算……

"嗯,开心。"

洛涵的嘴角微微翘起,说:"很好,我记得你答应过等我回国要谢我的。"

"是……"

"先进去吧,具体要怎么谢,我再考虑一下,过些日子告诉你。"

谭沫略略无语,言多必失,她算是领教了。

休假结束上班的第一天,谭沫就被路队叫进了办公室。

"有个新进的案子,由你来跟进。"

谭沫翻开资料——连环盗肾案!

被害人都是女性,她们都是早上在酒店醒来,然后发现自己躺在冰凉的浴缸里,浴缸旁摆着一张字条:如果不想死的话,就赶紧叫救护车。

完全是命令的口吻啊……谭沫继续翻着资料。

字条是打印出来的,规规矩矩的,连弯折的痕迹都很整齐。

被害女性们都少了一颗肾脏,虽然生命最终都没有危险,但是少了一颗肾,身体的健康状况肯定大不如前。

谭沫看着女孩子们的伤口，同样十分整齐，"漂亮"得让人觉得害怕。

"这个案子，你跟着刘向阳一起。"路队交代谭沫，"连续一周，就有三名女性被害，你们要抓紧。"

"好。"

看着谭沫走出办公室的背影，路队轻轻叹了口气，桌子上摆着的正是萧哲的请假条。

这小子给他的请假理由，竟然是他失恋了！

第一名被害的女性在市第一医院，谭沫决定先和她聊一聊。

被害人叫林北北，洗去一脸的浓妆，林北北的神色有些憔悴。她病恹恹地卧在床上，看到谭沫随护士一起进来，立即闭上了眼睛。

谭沫没有作声，既然她现在不想聊，那她就等着好了。她一边在笔记本上写着什么，一边不动声色地观察林北北。资料上写她是一名公司职员，收入不低不高，在公司工作有几年了，但职位一直没有提升。

她的耳朵上扎了不下四个耳洞，原本乌黑的头发被染成了酒红色。

谭沫心里了然，这样的女孩子，叛逆，张狂，却不得不接受生活对她的压迫。

她受害的当晚，出现在本市一家很有名气的地下酒吧。

谭沫确定，她去那里和这次案子息息相关。

"你打算待到什么时候？"林北北终于有些忍不住了。

"嗯，待到你和我聊完。"谭沫温和地回答她。

林北北看了她一眼，心里有些不舒服。来的这位刑警，虽然穿得很朴素，也没有化妆，但是，那姣好的容颜确实让她看着有些不爽。

"你要问什么？问完了快走。"她语气里没有好气。

"你在地下酒吧里约了什么人？"

"一位顾客。"

"什么交易？"谭沫问话很犀利，直中要害。

林北北有些不满地扫了她一眼，说："性。"语气好像谈论天气一般。

"你们是怎么认识的？"谭沫在笔记本上简单地记下谈话内容。

"我说性！你就没有一丝想法？"

谭沫抬头看了看她，没什么表情："你希望我有什么想法？"

林北北语塞，半晌没有一句话。

谭沫长睫轻敛，说："我知道你是被生活所迫。"

林北北觉得眼睛酸酸的，她没有瞧不起她，反而是理解她。一股微微的暖意从眼底涌出，用那双还扎着输液针头的涂了红色指甲油的手抹了抹眼睛。

谭沫从包里拿出纸巾，声音清清凉凉，说："别揉，对眼睛不好。"

林北北接过纸巾，说："我爸爸得了白血病，需要很多钱。本市的生活成本这么高，我本身也没有什么存款。"

"为什么没有想过回家乡呢？"

"如果换做是你，你会甘心吗？从不知名的小镇搬到中国最好的一座城市，就像是吃过了山珍海味，对以前的馒头清粥便会嫌弃。"

谭沫很认真地想了想，说："我想，我的父母朋友在哪里，我就会在哪里落脚吧。"

林北北一愣，心里有个地方，被轻轻地抓了一下。

"你是怎么和他约到地下酒吧见面的？"

"通过电子邮箱，有一天我收到一封邮件，上面说提供兼职信息。"

谭沫边听着她的描述，边在笔记本上写着什么。

"后来我就和对方说我需要很多钱，有没有薪水很高的兼职，然后他便问我，这种服务我愿不愿意做。"

她顿了顿，谭沫递给她一杯水，"没关系，慢慢说。"

"我一个人生活在这个城市，没什么朋友，十分空虚，寂寞让人疯狂。所以我不介意这种事，而且还能赚钱。"

"到了酒吧之后的事，你还记得吗？"谭沫问。

"他戴着一副眼镜，穿了一身深色的西装，他请我喝了杯鸡尾酒，再后来，我就不记得了。等我醒来的时候，整个人躺在浴缸里，冰凉的红色的水，把我吓坏了。然后，我就按照字条上的话打了120并且报了警。"

"你还记得你去的是哪家酒店吗？"

"城府。"

谭沫心里已经有了想法，她起身，抱了抱林北北，说："别太担心，你父亲的事，我会帮你想办法的。"

女孩愣愣地看她，半晌点了点头。

回厅里的路上，谭沫托着下巴，整理思路。

同样，刘向阳那边也得到了情报，但是另外两名被害女子并不是家里缺钱的状况。其中一个本就是好玩之人，另一名女子出现在酒吧里则是偶然。

信息科那边通过电子邮件的地址，查到了邮箱的注册IP（地址），是在南方的一座小县城。路队和县城的刑警联系，把注册邮箱的那个网吧的视频调了过来。

已经晚上九点了，谭沫坐在电脑前，看着传过来的视频资料。萧宇查到了邮箱的注册时间，视频上，人影晃晃，谭沫看得有点儿眼晕。

她刚想闭目养神休息一下，桌面上的手机忽然响了起来，陌生的号码。

"喂？"

"你在哪儿？"现在谭沫对洛涵的声音，应该算是很敏感了。她弱弱应道："在厅里，你不会是想让我今天'感谢'你吧？"

对面有呼呼的风声，晚上的寒风让行人加快了步伐。

"你几点走？"他的声音里好像夹杂了冬夜的寒冷。

"可能还要两个小时，有个案子很急。"

"嗯，知道了。"

就这么莫名其妙地结束了通话！

谭沫决定还是先休息一会儿，这个案子现在还没什么眉目。

渐渐地，许是太累了，本打算浅眠的谭沫迷迷糊糊地睡着了。

睡梦中，她感觉好像有什么暖暖的东西包围了她，就像小时候，每当她喊冷的时候，谭熙总会笑着走过来，把她抱进怀里，那种熟悉的温暖……

路队从办公室出来的时候，看到外面隔间里还有灯亮着，心想是哪个小子这么刻苦在加班，走过去一看，还未等他开口，洛涵就冲他做了一个噤声的动作，原来是谭沫正趴在桌子上睡觉。她身上披着一件黑色的大衣，显然是洛教授的外套，而他仅穿了一件高领毛衣，坐在电脑前，看着录像。

看到路队来了，洛涵起身示意他到外面讲话。

路远有些好奇："洛教授，你不是回美国了吗？"

洛涵点点头："不过我把那边的工作辞掉了，现在回A大教书了。"

路远觉得有些不可思议，虽然A大在国内数一数二，不过和洛涵所在的那所美国院校相比，实力还是相差不少的。

"对了，我看了那宗连环盗肾案，你们现在进展到什么程度了？"洛涵刚刚来的时候翻了下谭沫桌子上的资料，心里大致有数。

路远看看还趴在桌上睡得香甜的谭沫，又看了看一身冷清的洛涵，心里忽然明白为什么萧哲那小子会在假条里写那么蹩脚的理由。"被害的三名女性背景各不相同，目前还没有发现什么共同点，现在专案小组正在搜集资料。"

洛涵"嗯"了一声，一副若有所思的模样。

"洛教授，你的眼光确实了得啊，谭沫这小丫头虽然来厅里没多久，但是现在办案的能力已经让不少前辈刮目相看了。"路远确实很欣赏谭沫，他打算把谭沫一直留在他队里，当一员大将培养。

洛涵"哼"了一声，语气清清凉凉："她还差得远呢。"

路远一愣，看着洛教授的目光停留在谭沫的身上，灵光骤闪，虽然觉得开口有些堂皇，但他也是为他的这名爱将着想："洛教授，你这次回国不会就是为了这个小丫头吧？"

洛涵极有深意地回视他，良久，在路远以为他不会回答自己的问题的时候，洛涵微微翘起嘴角："这个结论，我不否认。"

说完，洛涵一副"送客"的模样："这件案子我也会帮忙参与调查，所以，路队你就放心交给谭沫去做吧。"

"送"走路队后，洛涵坐在谭沫身边，看着她安稳恬静的睡颜，他伸手帮她向上拉了拉有点儿下滑的外套，托着下巴，眸光沉沉。

如果她不知道她应该是他的，那就让别人先知道，她的所属权只在他一人手上。

已经十点半了，洛涵觉得有必要叫醒谭沫。

他俯身贴在她耳边，低哑的嗓音很有质感："喂，起床了。"

谭沫扯了扯大衣，把耳朵盖上，嘴里嘟嘟囔囔地说着什么。

洛涵深深舒了口气，加大音量："谭沫，快点儿起来。别睡了！"

谭沫抽出手，摸到了洛涵的脖子，她往下一勾，洛涵的头便被她拉进了大衣里面，她声音里有小小的耍赖："别闹……"

一向泰山崩于前而面不改色的洛涵，忽然脊背一僵，黑暗中，她的呼吸迎面而来，夹杂一股淡淡的清香，在那小小的空间里，总让人觉得心跳有些不正常。

洛涵稳了稳呼吸，直起身子，把她勾着他脖子的手扯开，顺便把大衣一掀，声音极淡："谭沫，你不会想今晚就住这儿吧。"

许是背上温暖的感觉消失了，谭沫坐直身子，揉了揉眼睛，看到洛涵抱着双臂，一副居高临下的模样看着她，她迅速站了起来："你什么时候来的？"

"大约三个小时以前。"洛涵把大衣重新穿好，声音里听不出情绪，"带来的夜宵可能凉了，你带回去热热再吃吧。"他不会告诉她，市里那家傲娇的老字号，不管什么人去，都要排队购买，他等了近一个小时才排到的，估计凉了。说着把保温餐盒递给她，长腿一迈，向门外走去。

谭沫不会想到，事实的真相是：一向自持的洛涵，因为谭沫刚刚无心的调戏，脸红了……

谭沫看着他的背影，收拾好资料和包包，迅速跟了上去，总感觉今天洛涵周身的温度莫名地好像在零下几十摄氏度。

"哦，我最近手里有个盗肾的案子，想听听你的意见。"坐在副驾驶座上的谭沫拿出她的小本子，却发现身旁开车的人侧脸冷峻，没有一丝想搭理她的意思。

他今天怎么了？是因为等她太久了吗？可是，他完全可以把她叫醒的……

谭沫皱皱眉，问："你怎么了？"

"没事。"

"那我刚刚问你话，你怎么不答呢？你有在听我讲话吗？"

"在听。"

要不要如此惜字如金？

算了，谭沫觉得许是外面寒冷的天气影响了洛涵的面部肌肉，她打开保温饭盒，一股香气扑鼻而来。

是鱼丸汤！

清亮的汤配上圆滚滚的丸子，一下子就唤醒了还没吃晚饭的胃。

谭沫笑眼弯弯地看着洛涵："东街那家老字号的？"

洛涵"嗯"了一声，开车时目光仍旧能扫到她愉悦的模样。

那鱼丸的大小恰好可以一口一个，看着甚是惹人喜爱，谭沫刚刚舀起一颗，便被洛涵叫住："喂我。"

……

他还在开车好吗？

谭沫犹豫着如何进行这个颇需要平衡感的动作，便听洛涵开口："这是我买的。"

吃人嘴软，拿人手短啊……

谭沫把勺子伸过去，小心翼翼，怕影响他开车的视线，又怕丸子掉下来。

"近点儿。"洛涵靠在驾驶座上，泰然自若。

终于，洛涵把鱼丸吃了下去，看他细嚼慢咽的模样，也不知味道如何。

"不错，剩下的给你了。"

谭沫恍惚间有一种吃嗟来之食的感觉……

洛涵唇畔有一抹浅浅的笑："嗯，不凉，温度刚刚好。"

直到谭沫进了大院回了自己的房间，也没搞懂，今晚洛涵出现在刑侦厅是怎么个逻辑……

信息科那边终于带来了好消息，在详细评估被害人会在哪里留下邮箱地址之后，有两个姑娘之间有了重叠信息。

她们都是当地一家美容整形医院的会员。

这看似和案件并没有什么太大的联系，但是，除此之外并没有其他大的线索。

刘向阳他们这个小组里只有谭沫一个女孩子，于是，去美容整形医院打探的任务便又落在了谭沫身上。

这家医院的规模不大不小，并没有坐落在闹市区。

谭沫刚推门进去，便有一名皮肤很好、长相标致的女孩子迎了上来，她看了看谭沫，说："小姐您好，请问您是想做整容还是美容？"

谭沫想了想，回答她："美容。"

整容的话，可能太过"暴力"了。

这位女孩叫小纯，正好负责介绍美容项目，她仔细观察进来的这位美女后，得出了结论：像这种皮肤绝佳，五官360度无死角的女生来美容院，主要是钱多得没地方花！

"这里有详细的介绍，您先看，我去给您倒杯水。"

chapter12 连环盗肾案

"好，谢谢。"

谭沫观察起整家美容院，规模不大，但是装修得很精细，店员不多，都是女孩子，刚刚听小纯介绍，只有院长和另外一名整容手术师是男的。果然在谭沫看了美容项目后，小纯拿了一张表格给谭沫："小姐，加入我们成为会员后，以后每次来做美容都会打折的，而且我们会定期举办一些免费送护肤保养品的活动哦。"

美容室在二楼，谭沫在一楼填好表格后，便随着小纯到了二楼。

林北北的收入并不高，她来的话一定是选择大众美容室，不会进包厢的。

谭沫进了大众美容室，有两个女孩子正在做面部清洁，为她们服务的美容师也是年龄不大的两个姑娘，谭沫躺好后，一个戴着口罩、眉目细长的女生走了过来，看到谭沫的脸，沉默了一分钟后，感慨道："小姐，其实像你这样好的皮肤和五官，一定要好好保养，千万不能因为天生丽质，就放松保养工作啊。"

……

出了美容院的谭沫觉得奇怪，据她观察，这些做美容的小姑娘并没有能力对林北北她们下手。那张表格收集的信息里包含邮箱和一些基本情况，但是并不涉及太多隐私。考虑到林北北是不会花两倍的高价去包厢的，谭沫决定再和林北北聊一次。

坐在办公室里的洛涵看着网吧内部的录像，翻着城府酒店前台小姐关于那晚的粗略描述的记录，忽然，镜头里一个戴着口罩的高瘦男子的身影吸引了他的目光。

天气不冷，他却戴着一副口罩，从进门开始，便环视整个网吧，他微微弓着腰，在过道里来来回回走了很多遍，最终在一个摄像头拍不到的角落里坐了下来。

洛涵的手指在桌面上敲了敲，虽然看不清他的样貌，但是，凭借这么多的信息，他想，可以给谭沫打个电话了。

Chapter 13 谭沫的秘密

谭沫到了医院，发现林北北已经出院了。

想到她的经济状况，也许这是正确的决定。

天气很凉，谭沫扯了扯围巾，搓了搓手，本想今天就到此为止，却忽然改了主意，直奔美容院。

美容院已经下班了，谭沫却发现大门并没有关，她敲了敲，没有人应。一楼没有开灯，整间美容院安静得有点儿让人害怕。谭沫问了一句："有人在吗？"

空荡荡的屋子里甚至能听到她的呼吸声。谭沫沉默了一会儿：很奇怪。

她上了二楼，仍旧是漆黑的一片。

工作人员不可能忘记锁门就离开的。

大众美容室里没有人，她顺着走廊往包厢的方向走，边走边问："有人吗？"

忽然，"吱"的一声，身后的门打开了！暗黄色的灯光从里面射出来，照在地板上，谭沫慢慢地回头，一个高高的人影挡在她面前。

那人戴着口罩，一双狭长的眼睛露出来，他声音里透着一丝疲惫："有事吗？"

谭沫被吓了一跳，但是她稳了稳呼吸，很平静地应他："我看一楼的大门没锁，里面还没开灯，就上来问问。"

"谢谢。"男人随手关上了身后的门，谭沫被迫跟着他下楼，那人站在她身后，总让她觉得有些戾气。

"今天下班晚了，想着要是没关门的话，我就来拿两瓶保养液。"身后的人"嗯"了一声，加快了步伐。刚刚那抹暗暗的灯光，让谭沫心里有不好的预感。

"明天吧，我也要下班了。"男人的声音低低沉沉，替她推开了门，"欢迎下次光临。"然后冷淡地关了门。

瑟瑟的夜风裹挟着冬日的寒冷,让谭沫不自觉地用大衣裹紧自己。

许是现在做服务业的人态度都这样,所以国人才喜欢出国消费。

正在美容院门口拦车的谭沫接到了洛涵的电话,他讲话好像一贯喜欢以"你在哪儿"开头。

"我在那家美容院门口。"

"找个暖和的地方等我一下,我过去接你。"说着洛涵就挂了电话。

谭沫无语,他总是这么强势地介入她的生活,擅作主张。

对面有一家超市,谭沫决定进去买点零食,刚结完账出来就看到有个高高的人影从美容院出来,他微微驼背,身上背了一个书包,临走的时候很认真地检查了一下门锁。

谭沫看着他的动作,一时愣了神,脑袋里勾画出很多种可能性。忽然,汽车的鸣笛声在耳边响起,那个熟悉的嗓音叫她:"想什么呢?上车。"

谭沫的视线追随着那个渐渐远去的身影,迟疑了半天才上了车。

"我看过了网吧的录像和城府酒店前台小姐的笔录。"

"有什么想法吗?"

"我们可以给犯罪分子画一个画像了。"洛涵看到谭沫有些冻红的双手,微微皱了皱眉,然后调高了车内的空调。

客厅里不知道什么时候多了一把藤椅,两把老藤椅放在一起,让谭沫觉得:原来,当它们成双的时候,也是一种风格。

"就是这个男人。"洛涵指着笔记本上的画面,男人微驼着背,戴着口罩……谭沫心中有很强烈的预感,好像……那个美容院的男人,不论是身高还是走路的样子。

"我们查证了在城府酒店注册的身份证,男人的身份证是假的。前台小姐说,那天登记的时候,那男人就戴着口罩,她只记得他个子高高的,那天他穿着一身黑色的西装,身旁的小姐有些喝醉了,男人拿到房卡后就直接和女人上了楼。前台那边并没有注意到他是什么时候走的。"

洛涵把信息简单陈述了一遍。

"三位被害人的伤口都很精细,看样子是手法娴熟的人做的,"说着谭沫把照片从包里拿了出来,"你看,像取肾这样的事,没有经验的人是很可能让被害人失血过多死亡的。"

"嗯，所以基本上，我们可以认为他可能多年从事医生这个职业。职业习惯让他微微地驼着背。同时也说明他的工作能力很强，在手术台前的时间很长。以前并没有过这样的案情记录，说明他是最近才开始作案。他的生活忽然发生了变故让他急需用钱，他的年龄在四十至五十岁间，对女人仍旧有吸引力。他有一定的事业基础，买得起昂贵的西装。"洛涵顿了顿，"他对女人有一种特殊的仁慈，他很仔细处理伤口，说明他曾经有一个幸福的家庭，不过他现在处于离异的状态。他害怕强光，眼睛应该是曾经受过伤。"洛涵指了指屏幕上的画面，放大后，在他出门的时候，明显用手挡在眼睛上方。

谭沫的心猛地一缩，她问洛涵："为什么其中有一个被害人和另外两个没有任何信息重合？"

洛涵墨玉般的眼眸看了她一眼，问："你说呢？"

"丧心病狂了吗？"

洛涵勾了勾唇角，说："有组织的犯罪分子就像一只猎豹，并不一定会一直等在固定地点，当他看到了合适的猎物时，便会果断地冲上去，吃掉它。"

谭沫看着洛涵的眼睛，手渐渐泛凉，她给萧宇拨了个电话，仔细说明了情况。

还在办公室的萧宇过了一会儿，给谭沫回了电话："小师姐，我找到了一个人，很符合你的描述。他叫夏建斌，之前是那个县的县医院的心外科主任，但是由于一场大的医疗事故被革了职，赔了死者家属很多钱，欠下好大一笔债。今年十月的时候刚刚离婚，孩子十岁，判给了他妻子。他离开县城后来了B市，现在在一家美容院打工。"

谭沫猛地站了起来，问："有他的联系方式吗？"

"我找到了他现在房东的电话。"

洛涵看着谭沫着急的模样，拍了拍她的肩膀说："慢慢来。"

"我见过他，我今天晚上在美容院见过他。我当时觉得奇怪，但是没有过多的怀疑。"电话通了，房东告诉她，夏建斌晚上回来拿了点儿东西就出去了，好像是去打工了。房东的口气透着股同情："那么大年纪了，还要去酒吧当卫生员，真是不容易啊。"

"你知道他去了哪个酒吧吗？"

"不知道啊，他好像是在每个酒吧干的时间都不太长。"

他利用邮件有针对性地下手，并进行周密的计划。

高额的回报已经蒙蔽了他的良知。

谭沫的心紧紧缩在一起。

路队、刘向阳和小组的其他成员分成了三支队伍，分别去了之前三名被害人的酒吧。谭沫坐在洛涵的车上，自言自语："他都是按照什么标准选择下手地点的呢？"

洛涵的车开得飞快，谭沫觉得眼前的霓虹连成了线。

按照心脏的形状！

谭沫闭着眼睛回想那三个酒吧的位置在本市的分布，忽然明白。接着听到洛涵微凉的声音："我们去第四个。"

岐黄酒吧此时已经进入夜场最火热的时段。白天坐在办公室的男男女女，借着晃眼的灯光和疯狂的音乐，在舞池里尽情放纵自己。

谭沫跟在洛涵的后面，步伐微微有些不稳，震耳的音乐让她有些头痛。

洛涵一身休闲款的西装，身姿高挑，气质卓然。谭沫看到有打扮花枝招展的女性向洛涵走过来，手轻轻搭在他的肩上，一副轻佻的口吻："帅哥，一个人吗？请我喝一杯怎么样？"

洛涵没什么表情，拂开女人的手，口吻清淡："没空。"

谭沫在他身后，略略叹气：这就是秒杀吧。

许是洛涵太过出众，接二连三有女性过来搭讪，谭沫看着这种情况，不禁腹诽：和这种到处招蜂引蝶的人一起行动，真是太有难度了。

当一名穿着10厘米高的高跟鞋的女人手里拿着两杯酒，腰肢婀娜款款而来的时候，洛涵深深地皱了下眉头，余光扫到身后的谭沫一副事不关己的模样，嘴角露出一抹极富深意的浅笑，他忽然回身，伸手揽过谭沫纤细的腰，轻轻一带，谭沫整个人便刚好撞入他怀里。

温热有着淡淡青柠香的胸膛让谭沫瞬间回神：他这是要做什么？

手掌的温度缓缓传来，谭沫刚要挣扎，却被洛涵搂得更紧。

他微微低头，在她耳边很霸道地说了一句：这是你自找的。

什么她自找的？

就因为她站在一旁看笑话了吗？……

只见儒雅绅士的洛涵冲着那女人慢条斯理道："不好意思，名草已有主。"

谭沫觉得脸上的温度有点儿高……

可以别搂着她的时候说这句让人误会的话吗？

不能这样……

女人讪讪地离开了，留下在原地当鸵鸟的谭沫。

洛涵眼底有掩饰不住的笑意，他云淡风轻道："谭沫，你可以有点儿职业操守吗？现在是在执行任务。"

……

谭沫抬头，狠狠地剜了他一眼，没有作声。

猛地，一个瘦高的身影吸引了她的视线，那人穿了一身黑色的西服，手插在裤袋里，极有风度地坐在了一位单身女性身边。

是他！

谭沫踮起脚尖在洛涵耳边道："就是那个人。"

"嗯。"

舞池的人很多，谭沫费力地向前走。

忽然，一双温热的手握住了她的，洛涵在她前面淡淡地说了一句："跟好我。"

谭沫的心……就在碰到他的指尖的那一刻，悄然停跳了一秒。

那一次，在仓库，拆弹成功，她后怕地坐在台阶上，也是这双手，把她牵了起来，以一种坚定的力量。

夏建斌转头，忽然发现了两个穿越舞池的人——其中一个正是去美容院的那个女孩！

他放下夹在指间的迷药，迅速起身，向外跑。

洛涵神态严肃，拉着谭沫跟了上去。

镭射灯发出令人眩晕的光，劲爆的音乐以一种强势的姿态充斥了整个地下酒吧。人多得有些难以行动，洛涵拨开人群，谭沫紧紧跟在他后面。

即使前进起来这般困难，他也没有要放开她的意思。

夏建斌跑得很快，洛涵和谭沫追出去的时候，刚好看见他整个人闪进了一条黑暗的巷子。

洛涵看着有些喘的谭沫，墨似的眼睛微微沉了沉，他松开拉着她的手："打电话请求支援。"

他说话时紧了紧袖口，谭沫看着他那副平静的俊容，心倏地一颤。很久以前，也是这样的神态，这样的语调……那时候谭熙摸了摸她的头发，声音温柔："沫儿，别担心，我会回来的。"

洛涵担心夏建斌跑得太远，看着没有反应的谭沫，伸手揉了揉她的头发，像以往那样熟稔："别担心，在这儿等我。"

说完，转身就向那黑漆漆看不见底的巷子跑，刚要抬步……

忽然！

衣角被牢牢拽住，她微微仰头，眼睛紧紧锁住他，手上的力量大得让洛涵产生了错觉：她是那么依赖他，不想让他离开。

谭沫简单的话语中有着从未见的倔强："别去。"

她的脸色白得让人心疼，夜风把她的头发吹得飞扬，她像是用尽全力在支撑站立的双脚："别去，求你。"有亮亮的液体在她眼眶里打转。

聪明如洛涵，瞬间明白了谭沫的意思，他掰开她冰凉且用力的手指，深深地看了她一眼，然后迅速跑进了巷子里。

洛涵转身离开的那一刻，没有看到谭沫瞬间掉下来的泪。

十二年前，一个有着淡黄落叶的初秋。

11岁的谭沫走在通往校门口的小路上，一下下数着落在地上的叶子。

517，518，519……

哥哥为什么还没来？

正数着，一个干净的男声叫她的名字："沫儿。"

谭熙头上有些细汗，刚刚还在参加学校篮球赛的他穿着一身运动服，整个人显得清俊富有朝气。

谭沫仰头，看了谭熙好一会儿，半响，踢开脚边的落叶，语调平平："今天，怎么没看见你的连体婴儿？"

谭熙听了她的话，不禁一笑："你是说程骏？"

谭沫没什么好气："那还能有谁？"

"程骏可是我们队的主力，是MVP（最有价值球员）的候选，怎么可能翘掉比赛跑来接你？"

谭熙习惯性地接过谭沫的书包，他这个宝贝妹妹自从认识程骏，就不大喜欢他。

"我为什么要用他接？"谭沫说着挽起谭熙的手臂，"我有哥哥就好。"

"走吧，我已经给司机打过电话了，我们今天逛完街自己打车回去。"

这个周末是谭母的生日，谭熙和谭沫决定用零用钱给妈妈买个礼物。

可能由于两个人都没有太多的经验，一时没有选到称心的礼物，走着走着天渐渐黑了下来。

滴答滴答，竟然有雨滴落在脸上。

"哥，下雨了。我们去买把伞吧。"

"沫儿，不然，礼物我们明天再买吧。"谭熙提议。

"明天你不是和程骏约好了要去他家打游戏的吗？"谭沫有些不高兴，她不喜欢程骏的理由很简单，因为他占用了谭熙原本属于谭沫的时间。

"好吧。"拗不过妹妹的谭熙决定听她的。

两个人撑着伞往前走。

"嚓，嚓，嚓"，打火机的声音从不远处传来。

谭沫拉住谭熙的衣角："等一下。"

她看到身旁的巷子里，有微弱的火光，一个男人佝偻着身子，靠着垃圾桶，他的手颤抖着，卷起了一张锡箔纸，把白色的东西倒进里面。他的头时不时地使劲儿往墙上撞，像疯了一般。

谭沫的眸子一凛，她的呼吸渐渐加快，她记得以前的书里有过这样的描述——那人正犯毒瘾！

"哥，他在吸毒！"谭沫有些激动，那人抬头，目光凶狠，他咧开嘴，暗红色的血腥让谭沫死死抓住了谭熙。

"哥……"

谭熙拥了拥谭沫，说："我去看看，你去报警。我想他需要帮助。"

说着谭熙把雨伞交给了谭沫。

那人见谭熙向他走来，忽然站起身，往巷子里面跑。

"等一下。"谭熙说着就要追上去，却发现衣角被谭沫死死地拽住。

"别去，哥，太危险了。"她的声音里有着明显的颤抖，那种害怕的情绪让她的音调都有了变化。

谭熙笑了笑，如月光般皎洁美好。

"沫儿，我们的爷爷可是将军。"他盯着那人的背影，掰开谭沫的手指，很温柔地摸了摸她的头发，用一种温柔得让谭沫忘记的声音道，"沫儿，别担心，我会回来的。"

谭熙离开时，谭沫觉得眼睛模糊了，不知道是因为雨水还是泪水……

谭熙是在一个公园里被找到的，他的尸体从公园里那潭深深的湖水里打捞上来。他英俊的面容白得像冬雪，他就这样安静沉睡着再没有醒来……

那一年，没有母亲的生日聚会，有的只是谭熙的葬礼……

从那一天开始，谭沫的夜晚，便硬生生地充满黑暗……

谭沫深深吸了一口气，看着洛涵消失的背影，给路队打了电话报告了位置。

她孤立无援地站在巷口，手紧紧地交握在一起。目光里有着他人无法读懂的情绪。

晃眼的警灯，路队的声音，向阳的声音，他的声音呢？

谭沫定定地站在原地，她好像能看到路队带着刑警拿着枪冲了进去，接着她好像听到了各种嘶喊的声音，夹杂着乱碎的脚步声，最后有"嘭"的声响。

她清醒过来，发现自己浑身冰冷，全身忍不住地颤抖。有刑警在她身边问她怎么了，谭沫只是摇摇头。

直到，一个卓雅瘦高的身影，从巷口出来。

他的臂上搭着那件西装外套，身上的那件白衬衫尤显得他朗朗君子，他毫发无损地信步向她走来。

忽然，谭沫整个人不知受什么力量牵引，她向他跑过去，撞进他怀里，然后，似乎在用生命的力量紧紧地抱住他！

一向冷淡自若的洛涵被这个暖暖地冲过来的拥抱弄得停在了原地。只一秒，他伸手顺势将她拥进怀里。

她的双手交扣在一起，环着他精瘦的腰，她的脸埋在他的胸口……

一会儿，一股温热渐渐湿润了那里。

虽然知道这份担心不仅仅是因为他……

洛涵的下巴抵着她的头，伸手把西装外套披在她身上，他低沉的嗓音在冬日里格外温暖和轻松："我负责打架，你负责哭吗？"

谭沫在他怀里蹭了蹭，没有作声。

洛涵苦笑，搂着她的手臂稍作用力，他知道他现在是别人的影子。

路队和刘向阳他们看着拥在一起的两个人，彼此对视。

"路队，这是什么情况？"夏建斌已经被押上了警车，看着他鼻青脸肿的样子，刘向阳真的很难想象，洛教授那样高瘦的身材，竟然有这样了得的身手。恐怕整个刑侦厅没几个人能称得上是他的对手。

路队笑了笑，语气里有着老人家特有的幽默："这还用我解释吗？"

虽然不知道萧哲那小子是什么心思，但是，在这场较量中，洛教授已经领先了一步。

警车往厅里开的时候，谭沫发现洛涵仍旧不紧不慢地启动他那辆宾利。

他那件白衬衫上明显有某人哭过的痕迹……

"早该告诉我的事，你现在可以说了。"洛涵怕她着凉，调高了车内的空调，同时从后面拿了条毛毯递给她。

"什么事？"谭沫不明白他的意思。

洛涵目光灼灼，语气偏偏清淡如水："我不信你刚刚那么撕心裂肺是为了我。"

谭沫的脸一下子红了，她把脸藏在毛毯里，声音闷闷的："没什么事。"

洛涵微微眯了眯眼睛，他俯身贴近她，一股好闻的青柠的香味瞬间充溢她的鼻腔。

"没事你哭什么？"

谭沫负隅顽抗："我想是因为……天气太冷了……"

洛涵俊朗的面容上闪过一丝笑，他轻轻叹了口气，然后伸手把谭沫揽进了怀里，谭沫刚要挣扎，便听到洛涵有质感的嗓音慢慢道："嗯，是有些冷。不过，下次记得找一个温暖的地方。"

谭沫听着洛涵的话，觉得眼睛有些酸涩。如果这些话是谭熙讲给她听的，该多好……

洛涵开着车，把谭沫送到了大院门口。

"进去吧。"他的声音有些闷，和平日很不相同。

"你怎么了？"谭沫察觉到他的不对，刚刚开车的时候，洛涵的车速明显比以往慢很多。

"我没事。"洛涵话音未落，一只白皙的手便搭在了他的额头上。

谭沫意味深长地看了他一眼："大冬天的只穿一件衬衫，要是不感冒的话，我觉得你可以去演钢铁侠了。"

洛涵向后仰，头倚在靠背上，合上双眼，没理她。

"那个……"看一向毒舌的洛涵没答她，谭沫凑过去，"你不会别处也受伤了吧。"说着想检查一下，一直安静的洛涵忽然伸手停止了她不安分的动作，语调清淡："别动手动脚。"

谭沫语塞……

她抽出手，贴了贴他的额头："烧得比刚刚厉害了。快点儿回家吃药吧。"

合上的那双俊眸蓦地睁开，沉沉如月的目光毫不掩饰地看着她："好，你送我。"

……

Chapter 14 滑雪场再遇程骏

直到谭沫把洛涵送进了别墅，她也没告诉洛涵，她上次开车的时候剐花了一辆保时捷。

洛涵的脸色很差，因为高烧脸颊有些微红。他靠在沙发上，松了松衬衫的领口，双目紧闭。谭沫进厨房给他倒了杯热水，又拿毛巾做了冰敷，问他："退烧药在哪里？"

洛涵的声音有些低："储物间棕色柜子的第三格。"

记得这么清楚！谭沫不禁莞尔。

"我只是发烧，又不是失忆。"洛涵睨了她一眼，指了指桌子上的杯子，"这个杯子是我给你准备的。"

谭沫刚刚只是在厨房随手挑了一个她觉得好看的杯子……

她轻咳一声，去了储物间，以她现在对洛涵家的了解，已经可以驾轻就熟地找东西了。

拿着药回来的时候，洛涵好像睡着了。

他英俊得如雕刻师手下精美的杰作，狭长的睫毛与白皙的皮肤黑白分明。平日里一副冷淡又毒舌的模样，其实是一个心细且冷静的人，起码在她看来是这样。

谭沫给洛涵喂了药，把东西放回厨房。

假寐的洛涵看着她的背影，即使发着高烧，嘴角也勾起了一抹不易觉察的浅笑。

折腾了一夜，谭沫醒来的时候发现自己躺在洛涵卧室的床上，而高烧的某人不见了！

她明明记得昨晚自己趴在床边，每半小时就替他更换毛巾一次来着。迅速爬起来，想跑到楼下找人，便发现刚刚冲好澡的洛涵正擦着微湿的头发站在门口。

他一身白色的家居服，整个人显得俊逸非凡。

相较之下，发梢有些翘，衣服有些皱的谭沫则看起来很"凌乱"。

洛涵淡淡地扫了她一眼，说："先去洗漱吧。"

谭沫则走上前，打量他："你还发烧吗？"

洛涵停下手上的动作，忽然倾身扣住她的双臂，贴上她的额头，语调又恢复了往日的调侃："你说呢？"

前额微湿的头发好像分了谭沫的心，她恍恍惚惚地答："好像……还有一点儿热吧……"

这时门铃响了，洛涵放开她，说："去开门吧。"

站在门口的中年男士看到谭沫，明显愣了一下，不过见过大世面的洛父秘书马上回过神，虽然洛涵给他电话让他送一套女装和早餐过来的时候，他奇怪了一下，但是，这女孩不就是上次医院里见到的那位？

秘书把衣服和早餐交给谭沫，便离开了。

谭沫看着来人一身西装，不禁疑惑，现在送外卖的都这么高端吗……

谭沫拿着早餐，一脸莫名其妙地看着洛涵，还未等说话，便听洛涵慢慢道："他是我父亲的秘书，可不是什么送外卖的。"

"……"

有些人恢复了生命力，就等于恢复了"战斗力"。

席间，洛涵好似漫不经心地提到了一个话题："今天，我有课。"

然后他极有深意地望向谭沫，继续说道："可是我的感冒还没好。"

谭沫微皱眉头，他要干吗？

"为人师表，不能乱翘课。"

"你的意思是……要找人代课？"谭沫终于说了句重点。

"嗯。"洛涵顿了顿，"可是，临时找不到人。"

"是。"谭沫喝了一口清粥，她总有一种不祥的预感。

缓缓地，洛涵低哑醇厚的嗓音如魔音般在她耳畔响起，"所以，你去代我讲一次吧。"

"我……"谭沫想找个推托的理由。

"是谁昨晚冒着严寒帮你抓到的犯罪分子？"好"无辜"的口吻！

"是谁今早起来帮你订的早餐？"好"可怜"的口气！

"是谁……"好"欠扁"！

未等洛涵把"气势汹汹"的排比句说完，谭沫语气中有种视死如归的"坚定"："我讲！"

洛涵若有所思地看了她一眼，点点头："嗯，吃饭吧，衣服已经送来了。"接着，替原本该去上班的谭沫向路队请了假。

默默低头嫌弃自己一身皱巴巴的衣服的谭沫忽然反应过来：他把她需要去学校讲课的衣服都买好了，还来询问她的意见干吗？

于是，一大早就在大讲堂门口排队而抢到了前排位置的张美贝看到谭沫拿着讲义走上讲台的时候，她震惊了。

震惊的当然不止张美贝一人！等着看翩翩如玉的洛教授的学生们都震惊了。

谭沫看着台下黑压压的人群，她深深吸了一口气，故作镇静："今天洛教授生病了，所以我来代他讲一次。今天我们要介绍的是……"

还没等谭沫讲完开场白，就有学生发现，这个漂亮的"老师"是上次被洛教授单独留堂的女生！

"你不就是上次没回答出问题被留堂的那个同学？"不知谁这么口无遮拦地喊了一句。

大礼堂里瞬间一片笑声。

谭沫微尴尬，不过她还是打算继续她的开场白。

这时，一个低沉好听的男声从扩音器里传来，大礼堂的一角，洛涵拿着话筒，语气冷淡："是她，你有意见？"

洛教授总是这样出其不意，漫不经心似的"秒杀"他人……

全场安静下来。"你继续。"他放下话筒，在台下看着她。

谭沫不会想到，很久以后，这件事成了 A 大 BBS（电子公告牌系统）上的一段佳话。

17岁去普林斯顿念PHD，21岁毕业的博士不是谁随随便便就能做到的。

谭沫按照洛涵讲义的大纲，在讲知识点的同时，她把自己以前学到的东西和在美国工作的经历也加了进去，整堂课张弛有度，学生们听得津津有味。

很难想象这样一位大神上次竟然被留堂了。

快下课的时候，谭沫已经完成了大纲上的任务，她想起来以前自己听讲座的时候，教授们总是会留一部分时间给学生们提问，便开口询问："大家还有什么问题吗？"

原本安静的大礼堂忽然出现了各种节奏的低语。就在谭沫以为没人想问的时候，一个男孩子勇敢地站了起来，因为礼堂很大，他说话时特意加大了音量："请问你是学生、助教还是老师啊？"

谭沫略纠结了一下，余光扫到洛涵抱着双臂，正饶有兴致地看着她。

她不要指望他救场了……

"以前是学生……"谭沫避重就轻。

显然这个回答并没有让人太满意。

那男生坐下后，另一名女生站了起来："那你和洛教授什么关系？"

……

谭沫默默感叹：现在的孩子们，都这么直白吗？

"同事吧。"

"那就是老师咯？"

谭沫无语……

最后，又是一个男生："老师，你有男朋友吗？你对师生恋什么看法？"

全场哗然！

在她觉得脸已经红了的时候，一个干脆的男声打断礼堂里的议论声："非学术问题谢绝提问，下课。"

洛涵从角落里站起来，走到侧门处，等谭沫过来。

不能早点儿救场吗……

学生们离开的时候都忍不住把视线投过来。张美贝碍于洛教授强大的气场，磨磨蹭蹭地鼓起勇气，来到谭沫身边："沫儿，要不要去找慕慕一起吃饭，上次你不是没去成吗？"

"好"字还没出口,就听洛教授彬彬有礼地答道:"不好意思,她已经有约了。"

她什么时候有的约?

张美贝貌似不甘心,说:"沫儿,明天周六了,离 B 市不远的 M 区,新开了一个滑雪场,最近刚刚开始营业,打折很多,一起去吧。"

这回没等洛涵抢白,谭沫欢喜应道:"好啊。"

身旁的洛教授轻轻咳了两声。

张美贝反应过来,试探着问:"洛教授,你有时间吗?要不要一起去?除了我和沫儿,还有一个物理系的女生。"

洛教授没有回答,反倒是看向了谭沫。

看她做什么?

谭沫转念一想,不能让洛涵去"影响她们姐妹交流感情",于是义正词严地回答张美贝:"室外滑雪很冷,他感冒还没好,就不去了吧。"

张美贝一愣,这话怎么听起来这么"体贴"?

而当事人淡然一笑:"好,那这次不去了。"接着余光瞥到各种竖起耳朵"偷听"的学生们,冲谭沫道:"下次你陪我。"

她这也算言多必失吗?这不科学啊!

张美贝见此状况,很识趣地闪人了,只不过,她闪的时候,带着一种花痴看到帅哥美女想八卦的激动心情。她奔到实验室,慕荷正在收拾仪器。

只见张美贝龇牙咧嘴地冲她笑得花枝乱颤。

"你被包养了?"慕荷一开口,张美贝的热情被削减了一半,她讪讪地撇嘴,"要是有还好了呢。"说着话锋一转,一副神秘兮兮的样子,"你知道今天大讲堂是谁讲的课吗?"

慕荷瞥了她一眼:"谁?"丝毫不感兴趣。

张美贝自顾自地陶醉:"是谭沫啊!没想到沫儿妹子这么强大!她上学那会儿是不是也像你一样被叫作大神?"

谭沫?

慕荷在听到这个名字后心思百转,但是什么都没有和张美贝讲。

"今天沫儿在讲台上简直帅爆了,哦,不对,应该是美翻了。那就是一本可以移动的百科全书啊！话说，沫儿和咱们差不多大，现在竟然已经毕业工作了！"

慕荷应她："你觉得一个14岁读本科，17岁开始念博士的人，到现在还不毕业会是怎么个状况？"

她当初并不希望谭沫跳级，可是，那时候没有别的办法。一个本该快乐成长的女孩儿就此失去了纯真的童年，被逼进一个不熟悉的环境，所以她很理解现在沫儿为什么会有那么低的情商。

张美贝震惊了……她使劲儿拍了拍胸脯，说："我决定封谭沫妹子为我的新一任女神。"

这厢，有了约的谭沫和洛涵一起返回了别墅。

"我都不知道我什么时候有约了。"谭沫有些不满地看着洛涵，她发现，洛涵特别喜欢替她做决定。

"现在，我约的。"他十分自然地回答某沫。

怎么能这么霸道？

说着，洛涵在车库里挑了一辆黑色的越野车。

"谭沫，"他声音里有一丝轻笑，"你什么时候考的驾照？"

谭沫条件反射般地向后退了一步，她确定她昨晚绝对没有剐到什么！当时，她用的是"步速"开回来的。

谭沫不确定地答他："那个，应该有些日子了。"

洛涵挑眉，说："是吗？我以为你是新手上路。"

谭沫没有作声，基本上是事实。

"走吧，我觉得你需要练练。"说着自己很"听话"地坐到副驾驶座上。

"……"是因为怕她碰坏他的宾利，所以换成了越野车吗？于是，谭沫在本市的外环内环整整转了四五圈才把自己"送"回家。

下车后，洛涵一手撑着下巴，一手随意地搭在车窗上，语调平平："我收回我刚刚的结论，你现在连新手的水平都不到。"

……

所以，她一直很坚定地支持祖国的出租车事业！

新建的滑雪场其实已经不划在本市的范围了。周六一早，谭沫、慕荷与张美贝便坐了最普通的交通工具——火车，去了 M 地。

天气不太冷，下着小雪，三个年轻的姑娘有说有笑地往前走。

其实，准确来讲，有说有笑的是一个姑娘。

张美贝："来滑雪的人还挺多的呀，肯定是因为在打折，嗯，打折这事最受学生党青睐。说不定，等会儿我们能遇到不少帅哥呢，实在是太好了。"

谭沫："打折意在促销，实则是变相增加该滑雪场的知名度，它针对的不仅仅是没有工作收入的学生，也包括距离此地比较近的居民。拥挤的人群对交通和治安都会产生冲击，同时会增加我们的个人消费额度，这是不大好的。"

张美贝："……"

慕荷："我们带的钱有限。"

张美贝："……"

她为什么要和这两个不解风情的人一起出来玩？好在看到山顶的别墅时，张美贝心里的阴霾一下子烟消云散。

滑雪场设计得很有趣，对于喜欢冒险挑战的人来说，山顶的场区一般是他们的首选。可是菜鸟水平的张美贝却大胆地买下了山顶场的套票。售票小姐看着她天真烂漫的笑容，略略迟疑。张美贝却龇牙一笑，她旁边可是有两位大神呢！

于是到达 M 地的第一天下午，三个人便武装好自己，开始了摔倒与爬起的循环运动。

终于，有人看不过去了！

一个穿着黄色羽绒服的男生走过来，看着坐在地上的谭沫，伸出手："同学，你是第一次滑雪吗？"

戴着口罩的谭沫回答他："不是。"

男生听成了"是"，友好地建议："那我简单教你一下吧，我看你坐在这儿半天了。其实起来的动作不难的。"

谭沫想：人家一片好心，她还是不要挑明，她是因为累了，所以坐在这儿歇会儿……

一旁的张美贝看到有帅哥主动教谭沫，感叹："明明都遮着脸呢，魅力都不可挡吗？我的脸戴上口罩后，看起来也不错啊！"

慕荷认真地打量张美贝后总结："但是身材不同。"

"……"

滑雪场里，大家玩得不亦乐乎，而另外一边的洛涵也心情不错。约了钱炳辉、方蔓他们搓起了麻将。

后到场的李成凡环视了包厢，发现没有看到上次的美女，便问洛涵："七少，那个谭姑娘今天没来吗？"

"可以不废话吗？"七少应了李成凡一句，看着方蔓刚打出来的一筒，帅气地推牌，"胡了。"

方蔓叹气，七少今天心情好，所以又打算大杀四方吗？

交了钱的方蔓让李成凡替她，然后给洛涵倒了杯热水，"听你的声音，怎么觉得你好像感冒了呢？"

洛涵抿了一口，说："嗯，你这方面的感觉还是挺准的。"

一旁的三个人都笑了，方蔓默默地想收回杯子，这个七少！不呛人会死吗？这不是在变相说她打牌时的感觉差劲吗？算了，好女人不和他计较。

"你怎么感冒的？这么不小心。"钱炳辉随口问了一句。

"因为帮人忙。"

李成凡一听来了精气神："哟，谁有这么大的面子啊？"

洛涵长睫轻敛，口吻淡淡地说："你刚讲的那个人。"

大伙儿一听乐了，原来七少已经发动攻势了啊，那萧哲那边还有没有机会啊？打了赌的几个人瞬间竖起耳朵听方蔓问洛涵："那你都感冒了，她没说照顾一下什么的？"

"照顾了。"

原谅优秀青年们都有一颗八卦的心。

"感冒还没好，怎么没陪你呢？"

"和她朋友滑雪去了。"

七少这是被抛弃了所以找他们打麻将发泄吗？

末了七少加了一句："所以我决定明天也去滑雪，"墨似的眼睛扫了在场的精英，"你们几个都有空的，我知道。"

"……"

七少，你追妹子一定要扯上我们吗？那萧哲那边我们可怎么帮？老八，你只能指望姜小九为你出招了。

晚上吃饭的时候，谭沫他们才知道，刚刚热心肠的那个男生叫苏勇，朋友们都称他为"大勇"，和他一起来的还有三个人，都是 B 市某高校的学生。年轻人之间比较容易混熟，当然要排除一个"伪"学生——谭沫。许是年纪小，所以胆子大，山顶场的人不多，除了谭沫、慕荷这些学生外，就剩下零星的几个单独的滑雪者。天渐渐黑了，不少人都下了山。因为天气预报说明天可能会有大到暴雪。在大厅听到了这个消息，谭沫决定回去建议慕荷与张美贝一起下山。

别墅的一楼有家超市，谭沫顺便拐进去想拿盒牛奶。

没料想，竟然碰到了程骏。

他穿一身深色的运动服，应该是刚刚运动完，他手里拿了瓶矿泉水，看到谭沫，也明显地一愣，但是很快恢复常态。

他向她走来，谭沫一看，立刻转身，却听到他在她身后叫她的名字。

"Hi, 谭小姐，好巧。"生疏而客套。

谭沫停下脚步，转身看他，不咸不淡地回答："是啊，好巧啊，Jason 先生。"

她没有叫他的名字，"程骏"这两个字已经随着他那个时候的突然消失而不复存在了。

程骏略略皱眉，不过只一闪而过："和朋友来玩？"

"嗯。你也是？"

她还是好奇的。

程骏摇摇头，说："我主要是来视察工作。这家滑雪场是我们公司新开的。"

黄宗祥案子结束后，就再没照过面的两个人彼此寒暄了几句便各自回了房间，结果，谭沫她们错过了下山的最后一班车，不得不住在山顶的别墅。

三个人要了两个标间，因为谭沫的睡眠质量不好，所以慕荷和张美贝住一间房。她们的房间在走廊的第一个，谭沫的房间在她们的隔壁。

晚上睡觉前，三个女孩子和新认识的那四名大学生一起玩了扑克牌。原来这四个人其中两个人是情侣，就是大勇和赵蓓蓓。另外一个身材不太高大的男孩叫朱睿，朋友们都称他为"阿睿"。另一个脸上有雀斑很开朗的女孩子叫小薰。由于阿睿和小薰不是情侣，所以在分房间的时候，大勇和蓓蓓分开了。

游戏结束后,大家就各自回房了,慕荷却对张美贝说:"你先回房间,我和谭沫有点儿事要说。"

"什么事啊?"张美贝一脸八卦,"是不是沫儿和洛教授的事?"

洛涵?为什么现在谭沫和洛涵被扯得这么近?慕荷心思略沉,正色道:"学术问题。"然后跟着谭沫进了房间。

关上门只剩下了谭沫和慕荷两个人,慕荷靠在床上,看着温温和和,开口却让谭沫的心一惊:"说吧,程骏什么时候回来的?还有,你和洛涵是怎么回事?"

窗外的雪忽然变大了,呼啸的北风发出"刺啦啦"的声音。

飞扬的白色雪花抹白了天空,也抹白了谭沫的脸色,她沉默了一会儿才开口:"他是黄珊珊的男朋友,Jason。"

暴风雪来了,黑夜来了,一个无名的身影出现了。

chapter 15 雪场失踪案

慕荷不动声色地看了谭沫一眼，示意她继续。

谭沫揪着被角，垂着眸，说："我是在黄宗祥家的别墅再次见到他的，他成了黄家的准女婿。"说着，抬头回视慕荷，语气里有一丝悲凉："可笑吗？那时，我以为他很爱我的。"

"人的一生会遇到很多爱的人，你想开一点儿吧。"慕荷的声音凉凉的，她漂亮的眼睛好像蒙上了一层雾：能遇到"执子之手，与子偕老"的人，太少。

刚在楼下碰巧看到谭沫和程骏彼此生疏地打招呼，慕荷躲在一旁，没有作声。这个当年让女生们疯狂的白马王子，其实一直爱的是谭沫。谭熙死后，谭沫跳级到了她哥哥的班级，没过多久，程骏便一声不响地消失了，再后来谭沫上了大学，一切好像一场梦。

"你和洛涵怎么回事？"慕荷忽然转移了话题。

谭沫疑惑道："有什么问题吗？"

还没反应？她真的不能太高估谭沫的情商。

"前天又夜不归宿，你想干吗？"慕荷故意靠近谭沫，一副很认真打量她的模样，微微挑眉，"又是和洛涵在一起吧？"

什么叫"又"？

谭沫很正经地回答："洛涵因为帮我抓犯罪分子感冒了，我觉得照顾他理所应当。"

慕荷扯了扯谭沫攥在手里的被角，帮她盖好，说："如果我哪天回家住了，就没法再帮你打掩护了。"接着慕荷话锋一转，"有时候你真的够笨的。"

她不是一直这么认为吗？

慕荷看着迷迷糊糊的谭沫，说："和我聊天就这么困？你让我觉得自己好没魅力啊。"

谭沫使劲儿摇了摇头，却觉得眼皮越来越沉。

慕荷笑笑，帮谭沫掖好被角，"别担心，在你被人卖了之前，我会帮你找个好买家的。"

在医院里那么紧张你，放弃美国那么好的职位回A大当教授，在课上特别"关照"你，找你个非"从业"人员代课，多次在家"收留"你，沫儿，有时候你真的好笨啊……不过，不是随便的一个人就可以把你抢走，即使没有那份嘱托，我也会好好守护你。

风呼呼地刮，外面的暴风雪越来越大。

月亮被大雪遮住了容颜，慕荷紧了紧身上的羽绒服，在楼梯的拐角，有个高挑的身影一闪而过，她眯了眯眼睛，唇角微翘，然后回了房间。

一大早，慕荷把睡得像死猪般的张美贝叫起来，接着又去找了谭沫。一向浅眠的谭沫许是昨天滑雪有些累，今天起得很迟。洗漱好的三个人到一楼的餐厅吃早餐。

正好看到大勇和阿睿，却不见蓓蓓和小薰。

看着窗外的暴风雪，大家觉得别说滑雪了，今天连山应该都下不去了。

这时，小薰从楼上跑下来，神情焦急。

"蓓蓓呢？她还没起来吗？"大勇没看到女友的身影，起身打算上楼。

小薰喘了口气，声音抖得厉害："蓓蓓不见了！我一大早起来就没看见她！"

"怎么回事？别急，小薰，你慢慢说。"阿睿递过一杯水，扶小薰坐下。

"我也不知道，昨晚我们两个回房间就睡了，今早我起来的时候就发现她的床空着，人不在，外套也不在，这么大的雪，她跑去哪儿了啊？"说着说着，小薰的声音里渐渐有了哭腔。

"给她打电话了吗？"谭沫在一边问道。

"打了，可是她把手机放在房间里了，没有带出去。"说着小薰从口袋里拿出手机。

"可以给我看一下吗？"谭沫的直觉让她觉得这件事没那么简单。

哦，当下最流行的手机，价格也是不菲，手机的外壳很新，但是能看到屏幕上不少划痕。可以看出手机主人的家境可以，对这样的贵重物品并不太爱惜，但是现代社会，人们都是习惯出门带手机的，她应该不会例外。

翻到最近通话，基本上是与大勇和小薰的通信记录，短信也是截止到和这次滑雪相关。

"我们报警吧，蓓蓓这么突然就消失了，我好害怕啊。"小薰握着的手有些颤抖。

大勇看了眼小薰："你不会看错了吧？蓓蓓会不会躲在被子里睡了啊？我们上去再看看。"说着几个人跟着大勇上了楼。

谭沫和慕荷走在后面，慕荷小声地问谭沫："你对这件事有什么看法？"

谭沫的表情有些严肃，长长的睫毛下一双黑亮的眼睛此时充满智慧："我刚刚看到她设定的闹钟，有一个定在了半夜三点。这个时间非常奇怪。"

"会不会是他们要坐半夜的火车走？"慕荷猜测道。

"同样是本市来的，没有哪趟车和这个时间相近。"谭沫继续说道，"现在我们无法断定她是在别墅内还是在别墅外，如果是在别墅外的话，这种天气，她为什么要出去？"

众人到了房间，确实没有发现蓓蓓的身影。

床铺上的被子被掀起了一半，显然是睡觉时忽然起来了。可是，奇怪的是拖鞋竟然还好好地摆在地上。

谭沫打量着剩下的三个年轻人，沉默了一会儿，然后建议道："报警吧。"

因为暴风雪天气，警车现在根本无法开上山。正巧滑雪场的老板Jason同在别墅里，他安慰几位大学生："不要太担心了，我已经让工作人员先在别墅里找人了，找到了就立刻通知你们。"

大勇忽然站起来，说："那我也帮着找！"

说着小薰和阿睿也站了起来。

谭沫却开口道："我们还是在这儿等一会儿吧，不熟悉别墅的话，去找也是帮倒忙。"

"蓓蓓不是你的朋友，要是你的朋友不见了，你能不急吗？"一直很温和的小薰忽然暴躁起来。

谭沫平静地回视她，说："急，但是我会分析她为什么会不见，她会去哪里。

你没看出来，她是在你睡着后自己起来出去的吗？"

在场的人停下了动作，谭沫解释道："被子掀起来，拖鞋好好地摆在地上，显然她是在等你入睡，如果不是蓓蓓自己想出去，为什么要把拖鞋换掉？她早就决定好等你睡熟后一个人出去。"

谭沫的话像一针镇静剂，让几个年轻人安静下来。

张美贝在一旁听得一愣一愣的，虽然她不知道谭沫怎么会想到这些，但是，一种特别的感觉从心底升起，现在的谭沫和她平时见到的那个有点儿迷迷糊糊的谭沫完全不同。

"谭沫说话有点儿直接，你们不要太介意。"慕荷在一旁打了个圆场。

"那你说蓓蓓大半夜的为什么要出去？"阿睿语气不善。

谭沫手撑着下巴，眼睛望向窗外，那纷纷扬扬的大雪模糊了远方。

"我不知道。"谭沫答得很干脆。

"哼，那就别乱下结论了。"阿睿说着拉着大勇离开了。

谭沫看着他的背影，转而叫住了不知是跟还是不跟上的小薰。

"你们几个是怎么认识的？"谭沫好奇地问她。

"我和蓓蓓是多年的好朋友，大勇和蓓蓓是在上大学后才开始交往的，在一起两年了吧。阿睿是大勇的朋友，至于他们是怎么认识的，我就不知道了。只知道两个人关系挺好的，好像经常一起去打篮球。"

"哦，是吗？"

阿睿的个子不高，身体看上去也不像大勇那样健壮，果然男孩子都对篮球有一种特殊的热爱啊。

"蓓蓓家庭条件很好吧？"谭沫随口又问了一句。

"是啊，她家还是很有钱的。"说着小薰好像很骄傲似的，"她以后的路都铺好了。有个好爸爸就是不一样啊。"

"有多大势力？"

小薰似乎觉得这个话题不该谈："反正就是不管什么事，都能为蓓蓓安排好。什么都不需要蓓蓓操心，她只需要乖乖当她的公主就好了。"

谭沫心思百转，听着小薰开始聊关于蓓蓓和大勇的所有的事，谭沫加了一句："感觉你们和阿睿并不是很熟呢，为什么决定一起来滑雪呢？"

"也不是不熟，阿睿人挺好的，对人很温柔，因为当时大勇说他有个朋友找他一起滑雪，问他要不要带女朋友，最后就把蓓蓓和我都叫上了。"

"哦。"想问的都问了，谭沫握了握小薰的手，安慰道，"先不要太担心，说不定等会儿就有消息了。"

大勇和阿睿是跟着Jason一起回来的，两个男生低着头，显然是没有找到人。

"别墅里面该找的地方都找过了，没有发现任何蓓蓓的踪迹。"Jason看了眼有些不在状态的谭沫，向其他人道，"我们已经和警方联系过了，他们那边说等暴风雪停了就马上上来。"

几个年轻人围坐在一起，身为老板的Jason也坐了下来，他坐在谭沫的旁边，看她一副神游的样子，望着窗外，不知道在想什么。

忽然谭沫站了起来，说："我出去走一会儿。"

还未等慕荷制止，Jason便厉声道："这还下着大雪，你没看到吗？"

说着拽住了她的手腕。

谭沫很不舒服地皱了皱眉，甩开他的手，说："看到了。"

张美贝感到很惊讶，一向温和的沫儿竟然有这样的语气和态度。

Jason把手收回，说："如果你也不见了，会更麻烦。"Jason顿了顿，继续道："我作为这里的负责人，不希望再出什么事了。"

谭沫恍惚间好像看着他英俊的面容上闪过一丝什么情绪，似乎也察觉到了自己的态度有些莫名其妙的强硬，她轻轻叹了口气，说："那你跟我一起来吧。"

看着Jason和谭沫离开的背影，张美贝趴在慕荷的耳边问："沫儿为什么非要出去走？这么大的暴风雪啊！"

慕荷的视线则停在那个高挑的背影上没有移开，回答张美贝："为了找线索。"

可是她担心的不是谭沫。

程骏，严谨聪明如你，不该表现得那样明显……

站在别墅外，风好大，谭沫扣上羽绒服的帽子，绕着别墅低头看着什么。

雪太大，即使之前有脚印，现在也都被盖上了。她轻轻叹口气，这样，根本不知道蓓蓓会往哪里走。

忽然，一条带着暖暖体温的围巾绕在了她的脖子上。

谭沫停在了原地,程骏的动作却没有停,他一下一下把谭沫绕了个严实。

她没回头,风声好大,清凉的声音被淹没在里面,她问他:"那时候为什么不告而别?"

程骏没有听到,他走到谭沫前面,然后忽然转过身子,张开双臂,正面对着她:"有我给你挡风,这样就不冷了吧?"

说着,他那阳光般暖人的笑容展现在她眼前,仍旧像他年少的时候。

程骏是在谭熙念高一的时候转过来的。也许是两个优秀的男孩子较别人更有共同点,很快他们成了最要好的朋友。

谭沫第一次见到程骏是在家里。

谭沫推开谭熙房间的门,一个英俊得有些晃眼的男孩子正拉开门。

他见到谭沫愣了一下,但是很快就露出了一个大大的笑容:"Hi,你就是谭沫吧。我是程骏,你哥哥的朋友,你也可以叫我程骏哥哥。"

谭沫看了他两眼,态度很冷淡,点点头:"哦。"然后她绕开他,进了哥哥的房间。

电视旁摆了两个手柄,两个男孩子正在打游戏。谭熙见妹妹进来后脸色不太好,就知道:程骏,你完蛋了,我妹不喜欢你啊。

事后,程骏一副雅痞的模样问谭熙:"不会吧,我长得这么帅,你妹都不喜欢?你妹不会是喜欢女生吧?"

谭熙被呛了一下,然后一本正经道:"我妹喜欢男的!"

谭沫躺在谭熙的床上,看着两个男生打游戏,她发现,那个叫程骏的男生其实一直在让着她哥哥。

谭沫觉得……嗯,很不爽。

可是两个男孩子有说有笑,气氛十分融洽。

"哥,我渴了,你去帮我拿点儿水。"谭沫坐了过去。

"呃……可是,这局刚开始啊……"谭熙刚想拒绝,就听程骏说,"没关系,让你妹妹替你。"

于是谭熙简单交代了一下玩法便出去拿水了。

"第一局,我让你二十秒好了。"程骏看着模样精致的谭沫坐到他旁边,不苟言笑,忽然觉得心情大好。

谭沫斜睨了他一眼，声音凉凉地说："哦，好。不过，你会后悔的。"

说完，谭沫熟练地拿起手柄，没到二十秒，程骏操作的人物便被打败了。

然后，谭沫十分淡定地转头，黑亮亮的眸子里闪着某种自信："下一局还让我吗？"

程骏笑了笑，他拿起手柄，眼中有一抹谭沫没察觉到的情绪："好啊。不过，这次让你十秒吧，起码给我一个表现的机会。"

谭熙进来的时候，正好看到谭沫操作的人物被打败。

她抿着嘴唇，眼睛盯着屏幕，模样认真极了。

谭熙凑到屏幕上看了一下，惊讶道："不错呀，沫儿，把程骏的HP（生命值）弄掉了那么多。"

谭沫站起身，把手柄塞进哥哥的手里，声音听不出高兴还是不高兴："嗯，他让了我十秒。"

谭沫重新躺回床上。谭熙凑到程骏旁边，问："你和我妹妹玩还这么认真干吗？"

程骏没有笑，回头看了一眼躺在床上听着音乐看着书的谭沫，回答谭熙："对她，必须认真才可以。"

这样，程骏成了谭家的常客。不仅谭熙喜欢他，连爸爸妈妈都觉得他是个好男孩。

谭沫对此总是嗤之以鼻：怎么？长得帅了不起吗？

听了她的抱怨的慕荷思考过后答了一句：嗯，不容易。

不能这样胳膊肘向外拐！

于是，谭沫觉得全世界都喜欢程骏，可是，自己就是不喜欢他！

程骏有的时候，竟然在她面前充当起了谭熙的角色。

哥哥妹妹一个念高中一个念初中，所以一般都是司机先去接谭熙，然后过来接谭沫。

那天下了很大的雨，谭沫站在教学楼的门口，等了好久，也没有见到谭熙的身影。

有同学问她："不然我送你回去吧？"

谭沫笑着谢过他们："不了，不然我哥哥来了会找不到我的。"

那个年代手机没有那么流行。

谭沫等了很久，看着眼前的水洼，耐心地数着雨滴落到上面出现的弧圈。

抬头，一个高挑的男孩，撑着雨伞跑了过来。

谭沫高兴地看着来人，就在他站定到她面前的时候，笑容不自然地凝结了。

她微微眯起眼睛，问："怎么是你？我哥哥呢？"

"你哥哥是校学生会的，他们今天开会，现在还在学校呢。所以，他让我过来接你。"本来很单调的校服，穿在程骏身上，却有那个年纪的男孩子特有的朝气俊朗。

"我要等他，你回去吧。谢谢你了。"谭沫不打算领情。

程骏听了，仍旧冲谭沫笑："沫儿，听话好不好？"

谭沫的眉头皱了起来，他怎么这么自来熟？

学生基本上走光了，这时有老师看到谭沫和一个男孩子站在一起，便问谭沫怎么还不回家。

还没等谭沫回答，程骏就接过话："老师，我是沫儿的表哥，今天代替谭熙来接她的。"

然后老师仔细看了看程骏，点了点头，口中还念叨道："这一家人，长得都这么好啊。"

"走吧。"说着，程骏自然地牵起谭沫的手腕，带她走进雨中。

雨水在雨伞上敲打出好听的节奏，谭沫甩开他的手，说："别和我套近乎。我可不是你表妹！"

"嗯，我这不是说给老师听吗？要是不说我是你哥哥，他们以为我是坏人，打算诱拐女学生，怎么办？"

谭沫睨了他一眼，吓唬道："把你抓起来。"

程骏不由得笑出了声。

伞并不大，谭沫看到雨水浇湿了程骏的大半个肩膀，心里有些不自在，她轻咳了一声，然后伸手把伞往程骏的方向推了推。

这个细小的动作让程骏愣了一下，紧接着他微微低头，看着谭沫的脸："怎么？终于知道心疼程骏哥哥了？"

谭沫白了他一眼，说："我是怕我哥说我虐待你。"

程骏看着谭沫一本正经地往前走，瘦弱的身子，显得那样单薄。

忽然，他伸手揽过她，说："这样，消除了我们之间的距离，我们就都淋不到了。"

"你……"还没等谭沫说什么，就听程骏慢慢道："后天，我们有篮球赛，我可是主力，要是感冒了，赢不了比赛的话，谭熙要伤心了呢。"

"……"

他怎么这么多理由？谭沫没有看到，程骏嘴角那抹如阳光般的笑容。

谭沫指了指挡在她面前的程骏，正色道："有本事就保持这个动作一直走下去。"

程骏的笑容缓缓蔓延，很认真地回复她："好啊，没问题。"

谭沫无奈："我有问题……我随便说说的。"

谭沫跟在程骏的后面，看着别墅的外围，冬日为了保暖，窗户都密封得很好。那么蓓蓓就是从正门走出来的。那么晚了，别墅和其他度假酒店不同，这里并没有设计前台，只有一间询问处。

"别墅有什么保安系统或者监控吗？"谭沫问程骏。

"没有。因为滑雪场是刚刚营业，山顶场还在建设中，这里并没有。我过来视察也是为了这件事。"程骏看着谭沫认真的模样，她还是和以前一样。

"你有什么看法吗？"谭沫竟然问他？

程骏倒退着走，他看着她，严谨地回答："没有。"

"……"

她不应该指望他……他就不是一个靠谱的人！

她围着别墅绕了一圈，最后指了指远处的滑道和那片树林，问："那片树林不打算砍掉吗？"

"嗯，暂定不砍，因为山顶场面积较小，选择山顶场的客人也不是那么多，我们不打算再增加投入。"

"嗯，我们进去吧。"

忽然，程骏问她："是不是进了别墅，我就又变成了Jason先生，你又变成了谭小姐？"

谭沫停住了脚步，眼底的墨色越来越浓，最后的她声音凉而淡薄："是的。"

Chapter 16 谁绑架了赵蓓蓓

两个人进来后，一身的凉气，慕荷递了热茶给他们："怎么样？有什么发现吗？"

几个年轻人都凑了过来，谭沫回答道："没什么发现。"

慕荷看着她的表情，却不这么认为，谭沫心里应该是有了想法，只不过现在不是说的时间和场合。

直到谭沫和慕荷、张美贝一起回了房间，谭沫才发现脖子上还系着程骏的围巾。显然，慕荷已经看到了，但是她装作没看到，窗外的雪仍旧很大："不知道警察他们什么时候能上山来。"

谭沫正色道："我也是警察。"

张美贝扑哧一下就笑了："你长得跟学生一个样，一点儿都没警察的气质。"

于是，谭沫生平第一次因为样貌被鄙视了。

她坐在椅子上，回想着细节，口中低低地念着："昨晚，我们一起玩牌，当时蓓蓓并没有表现出什么不同。我们都觉得口渴，然后小薰、蓓蓓还有阿睿就一起去拿了水……"说着说着，她的声音越来越小，"水有问题！"

她记得昨晚的水是倒在杯子中端过来的，然后她因为口很渴，还倒了小薰杯子里的一部分水，虽然喝了牛奶，可是那种睡眠效果远远好于以往，难道是安眠药？

那么，哦，她好像懂了。

谭沫需要确定一件事，她翻出手机，给萧宇打了个电话。

"小师姐，什么事啊？"

"不好意思，打扰你的假期了，可以帮我查一个人吗？"

"谁啊，尽管开口，我能帮的一定帮。"

"你以赵蓓蓓这个女生为中心开始找,赵蓓蓓是 C 大中文系的大三学生。她父亲的背景好像很强,所以我觉得应该是有事情发生过。时间可以缩短在她上大学之后,看看她周围的人,除了她男朋友苏勇之外,有没有人和一个叫朱睿的人有关系。"

"没问题,小师姐,我等会儿找完了给你打电话。"

"谢了,萧宇。"

别墅里能和他们几个学生靠上关系的人基本上没有,最大的可能就是内部作案。不过她现在还不确定是一个人作案还是两个人。

放下电话,谭沫决定去看看那几个学生,虽然她现在不清楚朱睿把蓓蓓藏到了哪里,但是,现在她很确定这是一桩蓄意的绑架案。小薰的话里露出了破绽,她说蓓蓓的家里势力很大,这就不排除发生了什么事导致她这次被绑架。可是,他们并没有收到要赎金的电话或消息。

那个朱睿很奇怪,小薰说他和大勇的关系很好,而且这次滑雪活动貌似也是他发起的。

她需要知道大勇和他是什么时候认识的。这个时间点很重要。

谭沫找到了大勇,他坐在沙发上,捂着脸,一副垂头丧气的样子。谭沫坐到他身旁:"等暴风雪过了,警察就可以上山帮助搜救了。"

大勇的声音里有男孩子少见的哭腔:"我不该叫蓓蓓来滑雪的,如果当时阿睿说来滑雪的时候我没有同意就好了。"

谭沫问道:"你和阿睿是什么时候认识的?感觉你们关系很好。"

"认识有半年多了,是一次在操场上打篮球认识的。"

"阿睿打得好吗?"谭沫的问题似乎很无关紧要。

大勇抬头看了她一眼,那双眼睛有点儿红,说道:"不好,不过他很爱打球,我们认识后,他就总约我一起打球。"

"他不是你们学校的?"

大勇有点儿惊讶:"你怎么知道?他说他在的那个学校球场不好,所以喜欢来我们学校打球。"

谭沫敛眸,现在还差萧宇的电话了。

她正打算回房间找慕荷她们,却在走廊的尽头看到了阿睿。他低头看着表,神情有点儿焦急。窗外的暴风雪大得让人害怕，呼啸的风敲击着玻璃窗。天色渐渐暗了下来，大雪却没有丝毫要停下来的意思。

这时谭沫的手机忽然响了："小师姐，根本没有朱睿这个人啊，根据你提供的消息，赵蓓蓓确实犯了事。她在去年被怀疑投毒，害得她一个同学退学，但此事后来没有再追查下去。被害的女生叫李香梅，出身农村，她有个哥哥叫李思航。我把他们的照片彩信给你。"

"好，谢谢。"

她想得没错，那个阿睿确实有问题，他个子很矮，很瘦弱，爱打球。可是，那晚打牌时他穿着一件单衣，手臂上根本没有明显的线条。而且，这次滑雪他提议带上大勇的女朋友，没有女朋友的他为什么非要提议叫上大勇的女朋友？还为此拽来了不太熟的小薰。

他给小薰和大勇的水里面有安眠药，谭沫只是碰巧喝了一半。他认识大勇的时间刚好在投毒案之后。他在蓓蓓不见后情绪显得特别激动。

那蓓蓓是什么时候被叫出去的？又是用何种方法？还没等谭沫想通，走廊的那头，阿睿忽然消失了。

她觉得不对劲儿，迅速跟了上去。

阿睿趁人不注意，出了别墅。

谭沫小心翼翼地走在他后面，雪大得让她有点儿看不清阿睿的身影。最后，他整个人钻进了树林里！

天！他把蓓蓓藏在哪儿？是想要冻死蓓蓓吗？

这要怎么找？

他那副神情，是后悔了还是怕事情败露？他是要去确认蓓蓓是否死亡，或者是要转移尸体？

她现在要跟上去才行！

她拿出手机给慕荷打电话，可是没人听！

为什么这个时候手机没电了？谭沫计算着如果跑回去再跑过来……看着阿睿的背影，她决定跟上去。

她翻着手机里那联系人少得可怜的电话簿，终于给洛涵打了个电话，没两秒，便被接了起来。

"喂。"洛涵有些惊讶谭沫会在这个时候给他打电话。

"请求支援,在 M 区新开的那个滑雪场的山顶场的树林……"没等谭沫讲完,手机便自动关机了。

谭沫叹了口气,把手机放好,顺着阿睿新踩出来的脚印,一步步往前走。

而这边,洛涵拿起外套便往外走,神情严肃。

"怎么了?"因为暴风雪天气而没有去滑雪的几个人正在室内打网球。

"谭沫那边出事了。"

方蔓默默观察洛涵,一贯宠辱不惊的七少此时竟能让人看出紧张。

"你要去滑雪场?可是天气这么……"没等方蔓说完,洛涵便关了门,临走前他留了一句话:"我不会让她再出事的。"

高耸的树木披着白雪,谭沫深一脚浅一脚地往树林深处走。

阿睿是因为要替他妹妹报仇才会这样做,农村出身的孩子本是心地善良,这样糟糕的天气,还有大勇、小薰悲伤着急的情绪,应该把他感染了,所以他才动摇的。

他会把蓓蓓藏哪儿呢?

忽然,一个踉跄,谭沫整个人扑在了地上,上半个身子都陷在了雪里。她费力地爬起来,心弦一颤:如果蓓蓓被平躺着困在这里的话,她要怎么找?

慕荷把充电器接到手机上,刚开机便看到了谭沫的一个未接电话。回过去的时候,竟然是关机状态。

看了眼时间,是二十分钟前!

张美贝在床上睡着了,慕荷穿了羽绒服出了房间,关键时刻她总是没法指望她。去了小薰他们那儿,发现只有她和大勇在。

"阿睿呢?"

"我们也不知道他去哪儿了。刚想找他再在别墅里找找蓓蓓,就发现他不见了。"

"不见多久了?"慕荷忽然觉得不对。

"嗯,可能有快半个小时了吧。"小薰还没回答完,便看到慕荷跑了出去。

谭沫一定是知道了作案者是阿睿,她这个笨蛋要自己行动吗?

不！她一定是被迫要自己行动的，也就是说，沫儿她跟上他了？

这种情况，求助于程骏应该是合理的。

她还不习惯叫他Jason，只是直接开口："谭沫和朱睿两个人都不见了。"

程骏的身子有轻微的僵硬，他放下手中的咖啡，冷静得让慕荷觉得特别陌生："我会找到她。"

那份笃定，那份坚持，和他当年离开的时候一模一样。

谭沫担心阿睿发现自己，远远地跟在他身后。只见阿睿一棵棵地摸着树，样子有些惊慌。

因为雪太大，他也找不到蓓蓓了吗？

忽然，他好像摸到了什么，接着蹲了下来，开始把树边的积雪都清扫掉。慢慢地，一个人形出现了。

蓓蓓被绑在了树上，她靠在树上，整张脸早已惨白。全身覆盖了一层厚厚的雪。阿睿看着蓓蓓，有些害怕地伸过手，试了试她的呼吸。

刚把她身上的绳子解开，把人背到背上，阿睿回头一看，竟然有人在他的身后！

他要怎么解释？可是，转念，她……是不是知道是他做的了？

谭沫没想到他会突然回头，来不及躲闪了……

她淡定地慢慢走近他，声音尽量平缓，像叙述这糟糕的天气一样："怎么样？她还活着吗？"

"嗯。不过，可能快不行了。"阿睿语气低沉，忽然他犀利的眸子盯住她，"你知道了什么？"

谭沫深吸了一口气，让自己听起来很平静："我们先把她送回去吧。"

她一步一步接近他，最后在离他仅两步距离的时候停了下来。她现在不能进入他所认为的安全范围。

"我在问你！"阿睿的声音忽然尖锐起来。还没进入树林的程骏听到了里面的声音，他加快步伐：沫儿，一定要保护好自己！

谭沫注视着他的眼睛，"现在把她送回去，你还有减刑的机会。"她那明亮的眸子里有一种让人很想去相信的力量，"她害了你妹妹，自会有法律来惩罚她，而不是你。"

阿睿听了谭沫的话身子有些软，就在他犹豫的时候，谭沫扑了上去，左脚上步插于他的两脚之间，身体左转，左臂上抬前顶，握住他的左腕，右掌向后用力！

阿睿因为背部的重量，再加上谭沫这样出其不意的攻击，整个人跪在了地上。

谭沫喘了口气，想起来这些动作她在洛涵走后苦练多次，现如今，她终于不用再扯后腿了。

可是男孩子的力气不是女孩子能比的，突然，阿睿身子向前用力把谭沫整个人摔在雪里，一个巴掌就要扇下来！一个凉凉的声音响了起来："放开她！"

白雪映着他英俊的面庞，冰凉中不带任何感情。他拿着手枪，对准了他！

谭沫费力地仰头：为什么会有枪？

阿睿看着那黑洞洞的枪口，颤抖的手慢慢放下。

程骏冷着面孔，步步上前，将谭沫扶起来，枪仍旧一直指着阿睿。

"把她背回去。"他的声音低沉容不得拒绝，阿睿看着眼前的男人，与刚刚在别墅里那个和善的他简直判若两人。阿睿把蓓蓓重新背了起来，深一脚浅一脚踩着厚厚的雪往前走。

程骏一手持枪，一手握着谭沫的手腕，打算走在阿睿后面，却发现谭沫没有动。

"怎么了？"他贴在她耳边问了一句。

谭沫觉得让她死了算了，或者她真的要应了慕荷的那句评价："我从来不求你会有神一般的助攻。"

"脚……扭到了……"

一直严肃的程骏忽然笑了，他走到她面前，蹲下身子："那上来吧。"

谭沫犹豫着没有作声，程骏眸光一闪，语调轻松："沫儿，你是想体罚我吗？"

谭沫的表情僵住，然后老老实实地趴了上去。她的手搭在他的胸前，有些不自然。

脚下的平衡没有掌握好，程骏一步踩得有些深，谭沫马上搂住了他的脖子……

好像能听到背上的人发出一声浅浅的叹息，程骏把枪收进了怀里，很久以前，他就曾想象这样背着她，一直往前走。

谭沫的手机不通，洛涵给慕荷打了个电话，告知了她谭沫在树林那边的简单情况，慕荷听着电话那边的声音："你在往这边赶？"

"嗯。"洛涵面无表情地看着前方弥漫的雪。从本市开到那里需要两个小时，明明知道自己赶过去时间也来不及，但是，他就是想马上见到她！

雪已经渐渐小了，和警察联系过后，洛涵得知他们和救护车正往山上开。

不知道程骏跑去了哪里，慕荷叫来了大勇、小薰和美贝，几个人刚出了别墅，便看到远处有身影走过来。

"蓓蓓！"大勇看到阿睿背着她，立刻奔了过去！

而走在他们身后的正是程骏和谭沫。

阿睿偷偷给蓓蓓塞了纸条，说自己已经知道她是投毒的凶手，扬言如果她不出来他就把证据公布到网上。蓓蓓知道网络的力量不容易控制。她把手机设置了闹钟，是希望自己如果遇到了危险，小薰可以被吵醒然后发现她不在房间里。

大勇、小薰等人跟着救护车一起把蓓蓓送往医院，而阿睿则被警察带走了，剩下慕荷她们几个没走，主要是谭沫"没办法"走……

张美贝很疑惑："这么大的雪，蓓蓓没有被冻死，真的是万幸啊！"

慕荷眼睛看着坐在椅子上的谭沫，缓缓道："嗯，凝结放热。"

张美贝："……"

程骏拎着医药箱走过来，把它递给慕荷："别墅里只有这些，抱歉。"

慕荷接过医药箱，发现程骏没有离开，而是站在一个不远不近的地方看着自己的动作。心似明镜，慕荷垂眸，他这又是何必呢？

慕荷帮谭沫上了药，系了绷带，说："起来看看能不能走？"

慕荷绕到一边，谭沫扶着椅子站起来。

刚抬头，就看到一个瘦高的人影正快步向她走来。

他一身黑色的大衣，清俊桀骜，站得还不稳的谭沫刚想打个招呼，却被洛涵伸手揽进了怀里。

他身上还有着寒气，可是那股清凉的感觉却让谭沫觉得很舒服。

她被他禁锢在怀里，洛涵的下巴抵着她的头，手牢牢扣住了她的腰。

看到这一幕，张美贝吓傻了……慕荷却悄悄瞥了眼程骏，他没什么表情地站在那儿，如松树一般挺直。

良久，直到一个微凉的嗓音响起："她的脚有伤，不宜长时间站立。"

洛涵放开谭沫，手扶着她坐下，侧头，一个高挑的男子双臂交叉，眸子锁着他。

洛涵唇角微翘："谢谢。"紧接着他话锋一转，"不过不用你操心。"

谭沫想说什么，却被慕荷用话堵住："天快黑了，趁着雪小，我们抓紧时间下山吧。"

谭沫因为腿脚不便，收拾行李的事便交给了慕荷和张美贝，她皱着眉，看着一言不发的洛涵坐在她身边，怎么觉得他好像生气了呢？

程骏并没有随着他们下山，谭沫临走前，他叫住她："谭小姐，抱歉。"如此客套与疏远。

谭沫的视线停留在他身上，沉默片刻应道："其实，是谢谢你。"说完，她被洛涵扶着上了车。

洛涵在关上车门的前一秒意味深长地看了Jason一眼，嘴唇动了动，然后毫不犹豫地开车走人。

程骏的眸色暗下来，那家伙是在和他说：她，是我的。

从滑雪场回来，谭沫有点儿郁闷，脚伤这两天好不了，上班有些不便。

周一的一早，她被阿姨扶着送出了大院，总觉得有点儿丢人，还不如去买个拐……

刚出了院门，就看到那辆眼熟的宾利……

洛涵倚在车门前，一派优雅。谭沫想问：他不冷吗？为什么不坐在车里等？

想着想着，忽然记起慕荷昨天和她讲的话："沫儿，如果你不喜欢洛涵的话，最好离他远一点儿。"

谭沫疑惑："这和喜欢不喜欢有什么关系吗？"

慕荷深深被她折服："显然有关系。"

接着慕大神便不再理她，回了自己的公寓。

来送谭沫的阿姨却没料想到会在院外见到这样一个年轻人，那容貌气质，和她家小姐真是天生的一对啊！夫人终于再不用为小姐相亲总是失败而犯愁了。

阿姨把谭沫的手放到洛涵手里，客气道："那就麻烦你了。"

洛涵难得对陌生人露出这么和煦的微笑："不麻烦。"

然后阿姨以一种特别的S路线往回走，嘴里好像还哼唱着什么走了音的调调。

阿姨，不要被迷惑啊……

"你今天没有课吗？"谭沫看了看表。

"有。"洛涵开着车，没有看她。

自从听了慕荷的"一番教诲"，谭沫总觉得洛涵对她好像有点儿怪怪的。那种奇怪说不出来是在哪里。就像，她觉得今早他来接她上班就是一个非常"诡异"的举动。

难道……

难道？

难道！

谭沫眉头紧锁，这……

到了刑侦厅，谭沫被洛涵一本正经地送到了办公室，在各种"好奇+八卦"的眼神中……

坐在自己的位置上，谭沫回想着刚刚洛涵走的时候和她讲的那句话：

"福尔摩斯说过：　且你排除了所有不可能的事实，那么剩下的，不管多么不可思议，那就是事实的真相。"

他要干吗？

谭沫纠结了一会儿，决定先看会儿卷宗缓解一下，却见到萧哲走了过来，他的气色好像不太好："你休假结束了？"

"那个，你……"萧哲一副欲言又止的模样，"你今天怎么和洛涵一起来？"

谭沫想了想，说："我的脚扭到了，还没有好。"

回答完，发现萧哲的气色好像更差了。谭沫琢磨了一下，自己的回答逻辑上有些问题：脚扭到了，和洛涵来送她并没有必然联系……

天……她不要再想了……脑子里有个声音让她很是心烦。

萧哲看她有些愣神，便识趣地离开了。

中午谭沫拜托同事帮她从食堂带个面包回来，同事还没回来，就又见到了洛教授……

他手里拎着两个保温饭盒，大大的围巾后，那张俊颜白皙透亮。

当时是谁和她说今天有课的！是谁和她说为人师表，不能随意旷课的！

"你，好像很闲？"说完，谭沫没什么底气地看向窗外。

一屋子的同事个个屏住呼吸，压低了音量，等着听洛教授的回答。

洛教授慢条斯理地开口："我就这么多的休息时间，都奉献给你了。"

屋子里有人轻轻地笑了出来。谭沫觉得脸有些红，看看表，她确定他今天是没到时间就下课了的，不行，她要"调戏"回去："咳咳，洛教授，你提前下课，学生们同意了？"

屋子里又安静下来，大伙儿心里暗暗想：小谭平时看着温柔安静，不怎么讲话，实则很有战斗力啊……

洛涵把保温盒打开，香喷喷的味道惹得谭沫把头转了过来。

她才发现，他撑着下巴，如黑曜石般的眼睛正专注地看着自己。洛涵斯文儒雅地回答道："我和他们说，要给人送饭，所以需要提前下课。"

呃……他不会说是她吧？

"他们什么反应？"谭沫弱弱地问。

洛涵把筷子递给她，眼里含着笑："他们问，老师，那个人是谁啊？"

谭沫有一种不好的预感："你怎么回答的？"

洛涵勾了勾唇角："师母。"

谭沫的筷子"啪"的一声掉在了地上，对不起啊，洛妈妈……我不该抢了你的午饭……

Chapter 17 极品相亲对象

除了谭沫，一屋子的人都憋着笑，许是平日里洛教授给他们的印象比较严肃，头一次见到他这样一本正经地"调戏"他们厅的当家花旦——谭沫。

看来，洛教授这是铁了心地要追谭沫啊！

可惜的是，这段对话被出去吃饭还没回来的萧哲错过了。

谭沫瞬间没了食欲，看着洛涵云淡风轻的表情，心里琢磨着，那个"母"字的含义，一顿饭，吃得是要多艰难就有多艰难。饭后，洛涵把饭盒收拾好带走，临走前，对着谭沫说了一句："下班先别走，等我过来。"然后，留给谭沫一个俊挺的背影。

洛教授走了，谭沫并没有被"围攻"，主要是因为一群"猛汉"不适合在一个小姑娘面前太过八卦！可是，优秀青年们都有一颗想要八卦的心啊！

下班了，谭沫看着人都走得差不多了，百度了一下"母"字的意思，还没等词条滑完，洛涵就走了进来。

"在看什么？"

"没什么……"说完，谭沫迅速地关掉显示屏，然后强制关机。

电脑，对不起你……

看着她一副"做贼心虚"的模样，洛涵把她的大衣拿过来，帮她披上。谭沫不适应地要躲，却听到洛涵义正词严地说："别耽误我的时间。"

谭沫欲哭无泪……她没求他来啊！

就这样谭沫由洛教授接送上下班的第四天晚上，她收到了母亲又给她安排相亲的通知，她坐在车里，愉快地向洛教授开口道："明天开始，你就不用接我了，我的脚好得差不多了，而且，我明天有事。"

洛涵幽幽地看了她一眼，说："嗯，好。再见。"然后，把车门打开，示意谭沫可以下车了。

要不要这样……态度高冷啊……

其实，他好像对别人始终都是如此……

谭沫回了家，谭母正坐在沙发上津津有味地看电视。

是她钟爱的相亲节目……谭沫觉得，有朝一日，她母亲可以去竞争那个"情感嘉宾"的位置，以一名资深观众的身份。

"明天的相亲要好好准备啊！这次可千万别搞砸了！"谭母苦口婆心地说道。

谭沫看着她母亲那副卖女心切的模样，说道："我尽力，哦，他的照片给我看一下。"

"没有。"谭母回答得干脆利落。

没有？

谭沫道："这次连照片都害怕给我了吗？"

这推理不出来吧！

谭母却眉眼弯弯地看着女儿："这回的，是极品哦！"

谭沫眯了眯眼睛，从她母亲上扬的尾音和那副神情，她基本可以断定，她的话是真的。可是，妈……您有必要把照片私藏起来吗？

"有多极品？"谭沫随口问了一句，坐了下来，眼睛扫着电视上各种各样的相亲美女。

谭母音调里有着一种"芬芳"的味道："哎，看到那张照片让我想起了你父亲年轻的时候，英俊儒雅，气质非凡！"

有这么夸自己老公的吗？

"所以啊，那个红娘在看到了那张照片后，决定收藏了！她说那是她做这么久红娘以来，第一次见到这么帅的男士，恐怕是前无古人后无来者！"

谭沫扶额："妈……您演得真的有好多破绽……"

她起身打算回房间了，听到谭母在后面补充道："我把你相亲的必备品都放你房间了！这次，只准成功，不准失败！"

谭沫默然，妈，您能有点儿高级知识分子的节操吗？

谭沫回了房间……

床上摆着不下五种款式的裙装以及搭配的包包，地上放着谭母新为她购置的"战靴"，梳妆台上摆了不同类型的香水和一些新款的首饰。

谭沫叹了口气：她妈妈有时候真的挺土豪的。

谭沫把衣服和包包挪开，给自己腾了个地儿，正思考明天她该以什么行头去见那位"极品"的时候，她收到了洛涵的短信：

搞懂师母的意思了吗？

吓！他怎么知道她当时用电脑查的是那个词？

转念一想，以洛涵的智商，猜中实在是太容易了……

谭沫很严谨地回复他：母：是姓氏，也是母性的意思。常有慈母的含义，当然，也是对母亲的称呼。

短信发过去了……半天没有回复。

谭沫在手机上再次确认已发送的信息里有这条，才心安理得地放下手机。

忽然，又来了一条新短信。

洛涵：你可以把这两个字连起来搜索一下吗！

难得见他用"！"这个标点符号啊。

谭沫搜索后，脸瞬间红得一塌糊涂……

师母：在中国古代的教育体系中，称教育工作从业者多为男性所以称为先生或恩师，又有"一日为师终身为父"的说法，老师的妻子便称为师母。

他到底什么意思？

看谭沫不再回复他的短信，洛涵放下手机，心情大好，他站在落地窗前，悠悠地品了一口红酒：有些事，对他情绪的影响，越来越超乎他的想象。

第二天，谭沫在谭母购置的装备中，挑了一件她认为最正常、最保守的衣服。出门前，谭母把一本《沉思录》递给她。

谭沫皱眉，谭母却心情愉悦："这是暗号，他看到了就会过去找你了。这次没有红娘牵线，你俩直接见面。"

《沉思录》啊。

她把这本书放到桌子上，分明就等于在脸上写着：我是来相亲的，非诚勿扰……

当谭沫坐在这家高级西餐厅里跟服务生说待会儿再点餐的时候，她以那张心理学博士毕业证担保：那人已经把她当成了精神病患者。

这是一个喧嚣浮华的社会，人们的心灵需要一方净土啊……

于是在等人的时候，谭沫干脆看起了这本书。听说，这一直是精英们必读的一本书，谭沫觉得她现在没有成为精英主要是没有读这本书。

读得眼睛有些痛，一抬头……谭沫觉得更痛了……

坐在她对面的男士——清冷俊雅——他抱着双臂，用一种很有深意的目光看着她，唇角微微翘起。

怎么……没见过"读书人"吗？

但是，谭沫终究是没有勇气说出这句话。她看着对面的人，很不自在地放下书："好巧啊，洛涵。"

洛涵睨了她一眼："不巧。"

想起昨晚"师母"二字引发的尴尬，谭沫问："你难道也是来相亲的？"

"嗯。"

这么优秀的人也要相亲啊，谭沫觉得平衡了不少……

"你等的人还没到？"看着洛涵的脸色好像不太好，谭沫试探性地问。

洛涵忽然身子前倾，双手撑着下巴，声音清清凉凉："到了，就是你。"

谭沫觉得世界混乱了！

以相亲对象的身份和洛涵吃饭，简直就是一种挑战。

谭沫觉得吃也不是，不吃也不是。最后，她决定缴械投降："那个，我实在是吃不下了……"

洛涵看了眼她面前的牛排，放下了叉子："怎么？又不是第一次和我一起吃饭。"然后，洛涵顿了顿，说："而且，还一起睡过，不是吗？"

谭沫的脸腾地就红了。

是……还不止一次……

"算了，我们走吧。"洛涵叫来服务生，付了账给了小费。

两个人出了西餐厅，谭沫跟在洛涵的后面，心情很纠结。

她是不是可以误会他是故意的？

她是不是可以误会他在喜欢她？

忽然，一双有力的手把谭沫向前拉，谭沫一个不稳，撞在某人的怀里。"你干嘛？"

洛涵清浅地答了一句："约会。"

"……"

说着洛涵把谭沫的手握好，随意放进了衣袋里。

谭沫不自在地想抽出来，却发现洛涵攥得很紧。

不能这样！

"别乱动。"他走在她身边，好闻的青柠的味道让谭沫的心有些乱。

这个相亲对象，真的够极品，谭沫默默叹了口气。

洛涵带着谭沫进了商场，打算为她买件礼物。

刚进商场，谭沫就听到一个熟悉得不能再熟悉的声音："谭沫！"

谭沫抬头：一个衣着华贵的妇人满面笑容地看着她和洛涵，语调里是满满的颤抖。

谭沫真是欲哭无泪："妈，您出来逛街啊……"

跟踪她要不要这么明显？

谭母向身边的一位妇人介绍："这是我女儿谭沫，旁边的是她男朋友。"

妇人一脸茫然，她是路人甲啊……

然后谭母打量过洛涵后，一边点头一边邀请道："有时间到家里来吃饭吧。"

洛涵绅士儒雅地微笑："好。"

"那就这个周日的晚上吧，谭沫的爸爸那天刚好回来。"

"好。谢谢您的盛情。届时打扰了。"

如此落落大方，彬彬有礼！

在一旁的谭沫看着相谈甚欢的谭母和洛涵，心里有一种奇怪的感觉：她怎么觉得被莫名其妙地卖了呢？

谭母愉快地和他们道了别，谭沫蓦地想明白一件事，她微微眯起眼睛，问洛涵："这场相亲……是不是你安排的？"

洛涵神色不变地看了她一眼："你觉得我会让我的人总被别人惦记吗？"

"……"

她什么时候成了他的了……

果然,晚饭没怎么吃的谭沫不一会儿就饿了。敏锐如洛涵当然看懂了谭沫的意思。他轻笑着揉了揉她的头发:"走吧,带你吃点儿夜宵。"

谭沫觉得他现在做什么都是故意的……

两个人来到了粥铺,洛涵点了一碗,要了一个勺子。

"你不吃吗?"谭沫舀了一勺,尝了尝,嗯,味道很好。

洛涵撑着下巴,神情专注地看着她,问:"怎么样?"

"你要尝尝吗?"说着想向老板再要一个勺子,却见洛涵忽然握住她的手,用她手里的勺子,十分自然地舀了一些,然后,极其高贵俊雅的某人就借着谭沫的手尝了一口。

谭沫的脸莫名就红了……

旁边一对小夫妻看到了,彼此打趣道:"老婆,你也喂我。"

"不要,人家害羞嘛。"

谭沫:"……"

洛涵细细品尝了一下,说:"不错。"

谭沫本想重新再要一个勺子,但是看到洛涵那深邃的眼眸,瞬间没了勇气。

虽然很饿,但是谭沫还是以龟速消灭了面前的粥……

夜宵后,洛涵送谭沫回了大院。

谭沫觉得作为相亲的对象,她好像连他的基本情况都不太清楚,什么年龄啊,家里有几口人啊,工作啊之类……

"那个……我觉得你应该自我介绍一下。"

洛涵挑眉:"你不清楚?"

她应该清楚吗?

谭沫十分淡定地回答:"我觉得这是流程。"

"年龄 25 岁,比你大两岁,工作,大学教授。收入,养活你绰绰有余。"洛涵睨了她一眼,继续说道,"无不良嗜好,哦,比较喜欢调戏某人。"

某人?是她吗?

洛涵貌似还想继续,就见谭沫开了车门:"嗯嗯,知道了,晚安。"然后,她遁走了……

看着她窈窕的背影,洛涵抚了抚唇角,本想送出的晚安吻就这样被她逃了。

回了家,谭母已经在客厅里看电视了。看到谭沫进来,谭母好奇地问:"怎么样怎么样?极品吧?"

"嗯,极品。"谭沫有气无力地回应。

"互相留电话了吗?"

她和他之间本来就有彼此的电话,谭沫颇无奈地点点头,然后在谭母各种联想的目光下回了房间,把自己扔到床上后的第一件事,就是给慕荷发短信。

慕慕,我好像……把自己嫁出去了……

一个电话回了过来,慕大神显然还没睡,或许正在A大的某个实验室里奋战着:"什么情况?"

谭沫把今天的经历简单地向慕荷叙述了一下,末了,只听慕大神在电话那头叹了口气:"算了,早晚的事。"

谭沫觉得奇怪:"为什么是早晚的事?"

"你觉得呢?我有事,不说了。对了,下周我爷爷过生日,挑个时间陪我去买礼物。"

"好。"

挂了电话,谭沫收到了条短信,是洛涵。

他怎么好像有点儿"阴魂不散"?

周一早上过来接你,早点儿睡。

谭沫神游着:她现在就算是和他在谈恋爱了?

他还没问过她的意见呢!可是转念一想,洛涵确实英俊非凡,不管从哪方面看都好像是很极品的相亲对象。谭沫琢磨以后如果他们有孩子的话,一定会是个聪明的宝宝。

她好像思绪飘得太远了。

磨蹭了半天,谭沫回了条短信给洛涵:好,晚安,sweetdream(甜蜜的梦乡)。

就在谭沫以为可以进入梦乡的时候,洛涵又发了一条:如果有你,那便是sweetdream。

……好在,他不在她身旁……

谭沫把头埋进被子里,怎么办?她觉得他现在说的每一句话,好像都能让她脸红。

还没等到周日洛涵来家里做客，周六一早谭沫便被路队的电话召回了刑侦厅。

神色凝重的路队把犯罪现场的照片递给谭沫。

"被害人年龄22岁，是一名女大学生。昨天晚上遇害的，已经通知她的家里人了。他们正从外地赶过来。"

谭沫拿着照片，心里有微微的痛，女孩子的身上被捅了好多刀，谈不上刀法，只是狰狞地遍布全身，显然当女孩已经失去生命迹象后，犯罪分子仍然没有停止砍杀。

"尸体是今早环卫工人在垃圾箱里发现的，根据法医的鉴定，女孩的死亡时间在昨天夜里的十一点左右。"

谭沫拿着女孩的基本资料，翻看后问路队："那么晚了她为什么没在学校？"

"我们和她的室友联系过了，她们正在往刑侦厅赶，死者是在每周五晚外出做家教。"

没多久，死者的舍友便到了刑侦厅，是三个花一样年纪的大学生。刘向阳坐在桌前边问边记录，谭沫靠在墙边，看着三个女孩，不动声色。

"她最近有没有什么异常？"

三个女孩相互看了看，郑重地回答："没有啊，小贤平时生活很规律，在她没做家教之前，她都很少出校的，常常宅在图书馆或自习室。"

"她什么时候开始做家教的？家教的这份工作是谁介绍给她的？"

一个女孩回答道："小贤也就刚做一个月吧，就是每周的周五去辅导那个孩子数学。我们宿舍里除了我，还有圆圆也做过家教，我们是在C大家教群里找的信息，所以那时小贤说要做家教的时候，我们就把群号给她了。"

谭沫打量着说话的这个女孩，然后拿出纸和笔："麻烦你把那个群号写给我可以吗？"

女孩们这才注意到一直站在边上没有讲过话的谭沫，有些迟疑地开口："你也是刑警？"

刘向阳却替谭沫回答："她当然是刑警，虽然她和你们差不多大。"

女孩点了点头，把号码写给了谭沫。

谭沫加群号之前，发现验证信息需要填写院系、年级和手机号。她很干脆地留了一句：刑警办案，请协助。

进群后，她找到了群主，简单了解信息后，并没有发现什么异常。

死者的三个舍友也回了学校，刘向阳将询问笔录整理好后给了路队和小组的其他成员。

"小谭，说说你的看法。"路队翻着笔录，问了谭沫一句。

"据了解，死者小贤平日里为人很随和，没有树敌的情况，而刺死她的刀法却带着满满的仇恨。"

"所以，你的意思是？"

"这是一次无组织性的谋杀，"谭沫指着照片，"伤口深浅不一，主要集中在胸前，下身也有部分刺伤，尸体被用死者的外套随便裹了起来，扔进了垃圾箱。"谭沫深深吸了口气，"第二性征处刀伤最多，恐怕凶手的下手目标是女性，很有可能是他见到被害人后突然萌生了杀人的想法。"

"也就是说，他还会继续作案？"刘向阳补充道。

谭沫点了点头，神色暗沉："希望不是这样。"

刑侦厅里一下子安静了，谭沫拿着资料回到了座位上。基本资料上的那张照片，女孩子笑得甜美灿烂。

附近街道的监控录像被调了出来，很遗憾的是并没有拍到什么。

是故意躲开摄像头吗？那就和现在表现出来的"无组织性"不符合。谭沫趴在桌子上，一下下画着圆圈。

直到听到有人叫了一声："洛教授，你来了？"

洛涵穿着深灰色的外套，黑色的短发随意垂在他白皙的前额，他进来的时候好像带了抹刺眼的阳光，谭沫直起身子，有些僵硬地打招呼："Hi."他现在算是她的男朋友了？

"路队给我打了电话，"他拉过一把椅子，坐在她身边，墨黑的双瞳里看不出情绪，"我来协助调查那件案子。还有，我已经回到心理研究室了。"

谭沫疑惑地问："你不是在大学当老师吗？"

"嗯，这边是帮忙。"

"……"

大伙儿看到这种情况，都会心地笑了，只有坐在远处的萧哲拿着资料出了门，他给方蔓拨了个电话，"蔓姐，我心烦。"

电话那头停了好半天，估摸着是在琢磨萧哲话里的意思，半晌方蔓回答他："什么事让你心烦了？"

萧哲叹了口气，看着一望无际湛蓝的天："是不是不管我怎么努力，都没办法赶上洛涵？"

方蔓沉默了一会儿，说："阿哲，从小到大，你都以他为目标，但是，这样有意思吗？"

"蔓姐，我是真心觉得谭沫是个好女孩。"

"阿哲，那你就看最后谭沫的心落在何处吧。"

案子没什么进展，信息科那边正在搜集更全的数据，已经晚上九点了，大家都还没吃饭，谭沫便自告奋勇去叫外卖。

只见洛涵也随着起了身，说："我和她一起去。"

洛教授，你不用这样徇私情吧？

"犯罪嫌疑人有精神病史，对吧？"

出了办公室，谭沫问了洛涵一句。

他俊雅如工笔描绘的侧颜忽然勾起一抹笑容："嗯。"

"他会不会是从精神病院逃出来的？"谭沫想着或许可以给附近的精神病院打电话了解有没有丢失的患者。

"他应该是正常出院的人，杀害了那个女生后，他还有理智把尸体进行简单处理，只不过他此次作案应该是之前受到了刺激。"

谭沫心里一震，说："如果这份刺激没有平复的话，他还是会继续作案的！"

"嗯，直到我们找到并阻止他。"

听了洛涵的话，谭沫低下了头，灯光打在她的脸上，长睫毛映出好看的阴影，洛涵从后面轻轻抚着她的额头，让她贴向自己，谭沫躲闪不及，便听到洛涵声音里有一股淡淡的温柔："不要太担心，有我在。"

谭沫怔怔地停在了原地，她贴着他的胸膛，好像隐约间能听到他有力的心跳，这一刻，有一种久违的安全感。

她是不是该表现一下？

然后谭沫十分淡定地转身，把脸埋在他的怀里，双手轻轻环住洛涵的腰，说："谢谢。"

"还不算太没心没肺。"洛涵嘴角浮起笑意，回抱住她，两个人的剪影在冬日里显得沉静而美好。

chapter 18 女性被害案

看着回来的两个人,一个面色有些潮红,一个神色自若,路队喝了口咖啡,没再多话。

信息科那边把最近两个星期和死者小贤接触过的人的资料都查了出来。看着大家都有些疲劳,路队便把人分成两个小组,一组留下来继续加班,一组回去休息一下,等天亮再过来替班。

谭沫自然是被洛涵带走了,车停在了大院前,她的脸还是有些红,主要是因为洛涵刚刚在被她抱着的时候还讲了一句话:

"你可以对我流氓一点儿。"

谭沫的脸羞得有点儿红,她只不过在他怀里蹭了蹭……

"你是不是有话对我说?"华灯初上,有光打在他的侧颜上,迷魅中有一种特别的味道:不得不承认,极品就是极品……

谭沫是想问,他们现在的关系算是确定了?好没有实感啊,好稀里糊涂啊。

"那个,现在你……和我……是不是在一起了?"这种话竟然是她说出来的,谭沫侧过脸,望着窗外,一派假装淡定的模样。

洛涵表面上淡淡的,心里却因为她的话觉得温暖,似不经意地回答她:"全世界都知道你是我的。"

谭沫不解,这是什么时候的事?"我怎么不知道?"

"刚刚不是告诉你了吗?"他忽然近身,狭小的氛围内,温度骤升。

周围忽然安静下来,月光抑或是灯光,照在他如冰雪般英俊的脸上,谭沫的心在狂跳。

谭沫开口问:"你是不是和许多女孩谈过恋爱?"她觉得他好像技术很娴熟的样子……

墨玉似的眼眸露着笑意，他低哑的声音在她耳畔响起："没有，只有你一个。不管是过去、现在还是未来，都只有你一个。"

谭沫微微怔住，那停滞的时间将他眼中的认真深深雕刻进她的心里。清瘦俊朗的剪影映在车窗上，他不动声色地看着她，像是等着她的回答。良久，谭沫回神，说："知道了，我回去了。"

谭沫头也没回地跑了进去，洛涵将头向后仰，清俊如画的眉目，此时微微上扬。

果然，有些事，像毒品一般，沾染后，便难以戒掉。

周日的一大早，谭沫顶着黑眼圈下了楼，让在餐桌旁吃早饭的谭母看到后，有些心疼："沫儿，什么案子这么费神？"

谭沫拿了片面包，开始胡乱涂起果酱，都是他害的！

看着动作机械的谭沫，谭母猜测这孩子不会是被刺激了吧。刑侦厅里的这份工作还是早点儿辞了，专心嫁个好人家才是。想到这里，洛涵那张俊雅的脸便又出现在了谭母的脑海里。

商场一见，果然是个仪表非凡、彬彬有礼的佳公子啊。看两个当时手牵着手，应该是成了。谭母越想越开心，嘱咐道："沫儿，今晚下班早点儿回来，你爸爸今天也回来，洛涵今晚不是来咱们家吃饭吗？回来帮妈妈准备一下。"

"……"

她都忘记了，今天他要来家里吃饭的！

这是……要见家长的节奏吗？谭沫将面包塞进嘴里，一副不方便回答的样子。

谭母却以为谭沫是害羞了，连忙让她慢点儿吃。

哎……谭沫不是害羞，而是……后怕……

想着他态度平和，正直严谨地和她说"那请允许我期待一下"，谭沫就觉得，她现在不想见到他！

不想见的人却一大清早就出现在了大院门口。

他今天换了一辆拉风的红色跑车，坐进副驾，谭沫决定打击一下这个唇角一直上扬的男子："你不是一向为人低调吗？今天怎么这么招摇？"

"心情好。"

神色自若的洛涵瞥了她一眼。

洛涵和谭沫一起到了办公室,只见大家一脸愁容,路队把最新的照片递给他们:"昨晚又发生了同样的案子。被害人是个20多岁的女服务员,用的仍然是刀。"

照片上狰狞的伤口,让谭沫捏着照片的手指有些泛白。

"尸体这回是用塑料袋包起来的,扔在了公园的草丛中,上面盖了不少雪。是被晨练的人发现的。"

他升级了。

谭沫看着洛涵沉静地翻着材料,整个人有一种特别的气场,让别人融不进去。本打算绕过他去拿一下自己的水杯,却见洛涵很自觉地递给了她,轻轻叹口气,谭沫悄然向后退,总觉得她和他不在同一个世界……

"谭沫,你跟向阳一起去看下现场。"路队看了眼洛涵,即使这个洛教授在,他怎么给谭沫任务还是要怎么给。

谭沫点点头,然后穿了外套跟着刘向阳出了办公室。

谭沫走后,洛涵仍旧纹丝不动地看着手里的资料。萧哲走过来,说:"如果今天不加班,晚上一起吃个饭吧。"

洛涵轻微点头谢过萧哲的好意,语气听不出什么情绪:"今晚不行,我答应了谭沫的母亲要去她家吃饭。"

萧哲愣在了原地,心里五味杂陈,胸腔里好像嗡嗡作响。

洛涵当然明白他的意思,他起身,拍了拍萧哲的肩膀说:"是她的心意。"说完,洛涵指了指心脏的位置。

萧哲明白了,谭沫选择的是他……

冬雪有些厚,公园里的草坪上满眼望去都是白色。

有一块草地被围了起来,第二位被害人的尸体被用雪堆成了雪堆的形状,如果不是晨练的人不小心靠了上面一下,应该不会那么容易被发现。

第二具尸体上仍旧布满刀伤,发泄的程度比第一具更惨烈。

谭沫提了提衣领,瑟瑟的寒风吹得她的脸有些疼。

两位被害人的胸前被刺得难以入目,到底是什么刺激到了犯罪分子?

两个女孩子都很年轻,她们都是晚上遇害。

他的目标是年轻女性，会不会之前他曾经受到过类似女孩的伤害？也就是说，这种伤害导致他的心理变态，所以有过精神病史？

谭沫蹲在地上，把那些雪攥在手里，凉凉的，她像是无聊一般开始做雪堆。

这几天一直连续下着小雪，地上的积雪确实不少。不一会儿，她就堆出了一个小雪堆。她使劲儿拍了拍，让它们坚固一点儿，却发现这种类型的雪，并不容易团成一团！

那……那个晨练的人到底是怎样发现裹着尸体的雪堆的？

谭沫看着附近的环境，除了几棵光秃秃的大树外，并没有其他东西。

还没等谭沫给路队打电话汇报，便接到了他的电话："快回来。"

到了刑侦厅的门口，发现了好多记者。

谭沫和刘向阳好不容易挤进了刑侦厅，只见路队表情有些沉重，眉头紧锁，他指间夹着的烟快要烧到了指尖。

路队指了指网络上的视频，说："被闹大了。"

××视频网站的主播说的就是这两起女性被害案，还采访了一些民众，不太知情的百姓们都表示很害怕，说晚上不能再出门，尤其是女性。

刑侦厅的压力陡然增加。

"消息是怎么传出去的？媒体这么快就知道了？"刘向阳问路队。

"我刚和媒体方面沟通过，他们是接到了群众的电话。"付姐正从外面进来，"今天早上市晨报，还有中心日报，都接到了电话。"

"是同一个人。就是报案的那个人。"洛涵从座位上站起来，黑色的双瞳里有一丝冷冷的情绪，"我们要抓的人也是他。"

谭沫心里感叹了一下洛涵的敏锐，自己是在看过现场后才会有这种想法的，"我去看了现场，那里的雪根本无法堆实，也就是说跟我们报案的人，说他靠在上面发现的尸体，这点不符合常理。"

路队深深吸了一口烟，说："案子必须马上破。"

洛涵的手斜插在口袋里，黑色的高领毛衣衬着他白皙如玉的肌肤，有一种冰雪的味道。他看了眼谭沫，应路队的话："嗯，必须马上破。"

看着他那么一本正经，谭沫觉得脸莫名有点儿烫，他的语气那么坚定且不容置疑，是因为晚上要去见她爸爸妈妈吗？

洛教授继续说道："我们现在掌握的资料，可以给犯罪嫌疑人做个侧写了。"

队员聚集在一起，手里拿的是目前有的所有资料。洛涵清清凉凉的声音继续："他的年龄在25岁至40岁，他有一份比较稳定的工作，但是收入不高。同时非常不受重视，很可能在工作单位很受歧视和排挤。"

有人提问："这是怎么看出来的？"

洛涵指了指照片上被害女性的尸体："两位被害人身上的钱包都被拿走了，同时被害者小贤的脖子上面有一道细细的印，那个是在他摘她脖子上的项链时因为心急而留下的，同时，女孩子的左手食指上有指环印，小贤的家庭条件并不是很好，她戴的项链和戒指主要是装饰用的，却都没被放过，可见，罪犯比较缺钱。"

"那为什么他有一份稳定的工作却如此缺钱呢？"

谭沫补充道："这和他有过精神病史有关系。"听了她的话，其他人忽然明白了其间的关系，谭沫继续说道："一开始，我们就知道他的刀法乱而深浅不一，基本上可以断定他是在受过刺激后才袭击的两名被害人，尤其是对于女性第二性征的伤害，影射他内心的扭曲，这份扭曲和他之前的经历有关。通常能达到这种情况的刺激，并且来源于女性的有两种，一种是年幼的时候被20多岁的年龄段的女性伤害过，或者是成年后感情上受过极度的伤害。"

洛涵看着谭沫思路清晰地做着侧写，清秀的眉目此时显得格外动人，他移过目光，接着她的话："根据最近的这两起犯案资料，我们觉得第二种可能性更高。他应该是曾经在精神病院接受过治疗，住院原因很有可能就是爱情不顺利。出院后他依靠着朋友或者家里人的帮助找了一个稳定但是没有太大前途的工作，他因此也找到了新的女朋友，但是，最近他和女友的关系破裂。女友应该是发现了他的精神病史，强烈要求分手。此外，他有暴力倾向。"

路队深深吸了一口烟，说："看着那些刀伤就能知道他有多丧心病狂。"

谭沫把资料放在桌上："他升级了，他主动报警，通知媒体，便是希望得到重视，而且第二次的尸体处理比第一次要细心很多。"

"所以，接下来他会试图引起我们更多的注意。不过，在他再向别人伸出魔掌之前，我们要先行动。"洛涵冷漠的声音里透着自信，他的双眸沉黑而明亮。他看向谭沫，好像有什么话想和她说，接着却冲付姐道："我们需要媒体给他做一个错误的导向。"

很快,媒体的朋友们就被请进了刑侦厅,和以往不同的是,这次作为代表来回答问题的是——谭沫。

她站在门外,整理着衣服,想想等一会儿要面临各种各样刁钻的提问,她有些忐忑。抓着衣领的指尖微微泛白。

忽然,一双温暖的手握住她的手,日光灯打在他的脸上,有说不出来的清雅。洛涵忽然轻轻弯腰,额头抵着她的,嘴角好像浮起似有似无的笑意:"你紧张什么?"

他以为她是他吗?什么时候都可以很淡定?

"你刚刚为什么提议让我去回答记者提问?"谭沫语气中明显有些小小的不满,洛涵的提议不仅让谭沫震惊,也让队里的成员都心头一跳,毕竟官方的事每次都是付姐他们来做的。

他和她离得很近,说话的时候,那让人心怡的清香缓缓入侵。

"计谋。"洛涵回了她一句。

语调相当轻松!

谭沫轻哼了一声,还没等再说什么,洛涵蓦地向下,挺拔的鼻尖贴上她的,那熟悉的青柠的味道瞬间充溢了所有感官。

"让我徇一下私心不可以吗?"他呼出的气弄得谭沫痒痒的,她别扭地想别过头,却发现自己被牢牢地扣在了原地,无法移动。

"什么私心?"

洛涵墨黑的像是染了星辉的眸子里满满都是她的影子,说:"我想在电视上看到你。"

"……"这算什么理由?当然,这个时候的谭沫根本没有猜透洛大神的心思。

"小谭,该进来了……"付姐看到这一幕,不好意思地把门再次带上,话都没有说完。

"进去吧,就按照交代你的说。不要紧张。"洛涵宠溺地揉了揉她的头发。

谭沫点点头,进了满是记者的房间。

果然,问题是各种犀利,好在谭沫一直表现得很稳定。

路队和洛涵在隔壁房间看着摄像,路队问:"为什么建议谭沫去发言?"

"为了引蛇出洞。"洛涵看着屏幕,眼睛没有离开那个明明很紧张却表现得清淡如水的女孩,"犯罪分子本希望自己的这两次作案可以引起相当的重视,但是我们却回复他一个错误的方向,他当然会忍不住。当然,谭沫这样容貌的女孩刚好还可以再刺激他一下。"

路队忍不住轻咳一声:洛教授,办案时还不忘夸一下自己女朋友漂亮?

谭沫结束了采访,觉得整个人有点儿脱水……

付姐拍了拍谭沫的肩膀:"姑娘,有没有兴趣来我们小组?"

路队在一旁很正经地拽过谭沫:"你桌上还有很多资料,赶紧整理好了给我送过来。"

谭沫抿抿嘴唇,笑意从眼底流出来,她觉得这种感觉好温暖。

走到走廊的拐角,一股很大的力气猛然将她拉入怀中。

好像已经对他的怀抱有了强烈的认知感,那安心和熟悉的味道还是让谭沫有片刻的脸红。

洛涵声沉如水:"怎么办?我后悔了。"

"后悔什么?"她真的搞不懂他天天到底在思考什么。

"你应该只是我一个人的。"

"……"他是后悔让她上电视了吗?

"害怕吗?"忽然,洛涵话锋一转。

聪明如谭沫当然明白这句话的意思,暴露在那个人的视线下,再次刺激他。"不害怕。"想着自己总是被他调戏,谭沫一直觉得虽然被压迫,但是一定要有自己创造农奴翻身做主的机会,一本正经地"调戏"回去,"不是有你吗?"

洛涵神色波澜不惊地看了她一眼:"嗯,你知道就好。"

所以说……不要随意挑战比自己智商高的人……

已经下午四点了,信息科那边按照洛涵他们的指导,对本市几家精神病院一年左右的出院案例进行了筛选核查,符合侧写的人一共有三个人,专案小队的人分成了四组,分别去了那三个人的家。一组留在了刑侦厅。

下午五点,电话铃响起。

洛涵勾了勾唇角，示意跟踪的专员可以开始准备了。

"喂。"洛涵的声音很冷淡。

"你们这群废物，我不是精神病！我已经好了！你们说作案的人年少的时候被虐待过，根本没这回事！你们到底会不会查案？那两个女的死了是罪有应得！"

专员摆摆手，希望时间再长一点儿。

"哦，是吗？"洛涵语气略显傲慢，"你不觉得你才是罪有应得？"

谭沫惊讶，不明白洛涵为什么还要刺激他。

对面的呼吸声有些急促："你……你……"

"我知道，你因为被你的初恋女友甩了而进了精神病院，可惜你的第二任女友因为你的精神病史而同样选择抛弃你。你工作兢兢业业却从没得过应有的荣誉和奖励，家人和朋友虽然表面上不说，但其实都有些害怕你。你将报复的欲望转移到手无寸铁的女性身上，希望她们来承受你的痛苦吗？"冰凉的声音好像念着咒语，电话那头的呼吸声越来越急促，这时专员向他竖起了拇指，已经追踪到了！

洛涵神色自若地加了一句："你有什么想反驳的吗？"

忽然，电话被挂断了。

路队他们得到准确地址迅速动身，谭沫抓起外套想要跟上，却被洛涵挡在了一旁："你最好不要去。"

她作为小组的一员不应该在有危险的情况下总是躲在后方，谭沫莞尔一笑："没关系，有你在。"

Chapter 19 洛教授做客见家长

"犯罪嫌疑人名叫高程，33 岁，现在在一家小型信贷公司做出纳，他和女朋友分手大约有一个月了，我们和他的同事联系过，他这一个月情绪特别低落，总是无故请假，老板和他家里人熟识，所以一直没有说他什么，但是最近老板的意思是要将他开除。"谭沫拿着信息科那边最新的资料，坐在后座上，念给车里的人听。

很快，一群人赶到了现场，先到的小组却神色严肃地报告："路队，他刚刚躲进这家超市，手里有一名人质。"

天气虽然寒冷，却仍然聚集了一些围观群众。路队担心伤及百姓，布置好狙击手，让人拉好警戒线。他拿着扩音器刚打算向里面喊话，就被洛涵拦住了。

"等一下。现在如果对他说已经包围了他，他强烈的不安感可能会导致误伤人质。他不是一名理智的嫌犯。"

"狙击手已经就位，可是，门和窗子上都是霜，根本无法瞄准。"路队的声音混杂着冬日的寒气，让周围的人心里都是一阵凉。

"先谈判。"洛涵看着高程的资料，拿起了手机。

谭沫有些担心：谈判？和一个精神病患者吗？

超市里，被劫持的女售货员颤抖着说："电话……电话响了……"

"我知道！不……不用你提醒我！"高程一手拿着刀指着她，一手有些不稳地接起电话。他的头上戴着黑色的针线帽，身上的灰色大衣有些破旧。

看到这个陌生的号码："你……你是……谁？"

洛涵听到他控制不住的微抖的声音和断断续续的言语，黑如深夜的眸子闪过一丝狡黠的光芒："Hi，是我，听出来了吗？"

Chapter 19 洛教授做客见家长

洛涵拿着手机，卓然的身姿显得俊挺而出众，周围的人群不知何时安静了下来，冬雪映着浅暗的日光，他不紧不慢地继续说道："我们刚刚才通过电话。"

高程忽然记起他是谁，是刑侦厅里的那个人！"你……你……不要逼我。"

"我没想逼你，我只是觉得，或许我们可以聊一聊。"轻松的语调好像谈论天气一般。可是，站在他身旁的刑警和被拦在外面的民众却都屏住了呼吸，紧张地看着面前这位清冷桀骜的男人和嫌犯"聊天"。

洛涵招招手，指了指路队身上的防弹衣，谭沫忽然明白：他是要进去！

她接过他手里的手机，帮他拿着，另外一名刑警帮他脱掉大衣，把防弹衣穿到了里面。

"不过是一个女人，为什么值得你这样作践你自己？"洛涵的声音很平稳，丝毫听不出来他现在其实在进行别的动作。

准备完毕后，他接过谭沫手里的手机，指尖碰到她的手——很凉。

他皱了皱眉，握了握她的手继续说道："分手了，再重新开始一段恋情就可以了。这并不是一件很难的事情。"

"她说……她不会和一个神经病结婚！"高程的声音听起来很激动，"她！她说我是神经病！我不是！"

"嗯，我知道。这点我可以帮你证明。"

高程在那端愣了愣，问："你怎么证明？她不信！你要怎么证明？"

洛涵边说边往里面走，说："首先我是一名心理学教授兼医生，我的话权威可信。再者，我们可以利用医院里的高科技设备再次对你的大脑进行扫描，诊断书可以向她说明一切。"

谭沫看着洛涵就快走到超市门口了，心提得越来越高。

洛涵听到对面的电话里的呼吸渐渐稳了下来，继续说道："所以，现在，我要进去见见你。"

他持着电话，结了霜的门上映出他颀长的身子。

良久，那边终于有了回应："但是，只能你一个人进来。"

洛涵答了一声"好"，挂了电话。

路队把枪递给他，说："洛教授，狙击手和强突小组已经做好准备了，如果有问题就鸣枪。"

洛涵点了点头，接过枪时嘴角微微勾起，清冷的笑容熠熠生辉。

谭沫站在不远的地方看着他，这次她没有去拽住他的衣角，澄澈的目光盯着他，好像一直在等待一份肯定的回答。

洛涵在进入超市前，意味深长地看了她一眼，那注视里是让人动容的自信与承诺。

洛涵只身进了超市。高程的精神显然处于高度紧张状态，被他劫持的女人质的脖子上已经被划出了浅浅的伤口，鲜红的血从里面缓缓渗出。女人质见到洛涵，眼泪"唰"地不受控制地流了出来，她害怕得止不住颤抖。

洛涵冲她点了点头，示意她不要太害怕。然后当他走到距离高程两步的位置时，拉了一把椅子坐了下来，洛涵一派轻松的模样靠在椅背上。"手僵了的话就放下来歇歇好了。"洛涵边说边摊了摊手，"我不会伤害你。而她显然没这个能力。"

高程打量着进来的男人，高高瘦瘦，穿了一件长长的外套，看着斯文儒雅，好像确实没什么攻击力，而他持刀的手已经酸痛，"你说说你要具体怎么做？"他的声音有些抖，手渐渐放下。

洛涵犀利的眸子抓住他那一丁点儿的放松，他声音沉稳地答："我可以陪你一起去医院，同时召集我所熟悉的该领域的专家。"

"你曾经有心因性精神障碍，这个是我的主要研究领域。"他的语气那般轻松，却说得极准。

高程看着他，这个沉稳淡然的男人，好像真的有帮他的实力。那只僵硬的手缓缓地放下。

就在这时，洛涵一个箭步冲了上去！

绊腿，锁腕，袭腰！

男人还没来得及反应，拿刀的手便被扣住，同时一个漂亮的抽枪的动作，黑而冰凉的枪口抵住了他的太阳穴！

"你去叫人进来。"洛涵低沉的嗓音毫无情绪地起伏。女人擦着眼泪飞奔出去，一会儿，路队就带着人冲了进来。

看过洛涵压着高程的动作，路队贴在他耳边小声问了一句："洛教授，你是不是练过？"

低哑的嗓音淡淡传来："显然。"

这太过张扬的回答被进来的谭沫听到，她很不给面子地撇了撇嘴：在前辈面前都不知道收敛？

没料想这个细微的表情被洛涵看到了，他微微地轻哼了一声。

人抓到了，他掸了掸身上的灰，接着搂过她的肩膀，语气听起来十分欠扁："谭小姐，你的任务还没完成呢。"

到底是谁提议让她来回答记者提问的？

洛涵给的回答却很合逻辑："做事要有始有终。"

他不是舍不得吗？怎么又反悔了？

唉，男人真是善变的动物。

谭沫硬着头皮把刑侦厅这次办案的想法简单地向大众做了陈述。

一切都搞定后，她看了眼手机。

然后想撞墙的心都有了……

谭母一共给她打了二十几通的电话。

她终于明白了斜靠在车前一副事不关己模样的洛涵刚刚那句话的意思。

她心有余悸地给谭母打了个电话："晚上好，母上大人。"关键时刻，一定要会卖个萌，撒个娇，以保小命……

"你也知道我是你母上大人！二十九通电话一个没接，要不是因为在电视上看到了你，你爸差点儿就派人出去找你了！"

谭沫把手机拿离耳边，谭母的声音却仍旧清晰："现在赶紧回来！我们等你们一起吃饭呢！"

还在等吗？谭沫心里有点儿不是滋味。

谭母的魔音却没有散去："听没听到你母上大人的话？应一声啊！"

"啊……"

"记得把洛涵接过来！他这个点没吃饭肯定是因为在等你！"

在等她？这个回答有待商榷啊……

谭沫弱弱地挂了电话，慢慢地蹭到洛涵身边，推了推他，很想不经意似的把话题引过去："那个……你饿不饿？"

洛涵斜睨了她一眼："你说呢。"

"……要不……去我家吃个晚饭？"她想，好在天黑，他看不清她的脸色。

"嗯，只能这样了。"如此斟酌犹豫的口吻……

要不要这样勉为其难？

于是，在出发前，洛涵很自觉地坐在副驾驶上。谭沫微微皱眉，刚想说什么，就听洛涵义正词严道："你母亲说的是你接我。"

你接我，你要开车接我，你要开车。

谭沫第一次感慨，现在的通信设备不该这样发达……

看着她不熟练地握着方向盘，洛涵那富有磁性的嗓音又响了起来："希望你可以早日加入菜鸟的行列。"

"……"

进屋前，谭沫发现洛涵手里不知道什么时候多了两瓶酒，看那包装，很贵的样子。

她忽然发现：他和她确定关系，到见家长，似乎是以指数爆炸的速度……

谭父和谭母正在客厅里面看电视，刚刚看了报道，才知道女儿今晚是因为有案子才晚了，谭父对于谭沫执着于去刑侦厅工作并没有什么明确的态度，谭母却觉得女孩子应该早点儿结婚生子，少参与那么危险的工作。

看着两个人进了屋，阅人无数的谭父，眸光闪过一丝惊讶。

饭桌上，除了谭母，其他三个人都显得很沉默，尤其是……谭沫。

谭母说："洛涵啊，今天都是阿姨的手艺，你多吃点儿。"

某人绅士有礼地致谢，然后每道菜都用公筷为谭沫布了少许。

谭姑娘很不满地瞪了他一眼，那眼神的意思很明显：你吃你自己的！别管我！

她也不知道她在不爽什么……

后来，她终于懂了，她不爽的是谭父和洛涵间那股暗波涌动。

谭父："你会下围棋吗？"

洛涵："略懂一二。"

谭父："那饭后我们切磋一下吧。"

洛涵："好。"

于是，没怎么吃的两个人，饭后，去下围棋了，而谭母被谭父很正经地关在了门外。

看着心不甘情不愿的谭母，谭沫拉了拉她的胳膊："妈……相亲节目要开始了。"

谭母睨了她一眼："都有对象了，还看什么相亲节目？现在要看《婚姻保卫战》！你懂吗？"

她还没结婚呢……

果然，她家的母上大人一直是她所不能超越的……

谭父粗糙的手指摩挲着棋子，半晌他厚重的声音道了一句话："我从没想过把谭沫嫁进你们那样有钱的人家。"

谭父的话显然有自贬身份的意思。可是，问题的关键不在这里。

洛涵执棋的动作稍稍停顿，他明白，谭父是不希望谭沫和富家子弟扯上关系。

半晌，他抬头，墨黑的眼眸好似一股旋涡，平静地回答面前这位长者："想，永远没有办法真正解决问题，就像我以前从未想过我会遇到谭沫，就像我以前从不知道我会如此爱她。"

谭父和洛涵在书房里下了一个多小时的围棋，其间，谭沫百无聊赖地陪着谭母在客厅看了一部很纠结的电视剧。看着谭父和洛涵一起下了楼，谭沫不自觉地坐直了身子……她紧张什么？

洛涵很绅士地向谭父和谭母道别，谭沫却只是站在谭母的身后随意点了点头。洛大神微微眯了眯眼睛，眸光里的情绪让谭沫不自觉地抓紧自己的衣角。

谭母笑着拉过谭沫，说："沫儿，还不快去送送洛涵？"

然后，谭沫磨磨蹭蹭地跟了上去。"爸妈，你们进去歇着吧，我去送他。"

刚刚还彬彬有礼、温文儒雅的洛涵出了门，便握住了谭沫的手，很自然地放入自己的衣袋。

夜风有些凉，他额前的碎发被略略吹起来，露出白皙的额头，俊雅的身影衬着月光映在地上。

"终于发现你男朋友其实长得很帅了？"低醇的嗓音像一瓶陈年佳酿，有醉人的味道。

谭沫决定忽略他这么自恋的一句话，却发现，原来"帅"这个字可以用他的脸来定义……

谭沫咳嗽一声，然后转过头，说："晚餐看你吃得很少，饭菜不合胃口吗？"

洛涵握着她的手说："不是，饭菜的味道很好。"

他吃得不多主要是谭父那沉沉打量和思考的模样，让他心里着实有些拿不准。在书房里的那番谈话，更是让洛涵清楚地看到谭父的态度。想必是爱女心切，有些舍不得。

"但是，说实话，我没有吃饱。"

"……"呃，这话千万不能让谭母听到。这样，只会陡增他来家里吃饭的次数，直到洛涵对谭母的手艺真正肯定为止……

"那我请你吃点儿夜宵？"谭沫试探着想帮她家母上大人挽回一下。

"嗯，好。"

怎么听他的语气像是预谋很久一样？

两个人手牵手肩并肩往门外走，谭沫有些好奇："你和我爸在书房里都聊了些什么？"

洛涵下楼的时候，脸上没有什么表情，看不出喜怒，谭沫从未和谭父说过她有了男朋友的事，洛涵的事都是谭母告诉他的。

"聊你小时候其实是个蔫坏的姑娘。"

那不是她好吗？蔫坏的……是慕荷……

"你后悔了？"脱口而出的这四个字把谭沫自己也吓了一跳，她不好意思地别过头，忽然，洛涵松开了握着她的手，拥过她的肩膀，让她贴向自己，云淡风轻道："当然没有，我想，终于有人可以和我较量一下了。"

微微眯眼，他的意思是……他才是蔫坏的那个？

"你小时候是不是经常一个人欺负你那几个发小？"

他一本正经道："没有，不是一个人。"

还有帮凶？

"蔓姐应该和你说了吧，有个人叫姜小九。"

"嗯，在美国念 PHD 的那个。"

"对，都是我们两个欺负他们几个。"

"可是，除了老八，你们不是年龄最小的两个吗？"

洛涵唇角微上扬，神色自若地回答她："可是，我们是最聪明的两个。"

"……"还真是好意思说。

见她没有作声，洛涵猜到了她的心思，凉凉地开口："你好像没有质疑的资格。"

"……"

洛涵的车就停在距离大院不远的空地上，周围很安静，没有他人，谭沫摸了摸外套的口袋……没带钱包……那答应了他的夜宵怎么办？

洞察力敏锐的洛涵当然明白谭沫为何一副欲言又止的模样。

洛涵故意道："走吧，夜宵你请。"

"那个……要不……咱们改天？"谭沫语调温柔，然后有些撒娇地晃了晃他的手臂。

洛涵斜靠在车上，皎洁的月光照在他身上，英俊的容颜恍若浮雕般不真实。

"不要。"

"我突然有点头疼，还是改天再请吧。"不等洛涵再说什么，谭沫赶紧跑回了家。

Chapter 20 酒吧巧遇

谭沫靠在床上，手一下下地翻着手机。侧眼，她忽然看到了床头那张摆着的照片。

那时候，他们都还很青涩。

总是很温柔的哥哥，总是很阳光的程骏，总是很安静的她。

如果哥哥现在活着的话，会不会被洛涵气得跳脚？然后拦住他的魔爪：想做我妹的男朋友，你得先过我这一关。

谭熙说这句话的时候，一定会眉眼稍稍上翘，一副盛气凌人的模样。

谭沫闭上眼睛，好像自从和洛涵确定了关系，她那恼人的失眠便渐渐好了。难道他真有那么神奇的力量？

正沉浸在自己世界的谭沫被忽然作响的铃声吓了一跳，是慕荷来电。

她有些"做贼心虚"似的不知道如何向慕荷说这件事，声音迟缓："喂。"

"反射弧这么长？"慕大神关了实验室的灯，裹着厚厚的外套往外走。A大的路灯混合着清冷的月光，照在她瘦弱的身上，拿着手机的手有些凉，她开口道："答应陪我去买礼物的事没忘吧？"

"……"没忘，但是，貌似她好像没有单独的时间了……

"慕慕，和你商量个事行吗？"谭沫的声音完全没有底气。

踏在雪上的脚步顿住，慕荷微微挑眉："你没时间？"

"那个……或许，我们可以带上洛涵？"她试探着问。

于是，周三的晚上，一起逛街的除了慕荷与谭沫，还有一位身材高挑、气质卓雅不凡的男士。

慕荷本打算挽着谭沫，却被洛涵抢先一步，他理所当然地揽过了谭沫的肩膀。

慕荷微微眯了眯眼睛，没有说话，但是心思却千回百转。

"沫儿，你有什么建议吗？"慕荷想把谭沫拉到自己身边，还没等谭沫作答，便听到洛涵清清淡淡的嗓音："你应该比她更清楚你爷爷喜欢什么。"

慕大神瞥了他一眼，没说话。

三个人一起去喝下午茶，平时谭沫和慕荷都喜欢彼此尝对方点的点心，这次，慕荷和谭沫连交换的意思还没表达，洛涵便每种点了两份，冲谭沫道："你需要多吃一点儿。"

谭沫蓦地脸有些红，慕荷看着他们之间的互动，不再讲话，只是打量洛涵的眼光有那么一点点不爽。

一表人才的洛教授占有欲太强！

买好东西，慕荷扯着谭沫去了洗手间。

扫了洛涵一眼，这回看你怎么跟！

"慕慕，你怎么了？"看着倚靠在洗手台旁的慕荷，谭沫觉得她有些不对劲儿。

"沫儿，你没感觉吗？"仍旧温温柔柔的表情，但是语调却透着一股疏离。

谭沫很认真地想了想，摸了摸胸口，弱弱道："有，心跳……会加快。"

"……"她是没救了，哪天被洛涵拆骨入腹都不会察觉！

可是，她不喜欢洛涵这样强势占用谭沫的所有时间，谭沫不是他一个人的！

慕大神叹了口气，跟在谭沫和洛涵身后，他们两个把慕荷先送回了她自己的公寓，下车前，慕荷很不爽地在洛涵的车窗上画了一个大大的"×"，然后，笑得温暖灿烂："再见，洛教授。"

"嗯，再见。"他当然听到了她咬得很重的那两个字。

回到别墅后，洛涵立在落地窗前，俊雅的剪影映在其上，拿着手机拨了个越洋电话。

美国刚好是早晨，姜永恩正在实验室外的长椅上喝着咖啡，吃着面包，英俊如画的侧颜让路过实验室门口的女孩子们有些脸红，姜大神却浑然未觉。

接到洛涵的电话，他有些意外："Hi，好久没联系了，洛涵。"

"嗯，你什么时候毕业？"两个大神级的男人谈话总喜欢直入主题。

姜永恩清瘦的身子靠在椅背上，说："今年刚刚 PHD 第三年。"乌黑的碎发遮在额前，那双澄澈的眼眸好像凝神看着什么。"你想和我说什么？"

"我回 A 大教书的事你应该知道了吧？"

"是。"

"慕荷在 A 大念书。"洛涵声沉如水，这两个字却如魔咒一般瞬间抓住姜永恩所有的注意力。

"继续。"他放下手中的咖啡和面包，一手不自觉地开始在膝盖上轻轻敲击，有关于她的所有消息，都是他心底的渴望。

"我看到慕荷和男生一起出去喝下午茶了，所以我只是好心提醒你，或许，你应该早点儿完成学业，不然，我想慕荷同学可能会被其他人追走。"洛涵略清雅的笑映在落地窗上，有一种别样的气质。

电话那端沉默了许久，就在洛涵打算挂断电话的时候，一个沉沉的声音带着莫名的磁性好像压抑着什么感情，"嗯。谢了，挂了。"

洛涵嘴角勾起一抹浅浅的笑容，很好，慕荷的问题基本上可以解决了，以后不会再有人和他抢谭沫的时间了。

姜永恩靠在长椅上良久不语，沉静端宁的五官显得清俊逼人，他双手交叉握在一起，胸腔有些闷。不管时间过多久，那隐忍深沉的情感总会在提到她时波澜壮阔。

他合上双眸，全是她的影子。

该死，就不能再多给他一点儿时间？

一大早，谭沫刚到办公室便被路队叫了进去。

"我们得到消息，黄家的人又涉及了毒品交易。"

"黄宗祥不是入狱被判刑了吗？"谭沫问道。

"现在，执掌黄家上亿资金的是黄珊珊。"路队把手里的资料递给谭沫。

那庞大的金额让谭沫不由得深呼吸，可是黄珊珊给她的印象是个柔弱温婉的姑娘，看起来并没有这么强硬的手腕。

忽然，一个迫人的想法闪过。

是……程骏？

程骏是黄珊珊的男朋友，他！绝对是有这个能力的！

Chapter 20 酒吧巧遇

谭沫捏着材料的手微微发抖，这个念头让她觉得莫名地难受，她不想在这种事情上和他扯上关系。

"这次的货源来自俄罗斯，边境那边的警察和我们这边联系，请求援助。"路队很欣赏谭沫之前在黄宗祥案子上的表现，而显然她对黄家的了解对这次案情很有帮助。

"所以，我们厅打算派你过去。"简单的话语却搅乱了谭沫的心。

一种不祥的预感从心底升起。和程骏扯上关系的话……她总觉得事情会超出一切可能的情况，然后朝着不可预料的方向发展。

"什么时候出发？"谭沫稳了稳心绪问道。

"现在回去收拾东西，下午就出发。"

直到在机场会合，谭沫才知道，这次和她一起飞往边境的是萧宇。

他背着个单肩包，看起来像个旅游的学生。他看到谭沫，笑呵呵地招了招手。东北的天气不比这里，两个人的行李内都装了不少御寒的衣物。

飞机起飞前，谭沫给还在上课的洛涵发了条短信：

我要出差，过几天回来。那个……照顾好自己。PS：Iwillmissyou（我会想你的）.

发完了，谭沫的脸有些红，坐在她身边的萧宇打趣道："小师姐，在给洛教授发短信吗？"

谭沫一愣，然后点点头。

好像真的应了他那句话：全世界都知道你是我的。

飞机落地后，相关工作人员来接机，漫天的白雪让谭沫不禁往大衣里缩了缩，她穿着厚厚的雪地靴，但还是觉得有些冷，她和萧宇被分别安排在了当地刑警们住的男女宿舍。和谭沫同屋的是一个三十岁出头的女刑警，看到谭沫，她不禁有些惊讶："你就是从 B 市来支援的？"

"嗯。"谭沫点点头。

"你多大啊？大学毕业了吗？"女刑警显然是东北人的性格，爽朗而直率。

"嗯，我其实是……博士毕业。"

女刑警哈哈笑起来，她觉得不可思议地打量起谭沫："我有个堂妹，就和你差不多的年纪，不过她还在念本科呢。"

谭沫友好地冲她伸手："你好,我是谭沫。"

"刘静。"

当天晚上,谭沫才想起来自己下了飞机还没有开机,一打开各种未接电话和短信震得她的手有些麻。

全部都是洛涵的。

你到哪里了？

回电话。

没电了吗？

我已经和路队联系过了,去那边一定要注意安全,要记得配枪。不要随便脱离大部队,不要自己一个人行动。

谭沫翻着他的短信不禁失笑,她又不是小孩子,虽然……她有时候确实有点儿冲动,欠考虑。

原来还有一条：

"PS：I miss you now（我现在想你）."

谭沫躲在暖暖的被子里,发了条短信给他,这个时间他应该还没有睡：

Me,too（我也是）.

好像把那简单的几个字换成中文便会有让她脸红的魔力。

不一会儿,他便回复她：

嗯,梦里见。

谭沫把手机抱在胸前,她觉得越来越招架不住了。

一大早刘静就把谭沫叫了起来,天还没有完全亮,蒙蒙的灰色笼罩着大地,刘静的嗓门还是那么大："小谭,快点儿,跟着我来。"

谭沫迅速穿好衣服,问："怎么了？"

"黄家的人来厅里了。"

谭沫的心弦一颤,黄家的人,会是他吗？

谭沫跟在刘静后面,进了监控室,在缉毒戒毒处的一号审讯室里,一位看上去很年轻的男子坐在那儿,他应该是混血儿,高高的鼻梁,白得有些病态的皮肤,与他身上穿的黑色的外套形成鲜明对比。极其深邃的目光毫不避讳地看着坐在他对面的刑警，没什么表情，带来一种无形的压迫感。

黄家来的人是他……

谭沫的眼睛没有离开屏幕，不知道自己是不是在庆幸这个人不是程骏。

萧宇把资料递给后到的谭沫和刘静，说："他是黄氏旗下外贸公司的现任负责人，SteveBlack，美国人。"

"现任？"谭沫问了一句。

"嗯，没错，黄宗祥入狱后，黄氏的高层进行了大换血。虽然之前黄宗祥的案子对黄氏企业的股票带来了一些不好的影响，但很神奇的是，黄珊珊接任掌门人后，各个子公司不仅股票没有下跌反而涨得厉害！"

黄珊珊？谭沫觉得能做到这种程度的应该是她背后的男人。

审问Steve的那位刑警叫林辉，是一位很有经验的缉毒办案人员。

"Steve先生，你们运往俄罗斯的那批油画里，有三幅油画，在夹层内发现了高纯度的海洛因共38克。运货的那位负责人赵旭光声称并不知情。你知道这38克的海洛因就足以让人获7至15年的有期徒刑。"

Steve向后靠在椅背上，很平静地回答他："我们确实不知情。这批油画都是名画家们的真迹，我们高价获得后要运到俄罗斯进行拍卖。如果你们不信，可以和俄罗斯那边的拍卖场联系，这件事是很早以前就谈好了的，你以为我们黄氏集团会因为这点儿毒品而葬送自己多年来的名誉吗？还有，你刚刚提到的藏毒的那三幅画作，都是中国国内一流画家的代表作，你们是不是也该秉着公平的态度怀疑一下你们引以为豪的大画家们？"

林辉记着笔录的手微微发抖，面前的这个美国人的态度让他很不舒服。

Steve却忽然放缓了语气："这件事如果真的要追究起来，我们黄氏集团倒是希望可以得到你们的帮助，显然这是有人想利用这次事件陷害我们。虽然，之前我们的前任董事长确实在这方面犯了不可磨灭的错误，但是他也因此付出了巨大的代价。况且，我们黄氏上下全部进行了人员调动，之前和毒品有过丁点儿瓜葛的人我们都没有放过，只是希望，外界不会用有色眼镜来看待我们。"

Steve的话透过扩音器让监控室的每一个人都听得很清楚。

刘静碰了碰谭沫："小谭博士，观察了那个美国人后，有什么结论吗？"

谭沫摇摇头："他的表情管理得很好,看不出什么太大的问题。"

果断,态度坚决,和萧宇给她的资料上的描述很一致。这个叫 Steve 的男人接管了黄氏集团下面的外贸公司,虽然他只有高中学历,但公司的股票等各方面的成绩都很斐然。

审讯没什么结果,赵旭光没能被保释,Steve 离开前提出要求希望看一下他的部下。

高而魁梧的男人站在那个精神有些萎靡的男人对面,Steve 深深地看了赵旭光一眼,声音里没什么感情："不要害怕。"然后,嘴角露出一个让赵旭光愣住的浅笑。接着,Steve 头也没回地离开了刑侦厅。

赵旭光死死地抓住自己的手腕,那简单的四个字已经对他做了宣判。

酒店的总统套房,一位男士侧卧在沙发上,乌黑的头发搭在前额,他白皙的手里把玩着一杯红酒,慵懒而随意地一下下数着手表上的钻石颗数。温柔可人的女人也拿着一杯红酒,坐在他身边,保持着一个不近不远的距离。

Steve 进来的时候,就看到少爷和 Katy 这样悠闲地打发时间。

"哟,这么快就回来了,人家以为可以和少爷多独处一会儿呢。"Katy 吹了一个口哨,冲 Steve 打招呼。

Steve 冷冷地看了她一眼,那张温柔的脸确实不适合这个女人!

"少爷。"他立在男子的面前,"那三幅画作中间藏的海洛因是赵旭光自己想带出境的。目前我们的其他毒品还没有被发现。但是,所有的油画都已经被扣押了。我已经做好了牺牲赵旭光的准备。"

被唤作少爷的男人没有看他,眼睛仍然没有离开腕上的手表："嗯,该死的人我们从不会放过。这次也不例外。"

Steve 听到这句话,最先想到的是黄宗祥。正常来讲,他私吞那么多毒品应该会直接被组织给解决,可是少爷却把他交到了刑侦厅的手上,做法有点儿反常。

"让底下的人最近安静点儿。"少爷起身,将红酒缓缓地倒入了 Katy 的酒杯中。

看着 Steve 一副不理解的样子,少爷清冷的嗓音回答他："不懂?那你跟我来。"说着他拿起外套向外走。Steve 迅速跟了上去,Katy 见状也想跟上去,却被少爷挡在了门内:"珊珊,那种地方女孩子还是不要去的好。"

那阳光般迷人灿烂的笑容让 Katy 一顿,即使是叫着另外一个名字,她也愿意他能够一直对她这样笑下去。

很快,Steve 按照少爷的指示,开车到了"凤凰酒吧",这个酒吧虽然不在城中心,却因为它的老板有黑白两道的人罩着,所以这里一直打着擦边球,"生意"自然是够兴隆。

高挑的身姿混着绚烂的灯光映在雪地上,即使穿着厚厚的外套也难掩他卓越的光芒。

少爷站在 VIP(贵宾)的入口,给保安晃了晃眼前的卡,便轻身走了进去。

他幽幽的声音慢慢道:"为什么赵旭光会瞒着你在那三幅画里做手脚,现在明白了吗?"

震耳的音乐声和着眼前晃动的人影,昏暗不明的过道里,一个人影急匆匆地拿着什么进了一间包厢。

眼光敏锐如 Steve 当然明白那个人为什么会有那样的神色。

"谢少爷指点。"

少爷忽然停住脚步:"这段日子辛苦你了。今天晚上你就留在这边好好玩吧,我的专用 VIP 包厢。"少爷将手里的卡递给 Steve:"我会安排人过去的。"

Steve 接过卡,马上明白了少爷的意思。

之前,Katy 嘲讽他,说少爷已经不再信任他时,Steve 低迷了一段时间,但是,现在少爷这样做,让 Steve 觉得,他在少爷心里其实仍旧是有一定地位的。

大晚上的,谭沫被萧宇拉着出了宿舍。

她扯了扯围巾,东北这样寒冷的天气让她有些不适应:"你要去哪儿啊?"

"小师姐,我带你去见识一下,怎么样?"

萧宇说话的口气里带着莫名的兴奋。

谭沫微微皱眉,问:"见识什么?"

"什么叫黑白通吃。"

"……"

"只有天高皇帝远的地方,你才能见识到哟。"

还"哟",她都不知道萧宇这么喜欢卖萌。

谭沫就这样被萧宇拽着出来长了见识。

看到"凤凰"两个大字的时候,谭沫有些气短,和萧宇一起来酒吧的事,千万不能让洛教授知道。

上一次,同样是在酒吧,她被洛涵拉着……想着想着,谭沫觉得好像真的有些想念他。她有近两天没见到他了。

舞池里男男女女扭动着,疯狂着,谭沫绕过他们往包厢那边走,好在这片区域还算安静。

"我……觉得……这里不好。"谭沫声音沉沉的。

萧宇遂说道:"小师姐,你觉得大厅环境乱的话,我们也去找间包厢吧,这有几款喝的还是很不错的,你在这边等我一下。"

萧宇一下子就不见了,谭沫琢磨了一下,觉得两个人还是早点儿回去比较好,她低着头打算给萧宇打个电话。

猛地,在走廊的拐角处,她撞到了一个人。

拿在手里的手机一个不稳,掉在了地上。还没等谭沫来得及捡,一只白皙的手便伸了过去。修长的手指握着她的手机,递给她。

"对不起,谢谢你。"谭沫接过手机,抬眸。

两个人都愣在了原地,但是,对方转瞬就面色如常,他虽然有些惊讶,但是声线平稳得让人听不出他感情的波动,从欣喜若狂到怀疑担忧,最后那漆深的眼眸里写满宁和:"好巧,谭小姐。"

谭沫的心蓦地一颤,她多么希望不会在这里碰见他,那强烈的不安感又席卷而来,她生硬地回答:"程……程先生,你也在这儿?"

程骏俊颜温暖,轻缓道:"嗯。"

他表现得越波澜不惊,她的心里就越波涛汹涌。

程骏,你千万不要和这次的案子扯上关系。

忽然,程骏牵起她的手,略显倦懒的笑容:"既然这么巧,我们喝一杯好了。"

Chapter 21 遭遇暗杀

谭沫刚被程骏带进一间包厢，便接到了萧宇的电话："小师姐，你跑哪去了？"

鹅黄色的灯光下，他站在距离她不远的地方，静静矗立，恍惚间，好像一尊俊美的雕像。他逆着光，脸上的阴影让她看不清他的表情，他一定是在看她如何"撒谎"。

"萧宇，我这边有点儿事先走了。"她说话的时候偏头看了程骏一眼，他抱着双臂，嘴角稍稍微翘，沉沉的目光注视着她，"你先玩，今晚我可能晚点儿回去。"

"那算了，我也回去了。"接着萧宇挂断了电话。

谭沫收了手机，抬头，程骏正向她走来："谭小姐，有什么想喝的吗？"

谭沫定定地看着他，目光中有一丝不解。

在黄家老宅，他替她躲避过黄宗祥手下时叫她"沫儿"，滑雪场的案子，他拿着枪对着别人，还能随和地与她打趣，"沫儿，你是想体罚我吗？"

她发现，只要是他们两个人单独在一起，他就会像年少时那样叫她"沫儿"，可是，现在就只有他们两个人，他为什么会这样一本正经地叫她"谭小姐"？

"什么都可以。"谭沫看着程骏转身按铃的背影，心里微微地痛。

他明明知道黄家涉及毒品，却仍旧坚持和黄珊珊在一起，他是真的爱她吗？那个温柔婉约的女子？

一会儿，服务生便送来了两杯热牛奶。

谭沫看着奶白色的液体，精致的瓷杯子握在手里，莹润光滑。

"我还以为你会要酒，然后和我一醉方休呢，怕我喝醉？"谭沫抿了一口牛奶，那温热的感觉瞬间充盈整个味蕾。

"我是怕我喝醉。"他墨黑的眼眸亮亮的,话一出口,让谭沫有些闪神。

那话里的情绪,明明很模糊,却又那么清晰。她不自然地别过头。

忽然,一个阴影挡在了她面前,他挺拔的身姿在这淡弱的光线下有些不真实,程骏温和地笑着,他慢慢低头,最后停在她的上方,好像在嗅她的发香。谭沫僵硬地不敢动。

"如果……"低沉的嗓音在她头顶响起。

如果,那时候谭熙没有死,是不是现在一切都会不一样?

如果,我一直守在你的身边,是不是洛涵就不会从我这里抢走你?

如果,我不是那么自信和坚持,是不是……

"程先生……"

她清澈的声音勾起了他的思绪,隐忍多年的感情好像就要爆发。

"程骏?"她在叫他的名字。

程骏忽然后退一步,温和的神情有一丝僵硬,他拿出一根烟,点燃。

谭沫皱眉,她很不喜欢烟。

"就一根。"他整个人陷进沙发里,白皙的手指间烟雾缭绕。

"那时候为什么不告而别?"

谭沫的话一问出口,那如阳光般温暖的微笑瞬间消失不见,他的眼神忽然变得有些冷厉,旋即又恢复了温和。

如果谭沫没有一些微表情的专业知识,她不会懂得那变换的笑容间隐藏着什么秘密。

他是在责怪她吗?

程骏不语,直到指尖的烟几近燃灭,他忽然冲着谭沫比了个噤声的动作。

就在谭沫斟酌着要开口的时候,程骏一个箭步冲上来,他单手抱住谭沫的肩膀,一手从腰间抽出了枪,带着她扑到沙发后面。

"嗖嗖嗖"的声音射穿了门,外面是凌乱的脚步声。

他微凉的手捂着她的嘴,倾头在她耳边低语:"沫儿,不要出声。"

是来杀他的吗?

当这个念头从脑中蹦出来的时候,谭沫的手不自觉地颤抖,她握住他的手腕,忽然,感觉到什么,那是一道细细的疤痕?她还没来得及问为什么,程骏忽然在她头顶上落下轻不可闻的一吻。"相信我。"低沉的声音带来莫名的安全感。

他如此用力地搂着她的肩膀，想把她嵌入他身体里一般。

猛然间，门被踹开了！

他们躲在沙发后面，进来的人并不能直接看到她和程骏。

她只看到他稍稍抬手，房间的灯瞬间熄灭。

顿时，一切如同陷入了沉夜。

闯入的人也因此停止了环视，可怕的是，他们开始进行扫射。

程骏稳稳地拥着她的肩膀，忽然，他松手，漆深如墨的眼睛在黑暗中有着不可思议的沉着和冷静。

谭沫连大气都不敢出，她从来没有经历过这样的现场。而相反，程骏的沉默就像百经沙场一般，她觉得眼睛有些酸涩，他消失的这些年到底去了哪里？

就在扫射停止的那一刻，程骏骤然直起身子，单手持枪，枪上装了消音器，无声夺命的子弹颗颗正中来者的眉心。他的枪法准得骇人，谭沫捂着嘴巴，这血腥的环境中，他的影子好像阿修罗般，映着门外微弱的光，他的侧颜冷峻如刀刻，阴冷的子弹毫无感情地结束了闯入者的命。

"跟我走。"程骏拽起谭沫，手上的力度也许因为情急而有些大了，但是他的语气仍旧那么平静，好像刚刚杀人的不是他。

就在踏出门的时候，又一拨人冲了过来，明晃晃的刀子似闪着白光，谭沫不由得咬紧嘴唇。

"你不会有事的。"他声沉如水。

子弹穿透头骨时有一种可怕的声音，谭沫只能跟在程骏背后。

VIP包厢的走廊的尽头里躺着各种姿势的尸体，他像王者一般，带着她走过这片血色战场。

手机在振动，程骏松开抓着谭沫的手，接了电话："少爷，有暗杀。您还好吗？"是Steve的声音。

他侧头看了眼谭沫，她应该不会听到Steve的声音，没有情绪地回答："没事。"

"我过去找您，我已经吩咐人过来了。"

刚刚 Steve 正在和女人喝酒时，就被破门而入的暗杀者所打扰。只可怜那无辜的女人成了枪下冤魂。

"不用。"

"少爷，可是你的安危……"

"死不了。"程骏的声音凉得让谭沫觉得站在她眼前的根本就是另外一个人。

暗杀的这些人应该是赵旭光安排的，不过没关系，不管是不是他安排的，都让他脱不了干系就好，程骏凝了霜的眸子里映着谭沫的影子，即使她不说话，他也能感觉到她在害怕。他不能让 Steve 出现在这里。

他嘴角微勾，说："在保证安全的情况下，你先不要走，立刻报警。"

Steve 懂了，赵旭光必死无疑了。

警车的突然出现让人慌了神。好在 VIP 包厢都在比较深的走廊尽头，跑进跑出的人并没有注意到这血淋淋的一片。

临走前，程骏在一具尸体里放了点儿东西，然后，趁着众人不注意，将谭沫带离了这里。

她坐在他的车上，那本该熟悉的俊颜却显得特别遥远。

天上不知何时开始密布乌云，没有了月光，浓郁阴暗的黑暗无边无际地袭来。

"你这些年……去了哪里？"她不知道她的声音听起来有多抖……

他可怕的身手、冷静的头脑和果断的判断力都让谭沫震惊。

程骏唇畔忽而闪过一丝笑："害怕我吗？"

谭沫交握的手有些惨白。

他没有正面回答她的问题，反而是问她。

她挺直身子，想平稳一下自己的情绪，让自己看起来更有底气一些，问："你去了哪里？"

终于，在她执拗的目光中，他回答她："去了让我变成现在这样的地方。"

他说话的时候，没有看到谭沫眼睛里闪过的泪光。

她明白了为什么每次程骏单独和她在一起的时候才会叫她"沫儿"。那是他在告诉她，他此时此刻是以前的他。

而当他叫她"谭小姐"或者"谭沫"的时候，那是他在告诉她，他已经不是以前她认识的那个程骏了。

心在慢慢抽痛，这么多年，她以为变得只有她，如今才发现，她根本没有资格说这句话。

程骏……程骏哥哥……

程骏并没有把谭沫送到刑侦厅的宿舍楼下，他把车停在了离那儿不是很远的空地上，清凉的嗓音混着阴郁的夜风，在黑暗中让人莫名心悸："今晚看到的所有，希望你明天就可以忘记，回去吧。"

谭沫紧了紧领口，低低的声音传来："你打算……什么时候收手？"

俊颜上忽然闪过一丝浅笑："不劳烦你操心，照顾好你自己。"

她知道他什么都不会告诉她。

她沉默着下了车，目送他的车疾驰而去，谭沫觉得自己的腿有千斤重，忽然，手机铃声大作，萧宇的声音透着紧张："小师姐，你在哪儿？凤凰那边出事了，你还在那边吗？我正赶回去呢。"

谭沫清了清嗓子："没有，我已经回来了，就快到宿舍了。"

"那就好，吓死我了，差点儿以为我不能交差了。"

谭沫当时并没有搞懂这句话的意思，直到在宿舍楼下，看到一个瘦高的身影，她才明白萧宇为何会这样讲。

路灯昏黄暗淡的光线照在他身上，把他的影子在雪地上拉得好长，他低着头，靠在墙上，黑色的大衣衬得他高挑出众，清俊如画的眉目在这夜里显得宁静而美好。

眼睛忽然有些酸涩，谭沫跑了过去，鞋子踩在雪地上发出的声音惹得洛涵抬头。

她长发素颜，真实地出现在他面前。

原来想念是如此深切。

她用力抱住他，整个人埋在他怀里。

洛涵的唇角微微勾起来，调笑她："就这么想你的夫君？"

夫君？他们还没结婚呢……

她在他胸前蹭了蹭。

洛涵皱眉,她竟然是在摇头。

他语调咄咄逼人:"不想?"

谭沫弱弱应他:"想……"

"我下了飞机,直接来到这里,却发现你不在。跟萧宇联系过,才知道你去了酒吧。"他搂着她的胳膊更加用力,"谭沫,你去酒吧干什么?体验生活?"

她贴在他怀里,不说话。她的手伸到他的外套里,环住他的腰。

感觉到她的不对劲儿,敏锐如洛涵瞬间明白能让谭沫的情绪如此波动,应该是因为一个人:"和谭熙有关?"

她没作声。

洛涵轻轻叹口气,语调清浅,听不出他的情绪:"我的女朋友每次掉眼泪都是因为别的男人,不知道这是好还是不好。"

"我在酒吧里见到了Jason。"

黄珊珊的男朋友?黄家的准女婿?

果然,洛涵在滑雪场看到他就觉得他和谭沫的关系不一般。"嗯,继续。"明明在乎得要命,却表现得云淡风轻。

"他其实叫程骏,高中的时候,是我哥哥的朋友。"她的声音闷闷的,补了一句,"也是我的好哥哥。"

洛涵轻咳一声,那个程骏明显喜欢着他怀里的这个丫头,算了,当事人没有察觉是件好事。

"他……他现在……好像谭熙。"呜咽的声音里满是悲伤的情绪。

"他们是两个人。"洛涵揉了揉谭沫的头发,"我知道你一直为谭熙的死而愧疚。但是,那些都是过去的事了。"

"不是,他真的好像我哥哥,说话的语气,那些小动作,和我在一起时的感觉……"她离开他的怀抱,仰头看他,澄澈的双瞳里闪着晶莹的泪光,"他……为了我和我哥哥……"

眼泪止不住地往下落,洛涵从怀里拿出纸帕,帮谭沫擦眼泪:"为了你和哥哥,他做了什么?"

"他……应该是参与了黄家的毒品生意……"

冰雪般俊美的容颜上忽然闪过一丝冷谲，洛涵面上淡淡的，可此时大脑里却开始分析各种可能性。

"证据。"

她这样讲一定是看到了什么。

"刚在凤凰酒吧，他遭人暗杀。"

夜风冷冷地吹过，她定定地站在他面前，说："虽然我不知道想要杀他的人是谁，可是这次他们来这里，就是因为黄家要出口到国外的画里发现了毒品。这之间一定有联系。"

洛涵微微眯起眼睛，他墨黑的眼眸像是凝了霜雪，如果程骏是为了谭熙而深入虎穴，他没有想过要怎样脱身吗？黄家，RT……

他是 RT 的人？

洛涵帮谭沫把围巾系好："先进去吧。"

恐怕谭沫刚刚说的那个凤凰酒吧，现在已经乱作一团。他要去看一下，如果程骏真的是 RT 的人，那他后面的……

洛涵神色疏淡，看着谭沫脸上还有浅浅的泪痕，微微低下身子，漆深的眼瞳锁住她，缓缓道："谭沫，有点儿自觉，你是我的女朋友，不准再为别的男人哭泣。"

光线明暗交错，他英俊如太阳神般的俊颜在她眼前放大，他的霸道让她的心里很温暖。

忽然，紧抿在一起的粉唇扯了个浅笑："如果是为你呢？"

洛涵嘴角浮现若有若无的笑意："你觉得我会允许这种事发生？"

俊雅的轮廓剪影映在雪地上，她的心因为他的话而乱了节奏，一直以来总是很被动的谭沫莞尔一笑，她伸手揽过他的脖子，整个人向前，吻了上去。

她还没有告诉他：她好想他……想得……在梦里梦到他……

低着身子的洛教授因为这突如其来的吻而僵硬在原地。

"谭沫。"低沉的嗓音如天籁般在她耳边响起。

"嗯？"

四目凝视，彼此的眼中只有对方。

"我很认真。"洛涵顿了顿,一只手扣在她的腰上,另一只手帮她拨过耳鬓的碎发,遮蔽月亮的云终于散去,清冷的月光照在他的脸上,如工笔勾画的潇朗轮廓越发不真实。如此近的距离,他身上的那股青柠香紧紧将她环绕。

"我喜欢你,很喜欢,非常非常喜欢,喜欢到快要失去理智。当我清醒过来的时候,我已经离开B市到了这里。你能懂吗?"乌黑的如宇宙深处的眼眸好像有股漩涡就要将她淹没。

谭沫看着洛涵的眼睛,那么漂亮的眸子,里面满满的都是自己。

她重重点点头:"嗯。"

谭沫自己回到宿舍,刘静没在,她给萧宇打了个电话:"你们在哪儿?"

"我们都在凤凰这边。我也是刚到。真是太惨了!"萧宇是第一次见到这种场面,在遍布尸体的包厢里,他都不知道将脚放在哪儿。

"谭沫?"接过电话的是这边刑侦一队的张大队长,"你现在看一下宿舍那边还有没有人,估计有几个刚没听到电话,把他们都叫过来,这边人手不够。"

谭沫挂了电话,开始去宿舍叫人。大家开着警车往凤凰那边赶。许是走得太急,剩下了两个女孩子一辆车。

谭沫硬着头皮坐在了驾驶座上,副驾上的小姑娘今年毕业,开车的技术还不如谭沫。

两个人跟着前面的几辆车,因为路面上还有些雪没有清扫干净,谭沫开得有点儿慢,不一会儿,就被落在了后面。忽然,不知道是扎到了什么,车子狠狠地晃了一下,然后车身向旁边倾斜。

"于莹,你在车上等我一下。好像是车胎爆了。"

"小谭姐,我和你一起吧。"

"外面太冷,你等我一下。我看看能不能换,不能的话咱们两个再和大部队联系。"说着谭沫下了车。

凤凰不在市中心,她们现在停的位置没有路灯,谭沫拿出手机,黑漆漆的一片,她摸索着蹲下身子。

坐在车里的于莹有些困倦,为了提神,她拿起手机开始浏览起了微博。

看了好半天,发现谭沫还没上来,她摇下车窗:"小谭姐,怎么样?修不好的话我给他们打电话了啊。"

已是深夜，空荡荡的路上没有回应。

于莹的心猛然一缩："小谭姐？"

周围死一般安静，于莹下车："小谭姐，你在哪儿？别吓唬我啊。"

她颤抖着按下谭沫的手机号码。

清脆的铃声响了起来，一部小巧的女式手机孤独地躺在地上。

于莹觉得心跳不能控制地在加速，她浑身发抖地捡起那部手机，按下了拒接键，自己的手机传来了忙音。怎么可能？她怎么可能会凭空消失？

于莹给同是 B 市来的萧宇打了个电话，也许他知道她会去哪儿。

"于莹？"他们的号码都是刚来这边的时候存下来的。萧宇的第一反应就是和她并不熟。

"萧宇……小谭姐……不见了！"声音里难掩的哭腔让拿着手机的萧宇愣在了原地。

小师姐——谭沫，不见了！

Chapter22 谁绑架了谭沫

谭沫醒来的时候，发现自己躺在一张床上，手和脚都被绑了起来。屋子里很暗，没有窗户，她眯了眯眼睛，还是什么都看不清。

她仔细回想自己是怎样来到这里的，可是头却痛得厉害。

记得当时车胎爆了，然后她拿着手机去检查，在她蹲下去之后，忽然有人从背后用手帕之类的东西捂住了她的嘴，再后来，她就不记得了……

她……被绑架了？

谭沫愈想愈觉得奇怪，她并没有招惹什么人……难道是在凤凰酒吧被人盯上了？

不应该，她不是刚刚和程骏一起从酒吧出来？

程骏？

谭沫觉得胃有些抽痛，整个人蜷在床上，现在这种情况，她该怎么办才好？

不知道过了多久，也许外面早已天明，也许又到了日落之时，她不见了，洛涵一定很着急。

谭沫已经失踪一整天了，洛涵整个人陷进沙发里，一言不发，他握着她的手机，深邃的眸子仿佛结了冰霜一般。

"你当时真的什么都没看到吗？"萧宇看着一直在哭的于莹又问了一遍。

"真的什么都没有，当时小谭姐说她去看一下车胎，过了几分钟，我去叫她，那时候人就不见了。"于莹边说边擦着眼泪，显然没有说谎。

"旁边有没有什么车子之类的路过？"张队问了一句，他已经和B市那边的刑侦厅联系了，路队得知洛教授人也在这边，提着的心稍稍安稳了点儿，但是已经一整天了，任何关于谭沫的消息都没有，他已经做了过来这边的打算。

"好像没有，"于莹支支吾吾地回答，"当时我在看手机，所以，没有注意……"

"你大约看了多久？"沉默的洛涵终于开了口。

"有十多分钟吧。"

十分钟的话……

谭沫明显是被人绑架走的。她从酒吧回来的时候有程骏送她，但是她独自走了一段路。那一段并没有人袭击她。之后她和其他人一起前往凤凰酒吧，分组的时候也是随机的，他们怎么就会这样有把握她会和于莹一辆车，并且车胎爆掉后还是她下车检查？

这一切只能说明一个问题。绑架她的人并不是一开始就有这样的预谋。

那绑架的目的是什么？财？色？或是把她当作筹码？

洛涵深深吸了口气，他起身和众人打了个招呼："我出去一下。"

刘静看到这种情况，凑到萧宇身边问他："来的这位洛教授和小谭是什么关系啊？"

"家属。"萧宇看着洛教授的背影应她。

洛涵一袭黑色的大衣站在雪地里，整个人清俊挺拔，他用谭沫的手机给慕荷拨了个电话。

虽然已是深夜，但慕荷马上接了起来："沫儿，这么晚找我有事？"

"我是洛涵。"

刚回公寓的慕荷放下外套，问："怎么回事？"

洛涵清凉的嗓音里隐忍着淡淡的情绪："有点儿事要问你。程骏这个人你了解吗？"

难道是被发现了？然后……洛教授吃醋了？可是听他的语气并不像。慕荷说："他是谭沫哥哥的朋友。"

"他有多喜欢谭沫？"洛涵很平静地问道，可这句话却让电话那头的慕荷听得心弦微颤，这人真是如此敏锐。

虽然分析得出的结论很有可能是非预谋绑架，但是，如果作案的人是程骏，那很多不合理的地方就可以解释得通。

"我在问你。"洛涵冰凉的声音里没有丝毫感情，慕荷心中五味杂陈。

"沫儿并不知情。"慕荷其实一直不想和别人说这件事，但是洛涵的态度强硬，显然也瞒不过他。

"我知道，"洛涵继续说道，"我在问他喜欢谭沫的程度。"

慕荷给自己倒了杯水，摇晃的水面掩藏不了她发抖的双手，她轻轻叹了口气。

洛涵，你一定要知道，那就不要因此去对比程骏和你对沫儿的感情了。

"他喜欢她，喜欢到为她放弃了他所拥有的一切。"慕荷淡淡的语调中有着不可名状的悲伤。

洛涵墨似的双眸瞬间蒙上一层寒霜。"嗯。"他示意她继续。

"谭沫的哥哥去世后，谭沫消沉低迷了几个月，她不去上课，也不离开房间，每日的三餐都有人送到她的卧室，她不开口讲话，那近六个月的时间里，她瘦得吓人。所有去看她的人都被她挡在门外，只有我能进去，但是，她只是呆呆地坐在床边，看着一张照片，我进来她看我一眼，我离开，她仍旧只看我一眼。你也许不知道，我和沫儿的关系，就像一对双胞胎。她从没那么冷落过我。"说到这里，慕荷的眼睛有些酸涩。

"她父母为她请了心理医生，但是心理医生连她的房间都进不去，他们知道这种事不能强求，便找了我来陪她。但是我发现我在她身边同样没有作用。后来，谭熙的朋友程骏来了家里，不知道他说了什么，谭沫跟着他迈出了房间，他们两个人在谭熙的卧室里待了整整两天，后来，程骏离开后，沫儿忽然像变了个人一样，开朗了，饭量也大了一些。只是她坚决要求，她要跳级，去念高中，去谭熙的班级。"

洛涵握着手机的手有点儿僵硬，不知道是因为天气寒冷还是其他，他神色疏淡，说："嗯，我在听。"

"然后谭父谭母为她请了家教，让她在家里念了两个月书，之前，从来没人知道谭沫会这样聪明，她在学校的成绩一直平平，也从未表现出超人的天赋，可是，那两个月后她顺利插班进入了谭熙的班级，也就是和程骏成了同学。当时我并不希望她跳级，和自己不在同年龄段的人在一起，不利于她的情商发展。"

"嗯。"洛涵早就领教了谭沫这方面的"低能"。

"她不和班级里的同学一起玩，每天都是一个人，就连和谭熙关系最好的程骏也不能走进她的世界。"

"谭熙不是我关心的重点。"洛涵俊颜清冷，"放弃一切是指什么？"

慕荷沉默片刻，微微仰头，不让眼睛里的液体流淌下来，声音里有小小的颤抖："他放弃了程骏这个身份。他临走的时候只是和我说，他会让谭沫变回以前的样子，并且拜托我好好照顾她。"

"接着他就消失了？很多年？"洛涵将慕荷的话补全。

"嗯。直到最近，我才再次见到他。"

"你和他现在没有再联系过？"洛涵终于扯到了终点上，显然这不是他的一贯作风。

"没有了，他说放弃程骏这个身份的意思就是让我将他当作陌生人。"

洛涵轻轻舒了口气，隐忍多年的爱不会在一日内莫名爆发，程骏应该不是绑架走谭沫的人，但是，他和谭沫的失踪肯定脱不了干系！

"你为什么拿着沫儿的电话问我这件事？"慕大神不是那么容易被糊弄过去的。

为了不让她担心，洛涵撒了个谎："情敌出现，我当然要一万个小心。不说了，她已经睡了。"

已经睡了？

沫儿这么快就被……

慕荷抚了抚额头，声音里有警告的意味："洛涵，你最好对沫儿好一点儿，否则，以程骏的实力，从你手中抢走她并不难。"

慕荷，恐怕这种话你也没什么时间再和我讲了，当姜永恩那个小子回来后。

天亮后洛涵和萧宇同几名刑警再次去到了谭沫失踪的地点，天飘着小雪，很多痕迹都被掩盖起来。洛涵蹲下身，在地上摸着什么。

"洛教授，你在找什么？"萧宇弯腰问道。

"我想知道车胎是如何爆掉的？"

如果地面上没有太尖锐的物体，那么就是子弹打爆的车胎。通常的手枪想做到这一点，起码距离要在60米内，而且不是所有手枪都有如此能力，那就意味着绑架谭沫的人在武器、射枪水平上，都高于常人。会是RT的人吗？程骏那家伙到底是怎么混进去的？

谭沫是因为胃痛而醒来的，屋子里仍旧很暗，她挣扎着坐了起来，整个人向后靠，倚在床头上的背有些疼，这时，门被推开了，透过依稀不明的光，一个高挑的女人向她走来，她的头发很长，走路的姿势娉婷而美好，待她站定在谭沫面前，谭沫的心猛地一颤，她试探着开口：“黄珊珊？”

女人露出一丝浅笑，她疼惜似的摸了摸自己的脸，说：“记忆力不错哦，谭小姐。可惜，我不是黄珊珊。”

不是黄珊珊？

谭沫绝对不会记错这张脸，她轻咬嘴唇，目光里的不平静泄露了她此时的情绪，来的女人坐到她身旁，仔细端详她，半晌，她忽然笑出声：“真是漂亮啊！怎么办？连我都心动了呢！”

谭沫看到她略显兴奋的笑容，不动声色。这个和黄珊珊长得一模一样的女人到底是谁？她的表情里明明写着厌恶，却表现出一副喜爱的模样。

密闭的房间只从门缝那边透过淡淡的光，面前的女人笑得如此邪魅。她挑起谭沫的下巴："记住，下次再见到我的时候，叫我 Katy（凯蒂），我不是黄珊珊那个蠢女人。"说完，她将放在门口的简单的食物端了进来，摆在床上，“吃吧，我不希望你是饿死的。”

她送来的是牛奶，插着吸管，谭沫将头埋在膝盖里，思路有些混乱，但是能确定的是，绑架她的不是程骏，显然程骏对这件事并不知情。但是，那女人对她明显的敌意一定是来自对程骏的爱慕。

她是怎么知道程骏和自己的关系的？为什么要选在这个时候绑架自己？是什么因素刺激到了她？

胃痛得厉害，谭沫费力地开始喝牛奶。冰凉的液体混着一股酸涩流进自己的身体，谭沫低着头，乌黑的长发散落在肩上，她根本无法用这副憔悴虚弱的身体逃走。她想，怎么办？洛涵，我该怎么办？

琉璃的灯饰，巨大的沙发，男子斜卧在上面，Katy 坐在 Jason 身边，说：“少爷，赵旭光的案子结束后我们就回美国吧。”

Jason 假寐着没有答她，Katy 轻轻靠在他的腿上：“黄氏的资产我们都已经转移得差不多了，现在进行操作的都是我们 RT 的人了，我们不在这边也不会影响这里的生意，况且，美国总部那边一直催您回去。"

"我自有打算。"良久，Jason回了她一句，他坐直身子，漆黑的眼瞳看着她，"你不要替我做决定。"

Katy忽然跑到他面前，声音不似以往那般温柔："少爷，为什么我不可以？"

Jason居高临下地看着她："讲清楚。"

Katy仰头，面前的男子伟岸英俊，她从五年前第一次见他，便认定他，不顾父亲的反对执意要待在他身边。

"你喜欢的到底是哪张脸？"坚定而执拗的眼睛望着他，没有一丝后悔。

"Katy，做你自己就好。"Jason眼神冷漠地睨了她一眼。

迷魅的轮廓剪影映在她眼中，却那么疏离而遥远。

"少爷，您不要逼我。"

Jason的眼睛微微眯起，但是很快恢复了平常，他伸手拍了拍她的肩膀："你已经很好了，对我而言。"

"那……这么多年为什么看不到我的努力？"

他那么聪明，她不信他不懂自己的心意。他以为他能有今天的位子，完全都是靠他自己吗？如果没有她。

"还是说，你的心里一直都有别人。"试探的语气最后变得笃定，Jason略显僵硬的表情一闪而过。Katy不依不饶："在凤凰里和你一起逃走的那个女人到底是谁？"

最后这句问话让程骏的心猛然一颤，但神色如常，他静静地立在她身旁，没有言语，然而冷冽的气场紧紧缠绕上来，深如浩渺宇宙的眼睛看着她，最后缓缓道："我并没有必要告诉你。"

仅一句话，让Katy沉默了。

细密的长睫下那黑色双瞳里此刻写满探究，程骏知道Katy不会这样鲁莽地问他这种事。

心在慢慢抽缩，这就意味着：谭沫……很有可能被她盯上了。

Katy看着Jason离开的背影，目光里露出深深的愤怒，攥紧的拳头上青筋暴起：那我会夺走你所爱的，让你最后无法选择。

程骏离开后回了自己的房间。

前几天他们一直住在酒店的总统套房里，最近，这间闲置的别墅被重新收拾好，Steve他们随着他住了进来。这间坐落在高地上的别墅是Katy很久以前买下的。他当时并没有多问。脚步有些急，他需要确定谭沫现在的情况。程骏伸手摸出手机，有一个号码他早已烂熟于心，却一直没有勇气拨出去。

他发了条短信：还好吗？

没有署名，简单的三个字却包含他所有想表达的情绪。

拿着谭沫手机的洛涵正坐在椅子上喝着今天的第六杯咖啡。刑侦厅这边仍旧没有谭沫的消息，她像是从未来过这世上，没有任何痕迹。

振动的手机拉回了洛涵的思绪，是陌生的号码。

他盯着那条短信，果断地回了一条：你是谁？

生硬的语气，依程骏了解的谭沫是不会这样说话的，那回复他的人……不是谭沫？

心头微震，程骏回道：哥哥。

聪明如洛涵瞬间猜到了这个陌生的号码应该就是程骏。他为什么会在这个时候发一条这样的短信？不过可以肯定的就是他没有绑架谭沫。

不管程骏是出于什么原因，洛涵只打了四个字：她失踪了。

良久，对方也没有回复，一向冷静的洛涵也有些焦躁，他起身到走廊里，来回踱步。他不回复他，可能是因为情况不方便，也可能是因为他看到了什么。

洛涵发白的指尖始终没有离开通话键，他跑进屋内，问："能不能帮我追踪这个号码的位置？"

"洛教授，只有在保持通话的时候我们才能追踪到他所在的确切位置。"

张队看到洛涵略紧张的神情，关切地问："怎么？有线索了？"

墨玉般的双眸深如暗夜，清冷的嗓音："希望是。"

现在，他竟然希望从程骏那里得到消息。

程骏稳了稳呼吸，谭沫竟然失踪了！

想到刚刚Katy的神色和言语，他的手不自觉地紧紧握在一起，谭沫的失踪恐怕与Katy有关系。

她会把沫儿藏到哪里？

心跳渐渐加快，他不确定这些房间是不是装了监控或者窃听器，这是Katy

的别墅。谭沫失踪了,那拿着她手机的人有可能是洛涵他们,也有可能是Katy。他需要确认对方的身份。仔细地扫视整个房间,斟酌片刻,他拨了谭沫电话。

接通了,电话两边都没有声音。

程骏咬着嘴唇,他不能先开口。这个号码Katy他们是不知道的,如果手机真的是在她的手里,他就不能开口。

终于,低沉的男声透过听筒缓缓传来:"我是洛涵。"

程骏松了口气,直入主题:"她可能在这里。地址发给你,但是,不要轻举妄动,等我消息,牢记!"说完便挂断了电话。

程骏将别墅的地址发短信给了洛涵,然后他去厨房倒了两杯红酒,前往Katy的卧室。

那个女人,为了更好地得到黄氏的家业,她杀了黄珊珊,并将自己的脸整容成黄珊珊的。

如果谭沫真的落在了Katy的手里……

点点的星光落在走廊的地毯上,他觉得身上泛起阵阵凉意。

Chapter 23 逃离虎口

Katy 房间的门虚掩着，程骏推门进去将红酒放到桌子上，她没在。

环视整个房间，墙壁的灰色调让人觉得有些压抑，大红色的窗帘很是刺眼，他站在房间中央，手插进裤袋，这间屋子不知道有没有装监控，RT 的人有一种习惯，对于所处的环境一直都进行高度的监视，以防叛徒。

程骏轻咳一声，没人应他。这么晚，她会去哪里？

此时墙壁内侧的密室内，Katy 坐在谭沫的对面，目不转睛地看着她："Jason 为什么会如此迷恋你？"她把谭沫的外套剥掉，放在臂上，谭沫只穿着一件短衫，单薄瘦弱的肩头在轻微抖动。

"冷吗？没关系，等一会儿你就不会有这样的感觉了。"

谭沫平静地回视她，眼睛里没有泄露任何情绪。她想尽力控制自己不去发抖，却发现根本做不到。

"RT 里的美女不少，可 Jason 从为因为某个女人而动心，这次却不同。"Katy 忽然起身，坐到谭沫的身边，伸手挑起她的长发放到鼻尖嗅了嗅，"他和 Steve 一起去凤凰，如果不是我跟在他们后面，我根本就不会知道他和你……"Katy 故意用小手指将谭沫的头发缠绕起来，"关系那么亲密！"Katy 狠狠地拉过谭沫的头发，使得谭沫整个身子向她的方向倾斜。

"我和他并不熟，在凤凰只是偶遇，我是和我的同事一起去的。"谭沫的声音很稳，虽然之前有怀疑程骏和 RT 的关系，但是从 Katy 口中验证了这个消息后，心里还是微微难过。她需要和程骏撇清关系，不仅仅是为她，也是为他。

"呵呵，偶遇？邂逅？那你要怎么解释他为你血染凤凰？又怎么解释他送你回去？"她倏尔逼近，一股刺鼻的香味猛然传来。

谭沫皱了皱眉头，原来从凤凰开始，她就盯上了她。

Chapter23 逃离虎口

"为我血染凤凰?"

"够聪明啊,我越来越舍不得杀你了。"Katy玩弄着谭沫的长发,细声细语,"暗杀的人确实是赵旭光派去的,可是里面也有我的人。"

"他们的目标不是Jason,而是——你!"Katy松开绕在指尖的头发,"可惜,全被Jason杀掉了。"

她的人……她可以如此短的时间内就召集那么多的人?

谭沫不语,心思却渐渐凝重,这个叫Katy的女人的身份,愈来愈让她怀疑。能跟踪程骏而不被发现,和程骏的关系又如此紧密,在黑夜中能让她的车胎爆掉,将她藏在这里没有第二个人知道……

混乱的思绪在分析中慢慢清晰。谭沫抿着嘴唇,直直看着她,这个时候恐惧好像正攫住她的喉咙,呼吸有些困难。

"谭沫,你应该觉得荣幸,能死在我的手里。"Katy一边说着,一边起身,挑起她的发尾狠狠嗅了嗅,"没了你,Jason自然会选择我。"

房间又恢复了完全的黑暗,谭沫蜷缩在床上,不知道今天是她失踪的第几天,这里让她没有了时间概念。已经是晚上了啊……她将头埋在膝盖间,刚刚的信息冲击让她的胃再次纠结起来。

程骏和RT?

RT是她还在美国工作的时候就接触到的世界上最神秘和残忍的毒枭集团之一。程骏为什么要去接触毒品?还深入这样的组织里?他原本是那么阳光的一个人,现在却狠厉得杀人不眨眼。

心开始狠狠地抽痛,一切在电光石火间融会贯通,清晰明了:毒品,为了谭熙吗?是为了她哥哥吗?

乌黑的长发将谭沫瘦弱的身子裹了起来,簌簌的眼泪止不住地往下落,心头的那些疑惑渐渐明朗。他不告而别的这些年,去了把他变成现在这个样子的地方,都是为了她哥哥!

如果当年她没有害死谭熙,程骏就不会走今天这条路。现在这种情况,他还能回头吗?

强烈的罪恶感如同海啸一般将她席卷,身体在微微颤抖,"对不起"三个字不受控制地从口中溢出。

她觉得头好晕，身子好像正渐渐发烫，想到刚刚 Katy 逼她喝下去的东西，她抓着仅存的理智：那里面混了什么药？

黑暗中，是不是死神在悄然逼近？可是，她不想死，她不想留下洛涵一个人……

不知道过了多久，门被推开了一条细细的缝，浅淡的光透了进来，低沉而急促的脚步声惹得谭沫努力睁开眼睛。

"程……骏？"昏暗的光线照在他脸上，勾画出英俊的轮廓，他将外套脱下来裹在她身上，他轻轻拍她的脸："沫儿，醒醒，再坚持一下。"

那精致的五官在眼前放大，谭沫怔怔地凝视他，容颜清俊如昔，阳光般的笑容却不复存在，眼泪在见到他后"唰"地滴落。

"哥，对不起。"

程骏扶起谭沫的手有片刻的停滞，胸口处仿佛正经历着岩浆的炙烤，多年来的辛苦和隐忍，因她一句话接踵而至。他那双澄黑黯然的眼眸写满了沉默，时间好像在这一刻静止。

"嗯，我知道了。"程骏迅速抱起谭沫，她身上的温度很高，虚弱的谭沫抓着他的衣襟不再讲话。只是，他能感觉到那温热的眼泪正簌簌而下。

Katy 此时在床上正睡得香甜，程骏轻手轻脚地将谭沫带到了车库。将她放在驾驶席上，稳重冷静的程骏语调中也难掩紧张与担忧："沫儿，清醒点儿，现在你必须自己开车出去。我已经帮你把导航设置好了，你按照那个线路一直开下去，洛涵他们会在那里接应你。一旦 Katy 发现你不在，这辆车对你来说就不安全了，她可以追踪到你，所以你必须尽快到达目的地。衣服口袋里面有手机，你随时和洛涵他们联系。"

谭沫点点头，脸色煞白，呼吸也愈来愈重。可是她还没有忘记他："你怎么办？"

"我没事，不要担心。等我消息。"程骏的嘴角爬上一抹温煦的微笑，最后，他也没能对她说出口，他一直最想说的话。

一句"等我消息"，成了谭沫和程骏彼此间最终的约定。

黑夜中，星光疏淡，皑皑的白雪将路面掩盖。别墅的位置很奇怪，或许是

Chapter 23 逃离虎口

因为谭沫正在发烧,她觉得这里好像远离市区,一切静谧得骇人。

握着方向盘的手越来越没有力气,可是GPS(全球定位系统)上,她离最终的目的地还有一大段路程,她摸了摸外套的口袋,找到了手机。她将车子停在路边,给洛涵拨了电话。

马上就被接了起来,洛涵清凉的嗓音那般熟悉和温暖:"喂。"

谭沫稳了稳呼吸,便听到他说:"讲话啊,程骏。"

"是我,谭沫。"清浅柔澈,是她没错!

开着车往程骏给的地址前进的洛涵只觉得心里的一块石头稍稍落了地。

"沫儿,你现在开到哪儿了?"

"我也不知道。"她厚重的呼吸声引起了洛涵的注意。

"你怎么了?身体不舒服?能不能坚持?"焦灼的话语里满是担心。

"我不知道……很不舒服……"忽然后视镜里闪过一道强光,谭沫悚然一惊,迅速启动车子,"被人追上了。"

她将自动挡换成手动挡,用尽力气将油门踩到底,握着手机的手止不住地颤抖:"他们追上来了。怎么办?"

洛涵看着前方的路慢慢眯起眼睛,沉着冷静地回答她:"加速开,不要挂断电话。沫儿,想着我就坐在你旁边,不要害怕,相信自己,相信你可以甩掉他们。"

谭沫将手机放好,双手紧紧握住方向盘,心跳得好像就要蹦出胸膛,后视镜里那束强光像一把利剑,时刻就要刺穿她的心脏。

谭沫!坚持住!

程骏刚进到别墅,就看到Katy拿着枪,指着他的眉心,她身旁站的Steve没什么表情,程骏不着痕迹地开口:"这是做什么?"

"少爷,你就那么爱她?"女人的声音在寂静的夜里透着股莫名的迷魅,缥缈却又真实。

程骏微微眯起眼睛,眸光中闪过一丝冷绝,面上却仍旧淡淡的:"我的事,还轮不到你操心。"

"Jason,你是不是忘记了是谁帮你坐上今天的这个位置的?"

程骏的心猛地一缩,但神色自若,俊雅的侧影倒映在地板上,修长的双腿向前迈，慢慢站定在 Katy 面前。

"拿着你心爱的左轮，对准你心爱的我，Katy，你越来越有趣了。"

"不要扯开话题。"说着，她从衣袋里拿出一张照片，"你刚进 RT 的时候，说你曾经是个孤儿，后来被美国的中产阶级领养，那这张照片你如何解释？"

如果她没有抓到谭沫，是不是 Jason 的身份就永远不会被识破？他到底以何种目的进入他们的组织？Katy 的眼眸里满是阴鸷，她那么爱他，让父亲委以他重任，他竟然……骗他们！RT 对叛徒是从不姑息的。

照片上，两个男孩子中间有一个女孩子，青涩稚气的面孔勾起程骏往昔的记忆。

这张照片……沫儿一直带在身上吗？一股暖流涌上心头，这个时候，他应该笑，对不对？

那是情人节后他去谭家玩。他和谭熙在卧室里打游戏，谭沫还没回来。两个男孩子坐在地上，吃着零食，程骏极不经意地提起："我做的巧克力怎么样？"

正喝水的谭熙轻轻呛到，他用肩膀撞了程骏一下："干吗不直接拿给我妹妹吃，还非说是送给我的？"

"不是你告诉的我，说你妹妹不喜欢我吗？"语调中小小的悲凉惹得谭熙大笑。

"校草先生，你什么时候这么没自信了？"

程骏睨了他一眼，说："自信这种东西不是见到谁都能有的，比如咱们两个同时去追一个别的女孩，那时候我是极有自信的。"

谭熙无奈地摇头道："阿骏，你有时候真是莫名地有自信啊……"

程骏一本正经道："当然不是，追你妹妹这件事我就没自信，所以我知道，要先来贿赂你，说说吧，我的情人节礼物你还喜欢吗？"

谭熙起身去柜子里翻着什么东西，一会儿，一本精致的相册出现在程骏眼前。

"沫儿小时候超级可爱，这些都是我的心头宝啊，想着她十八岁的时候，我把这个送给她呢。这些照片她没见过，一些是抓拍的，一些是偷拍的。"谭熙当哥哥的那种自豪感油然而生，翻开相册，指着其中一张照片，"怎么样？可爱吧？"

程骏看着照片上的谭沫，嘴角忍不住上扬：这……真的是那个总是表情冷淡的谭沫？

梳着娃娃头的小谭沫手里捧着一个白瓷碗，里面装着绿油油的葡萄，白皙嫩嫩的小手抓了两颗，正往嘴里送，睁大的眼睛溜溜圆，好像谁都不许和她抢似的，样子要多可爱就多可爱。

程骏故意道："嗯，还不错。"

这么可爱竟然只是还不错？

谭熙又翻到一张，这张是谭沫第一天上幼儿园时的照片，这个时候的她已经初具小美人的模样了，浅蓝色的连衣裙，身上背了一个小小的书包，笑起来像个洋娃娃。

程骏的手有点儿痒，这个时候他就应该把这本相册抢过来，然后整个人迅速闪退！可惜，谭熙那家伙捧着相册，一副防备的样子。

"这是沫儿第一次上幼儿园，很奇怪，她一点儿也没有哭闹，反倒是非常平静地自己收拾书包，铅笔盒，尺子，算草本，都是她自己整理的。"

程骏没有作声，侧耳听着什么，说："谭熙，你听，好像有人过来了。"

"嗯？"谭熙稍稍放下手中的相册，倾身向前，说时迟，那时快，程骏一个用力，要抢过那本相册，谭熙却下意识地攥紧了相册。

程骏离开前，请求谭家的阿姨帮忙拍了张照片，起初谭沫站在最边上，谭熙站在中间，谁知道程骏却提议道："沫儿，你站中间比较好。"

"为什么？"

"你最矮。"

时光这样快，那一幕好像还发生在昨天，程骏看着Katy手中的照片，声音凉薄："如你所见。"

"Jason……你到底是为了什么而进入的RT……"Katy的嗓音里有明显的颤抖，她爱的这个男人，到底为的是什么？

"为了让我爱的女孩恢复她往日的笑容。"

身后的车追赶得很凶，一共有三辆。

谭沫从后视镜里看到有人探出身子，手中持枪。子弹打在路上，陷入雪中，没有声音。她觉得头越来越晕，握着方向盘的手也没什么力气了。

"沫儿，再坚持一下。"手机里洛涵的声音此时听起来缥缈而虚幻。

洛涵……

此时开着车的洛涵正前往谭沫的位置，他就快追上她了！

刑侦厅分了三支队伍，一部分人前往约定的目的地，一支队伍去了别墅，还剩下洛涵他们，正往谭沫的方向赶。

俊逸的脸仿佛结了层冰霜，握着方向盘的手，指尖泛白。清亮的眼睛看着前方，昏暗的路灯混杂着白雪，一道道车辙，伸向远方。

胸中闷闷的，满满的都是一个人的名字，英俊的五官仿若浮雕，冰冷看不到感情。

忽然，车子向左一偏，谭沫整个人根本无法坐稳，狠狠地撞在车门上。手臂上的疼痛让她抓回了一些失去的意识。他们打爆了车胎！

车子还在拖着向前进，"嗞嗞"的声音透过冬夜的寒冷让她全身战栗。

她费力地拿起手机，重重的呼吸声无法掩饰她的恐惧。身后的强光越来越刺眼，她将手机贴到耳朵上，身体强撑着抵住驾驶席的靠背，眼前的景物愈来愈模糊，低低无力但仍旧清浅的声音此刻像一把古琴，每一字都透着缓缓的悲伤咬得极慢，"洛涵……"

"沫儿，我在。"黑色的短发垂在他白皙的前额，俊美如刀刻的侧影映在车窗上，漆深的眼眸看着前方，黑暗中，好像能看到她正在用力地表达。

"我……喜欢……你……"

我喜欢你，简单的四个字，这句话如果不说，她怕再没有机会……

这句话饱含她对他的感情，虽然青涩，但却真实。从不懂爱的她，因为他而慢慢成长，他的喜怒哀乐，他的浅笑和打趣，他的一举一动，都牵动着她的心……她怕不回应他的心意，就再也来不及了。

电话的这头，洛涵沉默了，在这危险的时刻，她的告白显得弥足珍贵，握着方向盘的手因为用力而露出青色的血管。

"喂……你……有没有……在……听？"

"沫儿……"没等洛涵说完，车门被来人打开，他们夺过她的手机狠狠地摔在地上，其中一个人扯着谭沫的头发，将她拽出了车。

"小姐，我们抓到人了。"

坐在沙发上的Katy嘴角浮起一抹魅感而满意的笑，声音清清淡淡："很好。"

"小姐，怎么处置她？"

双手双脚都被绑了起来的程骏被Steve用枪指着头，他看着Katy，眸色中赤裸着深深的敌意，他不自觉地抿紧了嘴唇。

被扔在雪地上的谭沫已经没了力气，眼前的一切早已模糊，只是头上和手臂上传来的痛让她知道自己还活着。

"杀了她。"吐出的这简单的三个字让程骏的心猛然揪在一起，光线明暗交错，打在他的脸上，能看到那抹无法忽视的狠厉。

"进RT的人是我，与她无关。Katy，"程骏的声音柔软下来，"放了她……求你！"

Katy起身，涂着红指甲的手握着手机，向程骏走过去，"Jason，我想你一定听说过，我的双胞胎姐姐被人用炸弹炸死了。"

站在一旁的Steve身子瞬间僵硬，几乎所有RT的人都知道这件事，但是却没人知道详情。

黑色的眼睛里仿佛旋转着昨日的记忆，鬼魅的嗓音极其平静地叙述着这件事："Jason，杀Kelly（凯莉）的人是我。"唇畔的笑容如末日的烟火，昭示着死亡前的最后美丽。

程骏沉着地看着她，清寒逼人的目光里没有感情。

Katy指尖绕着自己的发尾，好像这件血腥残忍的事和她没有任何关系："继承人只能有一个，Kelly擅长各种毒，我擅长各种炸弹，我们两个人中只有一个人能从父亲那里得到继承者的位子。如果我不杀掉她，那么以后死的人就会是我。"

听到Kelly这个名字，Steve握着枪的手不自觉地握得更紧。

Katy站起身子，冲着手机命令道："等一下，没有我的指示不准动手。"接着，她俯身向前，头抵着程骏的额头，说话时那浓烈的香水味好像死死地扼住了他的喉咙。

"Jason，我得不到你，也不会让她得到你，就像那个继承者的位置一样。"她顿了顿，"之前，我以为只要帮你坐上了少爷的位子，你就会娶我，那样即使以后不是我掌管 RT 我也不在乎，可是，现在不同了。"

说完，她冲着手机里下了最后一道命令："杀了她，现在！记得把全尸带回来。"

程骏死死地咬着嘴唇，闭上了眼睛，黑暗中是十二岁的谭沫，不太爱说话，很依赖她哥哥，很善良，对每个人都很友好，唯独对他总是视而不见。

后来她跳级到了他们的班级。她坐在谭熙的位子上目光空洞地望向窗外，从不听课。她趴在桌子上常常一动不动，就那样过一个上午。她喜欢看他们打篮球，因为谭熙是一位优秀的投手。谭熙喜欢去食堂买冰糕，所以，即使天下着小雪，她也拿着冰糕走在雪地上，她总是走得很慢，像思考什么。她穿着谭熙大大的校服，整个人看起来那么单薄。

她体验着谭熙的曾经，她努力把自己融进谭熙的生活，可是，最终她做不到，她永远不能成为谭熙。那时候的谭沫，失去了最美丽的笑容。

再次见到她，在黄家老宅，她穿着优雅华贵的晚礼服，在走廊里步伐匆匆，她在躲避黄宗祥的手下，他搂过她的时候，手不自主地颤抖，这么多年，思念像股洪水，差点儿将他淹没，他轻声浅笑地让她叫他"程骏哥哥"，成不了恋人，他希望能像谭熙那样，以兄长的身份去守护她。

可是，当他见到站在她身边的那名男子的时候，强烈的不安感席卷而来，后来他知道了他——洛涵，RT 列为"需远离"的男人，将会把谭沫占为己有的男人。

嫉妒之火在胸中燃烧，可是他什么都无法做，这是他选择的路，他必须走下去。

在滑雪场，他背着她，就像年少时候的渴望，她趴在他的背上，不言不语，那么安静，安静到他以为会和她一直走下去。可是，洛涵的再次出现打破了他的所有幻想。他虽然不喜欢他，却知道洛涵确实会给谭沫带去幸福，那是他做不到的。

程骏闭上眼睛，控制着眼泪不要落下……

拿着手机的是 Katy 的亲信之一 Mike（迈克），他将枪上好膛，眯起眼睛，瞄准！

"咻"的一声！鲜红的血从太阳穴处流出。

洛涵拿着枪，定定地站在雪地中。寒冷的风吹起，掀起他额前的碎发，黑暗中，他像死神一般站在那里，强大的气场让人胆寒，瘦高的身躯仿佛闪着微弱的金色的光。他连续发枪，持枪的手有些发白，RT 的几个人纷纷倒地。还坐在车上的人瞬间反应过来，他们将车灯打亮，不远处，能看到一辆车和一个身材颀长的男人静静地立在前方。

他们将油门踩到底，向他冲过去！

只见洛涵一个侧身，单手一撑，越过车的前身，以车子为掩体，向剩下的那辆车开枪。暗淡的光线与压过雪的"吱吱"声交织，他的枪法准得吓人，只见那辆车三只轮胎被打爆。车子不稳地前滑，几个壮汉从车子上跳下来。

无声的血腥四处弥漫，在洛涵之后赶到的刑警好像都能从这空气中感受到让人毛孔发冷的阴戾狠绝。

他深如漩涡的眼睛盯着剩下的三个男人，按动扳机，准确无误，直中他们的眉心。

躲在后面车子里的萧宇只看到几个壮汉毫无预兆地倒地。

洛教授的枪法简直和狙击手是一个水准。他只能看到他的背影，却觉得那里散发着可怕的气息，让人却步。

刑警们跟了上来。洛涵收好枪，抱起躺在地上已经意识涣散的谭沫，他轻轻拍她的脸，扣在她腰间的手愈收愈紧："沫儿，醒醒。"

没有回应他，她只是无意识地抓着他的衣襟，口中呢喃着他的名字："洛……洛涵……涵……"酸涩从眼底渐渐升起，他将她拥进自己的胸膛，好像要将她嵌入自己的身体，他揉着她的头发："谭沫，醒醒，不要睡着，和我讲讲话。"

她烫得厉害，脸颊漫着绯红，不成句的话却坚定地一定要说完："救……救……我……哥哥……"

Chapter 24 幸福在降临

程骏被关在别墅内的那间密室里。

Katy 稍稍蹲下身子，与坐在床上的程骏对视："Jason，如果你早一点儿娶了我，或许就不会走到今天这一步。"

"Steve，这里就暂且交给你了。"说完，Katy 扭着腰身离开了密室。

程骏靠在床上，双手双脚都被绑了起来，俊颜上没有一丝明显的情绪。

"少爷……"Steve 仍旧持着枪，指着程骏。

"别再叫我少爷。"清凉的语调打断了他。

Steve 沉默着不再讲话，这一夜如此漫长。

洛涵将谭沫交给了萧宇，他看着她因为高烧而通红的面颊，声沉如水："萧宇，你先带谭沫去医院。"

"洛教授，那你呢？"

他静默地看着谭沫，心中翻起各种复杂的感情，半晌，回答他："我要去完成她的嘱托。"

刑侦厅的人已经到达了别墅，他们守在外面，安排好了狙击手，张队看到洛涵过来，向他摆了摆手："洛教授，这边。"

"现在情况怎么样？"

冬日的寒冷映着皑皑白雪，显得料峭而寂静。

"里面的情况并不清楚，不过，他们预订了一个瓶子，我打算让我们的人替掉派送员，然后混进去。"

"RT 的人现在有过来支援吗？"洛涵看着前面的别墅，低声询问。

"目前没有得到这样的消息。"

洛涵清俊淡定地开口："等一下，进去送瓶子的人，加我一个。"

他进行了简单的乔装，穿上防弹衣，戴好口罩和帽子，微微低着头，跟在另外两名刑警的后面。

迎他们进别墅的正是——"黄珊珊"！

她看着被抬进来的箱子，清秀的容颜上显出难掩的兴奋："帮我把这个抬到楼上吧，谢谢。"温和有礼，和刚刚那个狠绝的Katy简直判若两人。

箱子没有被拆开，放在二楼她卧室的门口。

"嗯，可以了。"

洛涵眼角余光一闪，想必就是这里，关着程骏的地方。

她要这个瓶子是做什么？忽然，一切线索在脑中融汇夹杂，清晰明了！

箱子里的容器大得可以装下一个成年人，应该是为程骏准备的。

漆深的眼眸里好似覆盖着冰霜，洛涵看着表情愉悦并带着狠厉的"黄珊珊"，长眸轻敛，显然，这个女人并不是真的黄珊珊。

就在Katy准备送客的时候，整个别墅狠狠地震了一下——是炸弹？

如地震一般的摇晃阵阵传来，Katy像是反应过来什么，冲进房间，打开密室的门：Jason和Steve都不见了！

回头，刚刚送瓶子的那三名派送员也不见了人影！Katy眯起眼睛，鲜红的血丝充斥着双眼，她掏出放在腰间的枪，尖声嗤笑："Jason，你逃不掉的。"

爆炸仍在继续，惊天动地，整幢别墅岌岌可危，守在外面的张队听着里面的声音，握着枪的手不自觉地握紧。

"张队，怎么办？我们要不要冲进去？"一名刑警问道。

"不行，太危险了。"

"可是，咱们的人还在里面呢！"

"我说了不行就是不行！"

黑夜里，眼前是火红的一片且愈来愈凶猛。

"叫消防车！"

"你们先逃出去，这里……"洛涵被烟呛得咳嗽一声，"快不行了。"

两名刑警点头示意："洛教授，你呢？"

"你们先走！"

火舌淹没了视线，洛涵被挡在了里面。

程骏，你这个家伙！不许死！

燃烧着的大火吞噬了楼梯，烟雾中，洛涵摸到了厨房，他将口罩用水沾湿捂在口鼻上。程骏他要逃走，为什么要毁了这里？

大火弥漫，洛涵的眼神暗沉如夜，他懂了。

程骏那个傻瓜……

为了谭沫，要做到这种地步吗？

别墅的西南角，程骏将最后的炸弹放好，白皙清俊的面容上，布满了灰尘。忽然冰冷的枪口抵上他的后背，Katy鬼魅般的声音好似来自地狱："Jason，你要逃去哪里？"

"Steve帮了你？"那种情况，Jason是不可能自己松绑的，那个该死的瘸子！对Jason忠诚到这种地步？他不知道他是叛徒吗？

"是你逼得我，再见吧，Jason！"说着，Katy要按下扳机。

"嘭"的一声！

那一刻，时间好像静止了！

女人不可置信地睁大双眼，身侧站着一个男人，他费力地呼吸着，高挺的鼻梁上有明显的烫伤——Steve？

腿伤复发，他持着枪走得很慢："这一枪是为Kelly开的。"

火光中，他的眼中充满仇恨："如果不是你亲口说的，我很难相信Kelly竟然是被自己的双胞胎妹妹杀死的。"

他这辈子唯一真心爱过的女人，就那样无缘无故地从这个世界上消失了。

Katy仰着头，心脏在狠狠地抽痛，为什么她们都有人爱？就她没有！

Steve的嘴角勾起一抹邪魅的笑："Bye（再见），Katy。"

说着，子弹穿过她的头颅，发出"呲"的瘆人的声音。

Katy的身子重重地砸在地上，Steve将枪指向Jason，声音里好像有着小小的不舍："少爷。"

程骏转过身，和他对视。

"少爷，背叛RT的人，下场只有一个。这是你很久以前教给我的。"

程骏神色漠然地看着Steve，没有讲话。

"少爷，我帮你是为了杀掉Katy，为Kelly报仇，可是……"他握着枪的手没有丝毫的颤抖，"我一开始就打算，杀了她之后，再杀掉你。对于叛徒，RT是绝不饶恕的。"

听着他的话，程骏忽然笑了，那恣意悠然的笑显得那么温暖。

"嗯。"

Steve举枪，齐眉，稳稳地瞄准。

"嘭"！

房梁上的柱子砸了下来，阻隔了程骏和Steve，程骏一个翻身，捡起Katy的手枪，同样指向了Steve。

两个男人，在这片大火中，彼此僵持，互不相让。

只见程骏的嘴角忽然浮起一抹浅浅的笑，紧接着，Steve还没反应过来发生了什么，头部穿骨的痛便成了他最终的感觉。

洛涵拿着枪，站在Steve的身后，沉稳地，结束了他的生命。

程骏的嘴角动了动，好像对着洛涵说了几个字，接着整个人向后跑。洛涵握着枪的手紧了紧，他没有追上去，只是看着程骏的背影，沉默片刻便向反方向寻找出口。

火势愈来愈大，橙红的火光照亮了天空。

"洛教授呢？"看着跑出来的那两名刑警，张队焦急地问。

那两个人互相看了看，接着摇了摇头。

"轰"的一声，别墅的一角坍塌，那震天响地的声音如同一把重锤敲在了张队的心上。

就在他眼睛酸涩地看着前方的时候，身边有刑警大喊："洛教授！"

一位瘦高的男子步伐矫健地向他们走来，是——洛涵！

谭沫醒来的时候，洛涵正趴在她的床边小憩，狭长的睫毛盖住了他那双冷厉幽深的眼睛，谭沫轻轻叹了口气，伸手抚上他的眉眼。

本就没在深眠的洛涵被她的动作弄醒，握住她的手，语调一如既往地带着些调侃："还动手动脚？"

谭沫笑意盈盈："别趴着睡觉，对身体不好。"

她的手被他牢牢地握在掌中，暖热的体温顺由指尖缓缓传来。

清晨的微光透过窗帘照在他俊秀的面容上，洛涵一本正经道："嗯，是对身体不好。"说着，拉过谭沫的胳膊，人轻轻向上，和她躺在了一起。

谭沫一愣，窝在他胸前不敢乱动……这是单人床啊……

乌黑的秀发包裹着她瘦弱的身躯，洛涵宠溺地揉了揉她的头发，低哑醇厚的嗓音缓缓道："我以为我会失去你。"

昨夜的意识模模糊糊，但谭沫仍旧记得那是一场惊心动魄的战争。

"好在，你没事。"他微微低头，嗅了嗅她的发香，"你当时对我说了一句什么话？我没有听清。"

谭沫缩在他的怀里，那股卓雅淡然的青柠香将她缓缓地缠绕：没听清？怎么可能？

"再讲一次给我听。"

"……"沉默是金！

看她不再作声，洛涵低头在她的眼睛上落下轻轻的一个吻，声音里满是情动："没关系，以后我会让你主动说出来的。"

谭沫忽然想起什么，她摇了摇洛涵的手臂："程骏呢？"

依稀记得他消失在火光里的背影，洛涵长睫轻敛，搂过谭沫的肩膀，语调微凉："我只能告诉你，他没有死。"

他没有死……

她不需要别的，仅这简单的四个字便足矣。

她在他胸前蹭了蹭，强忍着不让泪水落下。洛涵略无奈：他的女人在为他的情敌哭泣，真是头痛。

谭沫回了B市的第一件事，便是去找慕荷"请罪"。

电话这端，语气恳实："慕慕，因为有事我才没参加慕爷爷的寿宴，不能做你的战友我真是心有不安啊，你那位后母和妹妹没有为难你吧？"

电话那端声音低低凉凉切入另一个主题："沫儿，你什么时候结婚？"

谭沫张着口，不知道如何回答。慕荷温柔清浅地继续："难道洛教授不打算对你负责？"

"……"这是什么和什么啊？他还没求过婚呢！

慕荷放下手中的数据，站到窗户旁边，外面的雪一直下，没有停，到处都是白茫茫的一片，让人看着心情和那抹纯粹一样简单美好。

"沫儿，希望你能一直幸福下去。"

只是说这句话的时候，慕荷没有察觉到自己的幸福也在悄然降临。

时间过得飞快，转眼夏天又到了，这几个月，洛涵和谭沫相处得很是"愉快"，而谭沫见到洛母的那天，简直可以用"魂飞魄散"这个词来形容。

"……伯母……您好……"穿着洛涵的睡衣，踩着洛涵的拖鞋，拿着洛涵给她买的水杯，顶着乱蓬蓬的头发，刚睡醒的谭沫就以这种"不羁"的形象第一次见了未来的婆婆。

别墅的男主人好整以暇地站在洛母身后，手里还提着早点，看着谭沫前一秒还睡眼惺忪的模样在见到母亲后就瞬间把眼睛瞪得圆圆的，不禁莞尔。

洛母也是见过世面的人，看到谭沫这副样子，和蔼地笑了笑："谭沫是吧？"

谭沫机械地点了点头："是。"

模样虽有些冷艳不易亲近，但开口却着实让人觉得可爱，洛母不着痕迹地在心里打着算盘：也是该抱孙子的时候了。

"什么时候有时间，来家里吃个便饭吧？或者我们双方家长定个日子见一下，你觉得呢？"

谭沫向洛涵投去求助信号，洛涵却仿若未见。

于是当晚，谭沫被洛涵强行留宿在别墅……躺在床上的两个人有了以下这番谈话。

谭沫："洛教授……"

洛涵："什么事？"

谭沫："是不是双方家长见了面，就基本上……离结婚不远了……"

洛涵："你这样理解我不反对。"

谭沫："……"

（可是！她还没说同意嫁给他呢！）

见谭沫半天没有作声，洛涵眯起眼睛。

洛涵："怎么，你还有别的事？"

谭沫："……没有……睡觉吧……"

洛涵邪魅一笑："嗯，可以，不过睡前运动不能少。"

谭沫："你干什么？你这样是非法的！"

洛涵声沉如月："哦？那明天我们就让它变成合法的好了。"

见过双方父母才知道，原来大家彼此都熟识。

总能在电视上看到洛父，而洛涵的爷爷似乎和自家爷爷还是老相识。

这个世界还真的好小。

谭沫周六放假，一大早，洛涵便开车去大院接她。站岗的士兵对他已经很熟了，所以他把车直接开到了她家门口。

谭沫拎着个小手包，踩了一双帆布鞋，长发随意束了起来，就像个还在念书的学生一样清纯美丽。洛涵眸光一闪，面上却仍旧淡淡的。

"我们这是要去哪里啊？"

"等一下你就知道了。"

。后来谭沫觉得，她可能真的是要嫁给一位高富帅啊。

被命名为泡沫号的一艘白色游艇正停在港口。

驶离港口一段距离后，两个人站到甲板上吹海风，洛涵清凉的嗓音忽然响起。

洛涵："你可以不喜欢我。"

谭沫："……"

这也可以吗？

洛涵："如果你不想回去的话。"

谭沫："……"

这是赤裸裸的威胁！

于是，谭沫就在这种情况"被"求婚了。

数日后，谭沫的电子邮箱里收到一封简单的邮件，只有六个字，却让她的眼睛里含满泪水，捂着胸口的手止不住地颤抖：

沫儿，我是哥哥。

（正文完）

尾声：一次讲座

因为之前参与侦破了一起影响很大的精神病患者的案子，谭沫被邀请到 A 大办讲座。

来到 A 大的大讲堂，谭沫觉得有一种莫名的熟悉感，一年前，好像某人就用了一个非常正义的理由让她来代课。

不过今天某人好像不在场，他说有事可能不会来。其实，她好像有点儿期待他的出现，想起那时候他说的话"下次你陪我"，谭沫就蓦地脸红，洛涵到底是什么时候开始对她有意思的？

主持人介绍过她之后，谭沫登上了讲台。

看着台下一张张青春洋溢的脸，谭沫深深吸了口气。嗯，紧张是正常的。

有记忆力和幸运度都很高的同学恰好记得讲台上这位年轻的老师——她！不就是很早以前，被洛教授单独留过堂，并且代过洛教授课的 A 大 BBS 上的一大风云女主角！

谭沫微笑着看着台下，镇定自若地开始进行讲座。

过了一个小时，她准备讲的都讲完了，看了眼主持人，示意他差不多可以进入提问环节了。

开始并没有多少人举手，可能是因为在座还有不少心理学系的老教授们，学生们有些拘谨。

谭沫态度和善地说："没关系，大家什么问题都可以问，不要不好意思。我知道的话肯定会尽力回答你们。"

可是，真的要感谢第一个吃螃蟹的人吗？

一位戴着眼镜的男孩子接过话筒，很严肃地开口："谭老师，您刚刚提到的这个案例，洛教授也参与了，后来他给我们讲课的时候提到了其中的一些分析方法，和您刚刚说的基本上是一样的。"

谭沫很淡定地点头："嗯，是。因为我们有一起讨论案情。"

"老师，我的这个问题，真的是代表了广大同学的心声，您不上 A 大的 BBS，所以不知道这个问题是多么希望能被回答啊。"

一种不祥的预感渐渐升起，坐在第一排的老教授们则慈善和蔼地看着她，偶尔相互低语几句。

"没关系，你问吧……"其实，她内心真的不想说这句话。

果然，提问的孩子们都有一颗爱八卦的心。

"谭老师，洛教授是我们 A 大公认的最帅的教授，在和他一起办案的日子里，你有没有对他产生一些好感呢？"

大家在底下不禁小声议论，问得还真是含蓄啊。

谭沫看着那位同学一本正经道："我从未敢有此非分之想。"

接下来谭老师沉默了，众学生却开始窃窃私语，这位同学想了想，然后讪讪地坐下了。

不知道话筒是怎样传的，一个低沉富有磁性的男声慢慢响起："谭老师，对于您刚刚的那句回答，我补充一下：我是求之却不得。"说着，角落里，俊雅清秀的身影站了起来。

谭沫惊！他是什么时候来的？

大讲堂的学生们不由得惊呼：是洛教授！

"嗯，那下一个问题由我来问。"洛涵举着话筒，好听的男声透过电波好像有一种特殊的魔力，语调清凉，"不是什么问题都可以吗？那么我的问题很简单。"

谭沫觉得心在狂跳。

"谭老师，你今生最爱的人是不是洛教授？"

"……"就知道没好事！

有老教授在前排不小心笑出了声：果然是洛涵的风格啊！

而学生们简直要炸了锅！大家全部拿出手机录下这个现场。

这厢谭沫则抿紧嘴唇。

智者就是要在这个时候证明：行胜于言！

看着谭沫一直没有回答，聪明的 A 大学生忽然明白了：这是默认了啊！

被誉为 A 大最帅教授的洛教授，他真的有女朋友啊！还是这么漂亮的女警花啊！天！

谭沫只觉得脸越来越红，她轻咳一声："那个，我想大家也懂了，那么换下一位同学提问吧。"

洛涵唇角浮现一丝不易察觉的笑，静静看着讲台上的她，明眸皓齿，宁静美好。

他缓缓应了一声："嗯，你的心意我收到了。"

谭沫："……"

不久，以此为原型的小说在 A 大 BBS 上得到了一致好评。

程骏番外：如果是我（一）

程家世代经商，黑白两道树大根深，高一那年因为家族产业重心转移，他随父亲到了谭沫出生的城市，程骏有个大他十岁的姐姐，姐弟的关系很好，但姐姐留在了母亲的身边。

程骏转校的第一天就因为和校篮球队的神投手1V1而闻名全校，主要是飞出场外的球正好砸到了他脚下。

报到第一天，程骏斜挎着单肩包，优哉游哉地在校园里随便看着，规规矩矩的教学楼，没什么意思，倒是球场那边的声音吸引了他的注意力。

原来是一些男孩子在打篮球。

跳跃，勾手，过人，投篮。

嗯，还不错。

程骏站在球场外，目光沉沉。

忽然，那颗被男孩子们争抢的球飞来，砸在了他脚下。

有个高个子的男生冲他喊："同学，帮忙把球扔过来呗，谢啦！"

程骏的心智虽然比同年龄的人成熟很多，但仍旧是个年轻气盛的高中生，他拾起球，往前走了几步，忽然嘴角勾笑，举臂，甩腕，一个漂亮的远射！空心中篮！

一旁看着的男生有些傻眼，接着向他吹了个口哨。

程骏点点头，还没转身，就听一个中气十足的男声："你过来！"

他微微眯眼，一个又高又壮的男生手里抱着篮球，一副冰山脸。

程骏扯了扯书包，步伐不急不缓，语调轻松："有事？"

篮球队长上上下下打量了他一下：很高，有些瘦，看起来并不像那么会打篮球的人，不过刚刚那个投篮确实是准得吓人。他们校队里的那位神投手好像都没有这样厉害的身手。

队长："你是高几的？"

程骏："高一。"

围在一旁的男生们不禁感叹：好强！

他怎么好像不认识自己的样子？

"你是转校的？"

呵，还行，不太笨啊。

"嗯。"

"现在是校队在训练，我们正在招人。"

他挑眉问："你是队长还是经理？"

"哈哈哈，他是我们队长，你看他那么壮怎么能当经理？"身旁的男生抢答道。

哦，原来并不是他所表现的这般盛气凌人啊。

程骏笑笑："我再考虑一下吧。"说着真的打算闪人了。

"你等一下。"一个有些低的男声叫住他。

他一头板寸，很高很瘦，手指上还有两块创可贴。

程骏打量了他一眼：投手吗？

"我觉得你很厉害，可以和你比试一下吗？"后来程骏才知道这个男生叫李文健。

想着报到的事也不是很急，程骏将书包放到地上："好啊。"

下午大课间休息的时候，围在球场上的人越来越多。

"谭熙，快来！球场那边好像有比赛啊！"F君一下课就跑到谭熙面前想拉他过去。

球场有比赛？不应该的。因为过几天要参加市联赛，他们应该是在训练才对。谭熙也是校队的，只不过他有点儿打酱油。

来到球场，发现早已是里三层外三层。好不容易挤了进去，谭熙震惊了……

他其实一直觉得李文健算是高中生里很厉害的投手了，可是，球场上那个一身休闲装的男孩，动作流畅，速度极快，与李文健根本不在同一水平上……

比分已经是 30：10。

谭熙凑到队友身边，问："那个男生是谁啊？"

"谭熙，你来啦。哦，那个男生是新转学来的。"

比赛结果显而易见。

年轻帅气的转校生拿起挎包，冲大家露出一个微笑，接着离开了球场。F君拍拍谭熙的肩膀："得他者得冠军啊！"

谭熙看着高个子男生的背影，不作评价，却开口道："上课迟到没关系吗？"

F君："……"

不早说！

狗血的人生总是会有奇妙的缘分。

转校生叫程骏，竟然分到了谭熙他们班。这个长相英俊、颇有些神秘感的男生在班级十分受欢迎，他为人随和，一脸阳光般的微笑总是让看到他的人心情很好。

当然，作为校队一员的谭熙自然是要把这名神投手拉入球队。

一天放学，谭熙叫住了收拾好书包准备离开的程骏。

"你找我有事？"程骏拉了拉背包，靠在门框上。浅黄色的光线照在他身上，描绘出卓雅的轮廓。

谭熙直入主题："有没有兴趣加入我们校队？"

程骏打量了下眼前的男生，俊秀的眉眼，白皙得有些像女生的皮肤，高高瘦瘦，校服穿在他身上显得有些宽大，他背着单肩包，一副恣意悠然的模样。

坦白讲，谭熙这种类型的男生和程骏理想中的挚友大相径庭。

他挑挑眉，语调轻松："不好意思，暂时没有兴趣。"

谭熙静默了一会儿，偏偏头，看了眼手表，轻抿薄唇："嗯，那我先走了。我还要去接我妹妹。改变了想法记得告诉我一下哈，回见。"说完，谭熙迅速闪出了程骏的视线。

程骏抱着双臂，黑亮的眸子倏尔闪过一丝诡谲：就这么点儿诚意？

男孩子的心渐渐有些不爽，但是面上仍旧是淡如夕云似的笑。许是好奇心作祟，谭熙这个人引起了程骏的注意。他不经意间投来的目光当然瞒不过谭熙。

在一天放学后，谭熙瞥到程骏黏在他身上的目光，嘴角不自觉地勾起，然后直接走到他身边，扯了扯自己身上的单肩包带："电玩城，一起？"

程骏愣了一下，漆深如墨的眼眸对上谭熙的，球场上有男生的欢呼声从窗边传来，风阵阵吹动窗帘，树叶飒飒的声音犹如轻轻的鼓点。

俊朗的男生唇畔划过一抹艳阳："好啊。"

谭熙走在前面："不过，我要先让司机把我妹妹送回家。"

谭熙的妹妹？这是他第二次听他提起这个人，程骏提议："你让司机去接她，你和我一起不可以吗？"

谭熙笑着摇摇头："不可以。"

这么疼他妹？

谭哥哥补了一句："你当然没我妹重要。"

"……"

男孩子间的感情就像化学反应一样，在正确的环境中会释放出巨大的能量。许是他们本来就是一类人，一起打电玩，一起打篮球，一起看书写作业，一起翘课，一起打游戏……很快，程骏和谭熙成了一对兄弟似的朋友。

对于程骏这个人，谭沫自从知道他，就不喜欢他。他抢夺了谭熙太多的时间。这天在大院门口，谭熙推门下了车，他揉了揉谭沫的头发："沫儿，和妈妈说一下我晚上不回家吃饭了。我和程骏约好一起去 G 区，那儿新来了一批 Gundam（机动战士高达）的模型。拜拜。"

谭沫趴在车窗边，看到谭熙钻进了另外一辆黑色的轿车里。她默不做声地盯着那辆车一会儿，然后无奈地叹口气，又是程骏啊……

第一次见程骏，是在她哥哥的卧室。

两个男孩子在打游戏。她推门进去，一个瘦高的少年和她打了个照面。

白如初雪的皮肤，英气的眉毛，深如暗夜般的眸子似笑非笑地看着她，他高高的，影子将她笼罩。不用他自报家门，谭沫就知道这个男生就是哥哥最近新交的好朋友——程骏。

她默默地看着他，没说话。

程骏见到谭沫愣了一下，但是很快就露出了一个大大的笑容："你就是谭沫吧，我是程骏。你哥哥的朋友，你也可以叫我程骏哥哥。"

谭沫看了他两眼，态度很冷淡，点点头："哦。"然后绕开他，走进了房间。

程骏回头，嘴角噙着笑，停在原地半晌，若无其事地走出了房间。

在关上门的那一刻，他靠在墙上，黑色的碎发随意挡在额前，狭长的睫毛微微颤抖着，心跳第一次莫名失了节奏。

她瘦弱的身影，她淡漠清冷的表情，她清亮漂亮的眸子，她纯真而美丽的容颜，她绕过他时身上传来的细细的清香，如同一道魔咒，下到了他身上。

他不知道，这一眼，改变了他从未想过会改变的人生轨迹。

这个骨子里冷傲的少年，从小就知道自己会成为家族继承者的少年，在那个有着温暖阳光的下午，邂逅了他一生的至爱。

有时候，喜欢谁，根本不需要理由。

只要一眼，就可能缘定一生。

程骏在房间外整理了好久的情绪，深呼吸，再深呼吸，这个一直认为谈恋爱很无聊的男生，忘记了所有的他曾下过的结论。

程骏回了房间，发现谭沫找了个枕头靠在背上，看着他哥哥打游戏，一副她在看热闹的样子。他进门时，她明显注意到了他，却瞬间移开了目光。

程骏不知为何，心情因为谭沫的那抹注视而大好。他坐下和谭熙并肩。眼睛明明盯着屏幕，耳朵却仔细听着后面那个小姑娘在干吗。

他一定是疯了……

果然，分了神的程少爷对于谭熙的出招有些不放在心上。全神贯注的谭熙并没有发现。

坐在他们身后的谭沫却看出了这个叫程骏的男生其实一直在让她哥哥。

她有那么点儿不爽！

她轻轻咳了一声，程骏自然是听到了。他不动声色地斜睨了她一眼。

"哥，我渴了，你去帮我拿点儿水。"

"呃……可是，这局刚开始啊……"谭熙刚想拒绝，就听程骏说："没关系，让你妹妹替你。"

谭哥哥离开了，谭沫坐到他身边，拿起手柄，亮亮的双眸好似黑夜中最耀眼的星，她声音凉而清浅："开始吧。"

她静静坐在他身旁，那细细的香味缓缓缠绕上来，程骏撑着下巴，心里明明如敲鼓，语调却很轻松："第一局，我让你二十秒好了。"

谭沫斜睨了他一眼，声音凉凉地说："哦，好。不过你会后悔的。"

接着，谭姑娘熟练地拿起手柄，没到二十秒，程骏操作的人物便被打败了。

然后，谭沫十分淡定地转头，嘴角有浅浅的笑，黑亮亮的眸子里闪着某种自信："下一局还让我吗？"

清冷而淡然的笑如一记重锤敲在了程骏的心上，整个世界好像因为这抹无心的笑容而明亮如白昼，他点头，眼底有着谭沫没有察觉到的情绪："好啊。不过，这次让你十秒吧，起码给我一个表现的机会。"

谭熙进来的时候，正好看到谭沫操作的人物被打败。

她抿着嘴唇，眼睛盯着屏幕，模样认真极了，那小小的不甘心全都写在了脸上。

谭熙凑到屏幕上看了一下，"不错呀，沫儿，把程骏的HP弄掉了那么多。"

谭沫站起身，把手柄塞进哥哥的手里，声音听不出高兴还是不高兴："嗯，他让了我十秒。"

谭沫重新躺回床上，谭熙凑到程骏旁边："你和我妹妹玩还那么认真干吗？"

程骏没有笑，回头看了一眼躺在床上听着音乐看着书的谭沫，严肃地回答谭熙："对她，必须认真才可以。"

认真，不仅仅是对待游戏，还有她和他的人生。

程骏番外：如果是我（二）

从谭熙家回来，程骏靠在床上，黑色的眼睛盯着墙上的时钟，一秒秒，一步步，心好像才跟着它恢复了节奏。他深深吸了一口气，忽然，唇畔勾起一抹浅笑，他起身走到书桌旁，拿起了画本和笔，随意的几笔，那双漂亮的眼睛就传神地出现在画纸上。程骏笑笑，靠在书桌旁，刚刚谭熙送他出大院的时候，坏笑着告诉他："程骏，你完蛋了，我妹不喜欢你啊。"

程骏心里稍微一颤，但面上却是一副雅痞的模样，他勾过谭熙的肩膀，再正经不过："不会吧，我长这么帅，你妹都不喜欢？你妹不会是喜欢女生吧？"

谭大帅哥被呛了一下，然后严肃道："我妹喜欢男的！"

不过，他这次可能真的完蛋了，要栽在一个对他没兴趣的小姑娘手里了。

自从见过了谭沫，程骏便在谭熙面前有意无意似的提起她。

"你去电玩城为什么从来不带你妹妹？"程骏貌似无心地问谭熙。

"她啊，对这些应该不感兴趣的。"谭沫从小就很安静，不太喜欢说话，大院里的小孩子们一起做游戏的时候，她都是和慕家的那个小丫头站在一旁，不参与。

不感兴趣？程骏挑眉，他这个当哥哥的到底了解不了解他妹妹？她和他打游戏的时候，那认真的模样，还有那熟练的操作，谭熙就从未注意到过？

程骏叹口气，不行，机会要自己创造。

谭沫的学校离他们不算太远，每天放学，司机都是先来接谭熙，然后去接谭沫。

那是一个雨天。

淅淅沥沥的雨根本就没有要停下的意思。谭熙是学生会的，下周要办运动会和艺术节，他被会长拉去开会。临走前，他看着坐在座位上没动的程骏，敲敲他的桌子："阿骏，帮个忙吧。"

程骏其实早就知道谭熙会说什么，却一脸平静，道："说吧。"

"下这么大雨，沫儿今天出门的时候没带伞，就我带了一把，估计她一定会等我一起回家，你去帮我把她接过来吧。司机应该等在校门口呢。"说着他递过自己的雨伞。

谭熙的话像小猫的爪子，轻轻地挠痒着他年轻有些躁动的心。

程骏摆摆手，说："我有伞。"

"这把是双人用的。"

程骏墨似的眼眸扫了他一眼，声沉如低弦："所以，才用我自己的单人伞！"

谭熙一愣，回过神，却发现程骏已经出了教室……

这家伙是喜欢沫儿吗？

谭哥哥忽然觉得有点儿头痛，沫儿她还根本不懂这种感情，阿骏这样……不会太累吗？

那个优秀帅气得被大家称作校草的男生喜欢他妹妹啊，谭熙轻抚额头，算了，他操心也没用。

程骏下了车，撑起雨伞，雨幕中，远处，有个瘦小的身影。他松了松衬衫的领口，跑了过去。

谭沫一个人站在那里，无聊地数着雨滴落到水洼里激起的弧圈，抬头，一个高挑的男孩正撑着伞向她跑来。

哥哥？

来人身上有些水汽，清清凉凉，混合着他身上那淡淡的味道，谭沫不禁微微皱起眉头，眯起眼睛，语调中没什么情绪："怎么是你？我哥哥呢？"

程骏就料到她会这样问，可是这丝毫不能影响他现在的好心情，她睁着漂亮的眼睛一眨不眨地看着他，水亮的眸子里装的是他的影子，程骏道："你哥哥是校学生会的，他们今天开会，现在还在学校呢。所以，他让我过来接你。"

谭沫思量片刻，很有礼貌地回他："我要等他，你回去吧。谢谢你了。"

这……真的不是他编的理由啊……

他看着她认真严肃的样子，不禁失笑，好想伸手摸摸她柔软的长发，然后问她：为什么我不行？脱口而出的却是另外一番话："沫儿，听话好不好？"

话说出来的时候，程骏都没想到会是这样亲昵，他凝视她，谭沫却不自在地偏过头：他怎么这么自来熟？

正巧有老师走过来，程骏抢先一步介绍自己："老师，我是沫儿的表哥，今天代替谭熙来接她的。"老师仔细看了看眼前英俊的少年，还有在一旁捏着衣角的谭沫，点点头，口中念念道："这一家人，长得都这么好看啊。"

老师走了，程骏好像十分自然地牵过谭沫的手腕，另一只手撑着伞，声音里微微的颤抖却泄露了他无法控制的心跳，她的手腕很细，握在手里让人不觉心生怜惜。

"走吧。"

雨滴在单人伞上跳着踢踏舞，敲打出好听的节奏，氤氲的水汽包裹着两个人，谭沫不舒服地甩开他的手："别和我套近乎。我可不是你妹妹！"

程骏看着她狭长的睫毛，那双清亮的眸子一眨一眨，正直而严谨地回答她："嗯，我这不是说给老师听吗？要是不说我是你哥哥，他们以为我是坏人打算诱拐女学生，怎么办？"

谭沫睨了他一眼，没什么好气："把你抓起来。"

程骏不由得笑出声音，还是个小姑娘啊。

是不是她和谭熙这样讲话，偶尔也会有着这样小小的蛮横？

事实上，谭沫对待谭熙……从来不会这样。

通向校门的路并不远，可是，程骏却走得极慢，鞋踏在地上，溅起小小的水花，和落下的雨滴相拥抱。

他撑着伞，偏向她，自己的肩头不知不觉已被打湿。谭沫走在他身边，属于男孩子的那股清朗的味道随着吹过的风阵阵传来。

她微微侧头，发现雨水浇湿了他的大半个肩膀，心里有些不自在，也许，是自己对哥哥的占有欲太强，所以才讨厌他吧。抑或，眼前这个高高瘦瘦的男生其实只是出于是他哥朋友的角度在关心她？

她不动声色地伸手把伞往程骏的方向推了推。这个细小的动作却让身旁的程骏愣了一下，他看到她没什么表情地继续往前走，只是往他的方向靠了靠。

清脆的雨滴声好像一支恋曲，在青葱的岁月里，为他本来苍白的人生带来了明媚的色彩。

程骏微微低头，打趣道："怎么？终于知道心疼程骏哥哥了？"

谭沫向前的步子一滞，仰头，白了他一眼："我是怕我哥说我虐待你。"

程骏忍住笑：口不对心的小丫头。

忽然，他伸手揽过她瘦弱的肩膀，让她靠在自己的怀里。

男孩子的体温热诚地传来，本来觉得有些冷的谭沫被这股温暖弄得有些分神。

程骏清雅的声音："这样，消除了我们之间的距离，我们就都淋不到了。"

他的温度就这样直接传来，他身上浅浅的味道将她环绕，她觉得脸好像有些烧："你……"

程骏却堵住她的话，慢条斯理道："后天，我们有篮球赛，我可是主力，要是感冒了……"他故意顿了顿，好像思考着那不可估量的结果："哎，赢不了比赛的话，谭熙要伤心了呢。"

"……"

那么无辜的语调怎么让人觉得他特别"讨厌"！

就知道拿她哥哥当理由！

谭沫没作声，任凭他拥着自己向前走，他高高的，和哥哥的个子很像，他温温热热的怀抱好像哥哥的，谭沫想：他是不是也有一个和自己很像的妹妹？

那时候，谭沫低着头，没有看到，程骏嘴角那抹如阳光般灿烂的微笑，在微凉的雨中定格了他和她的画面。

谭沫被程骏送到了谭熙的班级，班里没有其他人，谭沫一眼就认出了哥哥扔在桌子上的书包，她走过去坐到哥哥的位子上，哥哥的位子挨着窗户，蒙蒙暗暗的天被雨遮护，程骏坐到了她后面。

谭沫回头，有点儿惊讶："你和我哥哥是前后桌？"

程骏"嗯"了一声，然后拿出了一个很厚的本子。

谭沫转过身，趴在桌子上，听着敲打在窗上的雨声和身后的他翻书的声音。

好像有点儿无聊……

"我哥什么时候能开完会？"她的声音闷闷的，却让在撑着下巴看着她背影的程骏一顿，他应她："不知道。"

过了一会儿，身后传来笔触纸的摩擦声，谭沫打开自己的书包，想找本书看，却发现今天包里什么有趣的书都没有带。

程骏在干吗？

忽然，谭沫转过身，亮亮的眼睛看着程骏迅速把本子收好，抱在了怀里。

"……"

干吗？她又没做什么……

程骏白皙的脸上好似飘过一丝红晕，他举手轻咳一声："有事？"

谭沫专注地看着他的眼睛，四目凝视间，程骏觉得心跳越来越快。手里的画本上，画的正是谭沫精致的侧颜。

"没事……"她忽然靠近，脸上难得露出不设防的笑，"不过,你紧张什么？"

她用手支着下巴，安静地看着他。程骏嘴角微勾，猛地凑过来，一手扣住谭沫的后脑，低哑的声音里满是调皮的语气："我觉得紧张的是你啊。"

他离她很近，近到她能清楚地看到那一根根细而密的睫毛，谭沫想向后躲，却发现他的手截住了她的路。

谭姑娘抿抿唇，说："你感觉错了，放开我。"

程骏却煞有介事地顺势揉了揉她的头发，问："你逃什么？"

她没逃啊……

"这样我很不舒服。"谭沫看着眼前的俊颜，感觉很奇怪。

忽然，面前的少年轻笑着松开手，一个小小的头花出现在他手里："这个要掉了。"

谭沫的脸腾地红了，拿过头花塞进了书包里，然后她不动声色地转过身，趴在桌上。

程骏双手撑着下巴，看着她瘦弱的背影，嘴角噙着笑。

教室里面很安静，只有他和她。

过了一会儿，有细细的呼吸声。程骏轻轻移开椅子，走到谭沫的身边，果不其然，小丫头睡着了。

他脱下校服的外套，盖在她身上。他蹲下身子，她的侧颜丝毫不落地刻在他眼里。

如果，她知道他喜欢她，会怎样？

程骏番外：如果是我（三）

谭熙进教室的时候正好看到程骏目光沉沉地注视着他妹妹，迈着的步子一滞，整个人停在门口。

那么认真而专注的神情，和平常那个总是一副随心所欲，凡事都无所谓样子的程骏简直判若两人。谭沫趴在他的桌子上睡得很安静，她身上披着的正是程骏的校服外套。

光线并不明朗的教室，简单的黑板和桌椅，莫名地让谭熙觉得这一刻，或许，他不该走进去。正在他犹豫的时候，程骏突然起身，向他摆手，示意他过来。

谭熙刚想叫醒谭沫，却被程骏打断，接着程骏指了指谭熙身上的外套，理所当然又点了点自己。

谭哥哥斜睨他一眼，问："干吗？"

程骏缓缓道："明知故问。"

谭熙无语，脱下外套递给他，然后贴在他耳边说了一句："她什么都不懂，你这样不会太累吗？"

他作为哥哥，对于程骏喜欢沫儿这件事，其实，心里有着小小的矛盾。妹妹从小性格比较安静，和家人的关系并没有像一般小孩子和亲人那么亲密，唯独和自己，总是透着依赖，而他对妹妹也自然是感情深厚，自是不希望有人这么早就从他这抢走谭沫。

但是不管从哪个角度看，程骏都是一个优秀得连谭熙都羡慕的男生，如果谭沫能喜欢他的话，未尝不是一件好事。

然而，谭沫那淡淡的性子和对于感情的迟钝都让他替程骏担心。

程骏低眸凝视熟睡着的谭沫，沉默了一会儿，接着语调轻松地回答道，好像他说的话和这件事的关系并不大，却让谭熙的心猛然纠结在一起。

"我所付出的，并没有期待她的回应。她不懂，我会等，等到她明白的一天。"

那温暖的笑容昭示他坚定的心意，他指了指自己心脏的位置。

"不要觉得我可怜，这里是满足的。"

他离开的背影，瘦高而清俊，让谭熙定在原地久久无法移开脚步。

程骏没有想到，他的这句"不期待她的回应"，为他本该能得到的爱情留下了遗憾。

谭熙的生日在秋天，天气慢慢转凉，程骏这天在体育馆练完球，发现本来一同训练的谭熙已经不见了。F君告诉他，刚刚谭熙被一个女生叫走了，让程骏练完球不用等他。

程骏谢过F君去休息室换了衣服，刚出体育馆，余光就瞥到一个瘦弱的身影。

她一个人站在布满落叶的小径上，金色的背景，和她简单的蓝白色校服形成了一幅温柔的画面。

她，是在等他吗？

心跳倏尔一顿，他幽深的眸子里映着她的长发，她的容颜。

谭沫看到了他，快步走来。

程骏站在原地，没有动。

这是她第一次主动走近他。

"沫儿，你该不是在等我吧？"少年顺势伸手想揉揉她的头发，却被她轻巧地闪开。

"嗯，不然你以为我等谁？"她清了清嗓子，"那个，你不忙吧。"

程骏眼底暖色渐溢："你找我帮忙的话，我就不忙咯。"

什么逻辑……

谭沫忽然走到他身旁，拉起他的手腕，说："那好，我们要抓紧了，时间宝贵。"

这无心的一牵，惹得程骏有些不自然，他知道是他想多了，但是难得她对他会如此主动……

程大少刚被"带"出校门，程家的司机和保镖看到少爷被一个女生拉着出来，刚想冲上来，却见少爷向他们做了一个不要跟过来的手势。然后，他手腕轻转，反握住谭沫的,语调中透着一股雅痞:"沫儿,你这么霸道要惊动我家的司机了。"

谭沫侧头,看见两个西装革履的人正站在离他们不远不近的位置,她想挣开程骏的束缚,却发现他握得很紧。

"喂。"警告的意味。

"嗯,我在呢。"程骏没放手,反倒靠得更近。

谭沫懂了,这家伙是在故意"逗"她!

好吧,谁让她有求于他。

谭沫理智地绕开话题:"我哥这周六过生日,帮我选个礼物。"

过了半晌也没有听到程骏的回答,谭沫拽了拽他的衣角,好听的男声从头顶传来:"那能不能顺便送我一个?"

"……"

这算什么?买一送一吗?

谭沫咳了一声,说:"如果我的钱够的话……可以考虑。"

程骏唇畔微微扬起,松开扣着谭沫的手腕,提起她背上的书包:"给我吧。"

"谢谢,不用了。"

他低头贴在她的耳畔,说:"能不能想想我男孩子的自尊?"

自尊?谭沫不解。

却发现程骏的眸子里满是认真:"有我在,怎么可能让女孩子背这么重的包?"

不知不觉,自己的书包已经背到了他背上,属于高中男生的挺拔的背影留在了谭沫的眼里,那一刻,他给她的感觉:熟悉而又温热。

谭沫以为程骏很了解她哥哥,才发现这个家伙根本就不靠谱。

看着他进了一家花店,谭沫终于忍不住了:"我哥哥是个男生!"

程骏一脸无辜:"沫儿,我又没说这是买给谭熙的。"

他拿起一小盆番红花,递给谭沫:"怎么样?这个不错吧。"

不错什么?

"老板,我要这盆。"

谭沫问:"这个叫什么啊?"

"番红花。"

好直白的名字啊。

"你买这个做什么？"

"送你啊。"程骏付了钱，看了眼谭沫，"你就打算这么抱着？"

"……"

程骏很认真地解释道："这个花能够治疗腰酸背痛，跌打损伤，它的提取物还能够抗血凝。"

"它……"没等程骏说完，谭沫将花递给老板，"麻烦您帮我包一下。"她睨了程骏一眼：高中生和初中生的差别就在于废话的知识含量有提高吗？

程骏看着谭沫抱着花走在他前面，眸光若星海，他其实想告诉她，番红花的花语是：

我在等你。

等你也开始喜欢我的那一天。

结果当天，谭沫在听取了程骏的建议后，怀里抱着一盆不明植物，包里背了一个篮球，回了家。

一进屋，看到的不是别人，正是谭熙。

她一脸纯真："哥，你今天回来好早啊。"

谭熙没什么表情，盯着她怀里的植物："嗯，你去哪儿了？刚刚吃晚饭，妈妈问我怎么没和你一起回来。"

"哦，那你怎么回答的？"

"我说你去慕荷家了。"

谭沫暗暗赞叹：嗯，果然慕慕是她的好掩护。

当然，谭沫不知道慕荷是怎么为她做的掩护。

在体育馆里，慕荷叫住了路人甲——F君。

"你好，能帮我叫一下谭熙吗？"

F君看着眼前这位温婉的美女，身上穿着的是初中校服啊。难道是谭熙的妹妹？打量半天，终于鼓起勇气想要搭腔的F君却被这位小姑娘打断："你不认识谭熙的话，那我自己去好了。"说完，一个矫健敏捷的翻身，跨过扶杆，跃进了球场，然后不慌不忙往谭熙的方向走去。

练习的篮球一个个在地板上乱滚，却丝毫没有打扰她的步伐，F君震惊了：

这年头，美女都是如此身手不凡吗？

"谭熙哥哥。"慕荷向他摇了摇手。

正练习投篮的谭熙转头，却被吓了一跳。

慕荷？她怎么来了？

一股不祥的预感涌了上来，谭沫那丫头一定是又惹了什么麻烦。

换好衣服和慕荷出了体育馆，谭熙问道："怎么了？沫儿出什么问题了吗？"

慕荷笑笑，声音浅浅："她说，今天，让我陪你回家。"

"陪"他回家？

谭熙苦笑了一下，看着慕荷走在他身边，一副理所当然的模样，不禁腹诽：沫儿啊，咱们两个每天到底是谁陪谁啊？

于是，在好友慕荷的帮助下，谭沫成功地在谭熙的生日聚会上送上了她准备的篮球。

看着系着绿色丝带的篮球，又扫到了一脸高深表情的慕荷与强忍笑的程骏，谭熙懂了，这就是沫沫那天找慕荷"代班"的原因啊……

学生的生活很简单，谭沫一直这样认为。直到有一天，慕荷拉着她十分正式地问了一句话。

"运动会你有报项目吗？"

谭沫弱弱地摇摇头。

慕荷拿出一张纸，说："嗯，这些项目，随便选一个吧，在前面画钩即可。"

"慕慕，你不是知道我不擅长运动吗？"谭沫有气无力地回答。

慕荷抬眼，眸子里清晰地闪着一种让谭沫心悸的情绪："嗯，略有耳闻吧。"

略有耳闻？这样概括不科学吧……

"行，不参加也可以。"慕荷眉眼弯弯，态度温和，就在谭沫以为解放了的时候，慕大神又拿出另一张纸："运动会结束后的艺术节，每班要出至少一个节目进行送选，目前还没人报名，你可以试试这个。"

"……"

谭沫沉吟片刻，拿过第一张纸："那个，我还是报运动会的项目吧。"

慕荷恬静地一笑："如果哪个你都不擅长的话，我建议你可以考虑报一下长跑。"

有哪家闺蜜会这样啊？

慕荷一边在长跑项目上替谭沫打了钩，一边安慰道："跑不下来，你可以走下来。"

"……"

运动会的当天，谭沫很诧异地竟然在他们班的区域内看到了谭熙和程骏！

这两个人竟然穿着她们初中的校服！

有学生路过他们班级时，不禁小声嘀咕，这么帅气的校草级的两个男生他们怎么没见过。

谭沫凑过去，问："你们怎么来了？"

没等谭熙回答，程骏接过话："你不来看我们的运动会，我们只好来参观你们的了。"

"沫儿，你报的什么项目？"看着一向不太擅长运动的妹妹背上贴着数字，谭熙有些好奇。

"长跑。"谭沫慢慢应道。

"你怎么想的？"谭沫连跑八百米都成绩一般，何况长跑了。

"慕荷建议的。"

"……"

"那慕荷报的什么项目？"谭熙问。

"她……报的铅球，因为没有女生报。"谭沫如实回答。

"她怎么想的？"谭熙刚刚就扫到慕荷没在座位区，想必是有比赛项目。

"她说正因如此，她夺冠的希望才很大。"

话音刚落，听到广播通知女子1500米长跑要开始了，谭沫将外套递给谭熙："记得替我加油哦。"说完便跑去签到了。

枪响后，很快有人冲了出去，谭沫速度不快不慢，处于中部。跑完第一圈，她便成了最后一个。所以说，慕荷一开始就知道她是来打酱油的？

跑到她们班级前面的那段跑道时，喊着她名字的整齐的加油声传来，谭沫忽然觉得有了力量，加快步频想要和前面的人保持相同的步速。

忽然，耳边有一个好听的男声："沫儿，跟着我的速度。"

是程骏！

"别说话,调整呼吸。我们一起跑。随着我说的节奏,呼——吸——呼——吸——"谭沫觉得胸腔内好像没有那么难受了,随着程骏的步伐向前,她觉得整个人好像轻盈了不少。

慕荷比完铅球回到座位上,一眼便看到了谭熙。班级有同学在问:"陪在谭沫身边的那个男生是谁啊?是咱们班的吗?"

没人认识他。

慕荷坐到谭熙身边,语调听不出什么情绪,问:"那个就是程骏?"

谭熙:"嗯。"

慕荷沉默了一会儿,忽然开口:"他很喜欢沫儿?"

谭熙不由得惊讶:"这么明显?"

慕荷撑着下巴,挑挑眉:"当然。不过,沫儿肯定不知道。"

最后谭沫奇迹般地以第七名的名次冲过了终点,为班级获得了加分。跑完之后,谭沫并没有直接回去,反而是跟在程骏后面,走得很慢。

"沫儿,下周我要离开本市,要有一段时间才能回来。"他说得很慢,隐忍着的情绪像秋日的树端的叶子,敌不过要坠落的命运。

轻轻的风吹过,谭沫的头上还有些细汗,她问:"去哪儿?"

"俄罗斯。"

她很想知道他为什么忽然要去俄罗斯,却又想这可能太过隐私,没有问。两个人走着走着,来到了教学楼后面的那片长廊。

"那你什么时候回来?"

想着他不在,哥哥可能会无聊,谭沫觉得这个问题有必要关心一下。

程骏却突然回身,按住她的肩膀,声音里有莫名的严肃:"我也不知道。"他顿了顿,语调中又恢复往日的轻松与调笑:"不要太想我。"

那个时候的谭沫不知道,所谓的俄罗斯之行,是程骏第一次接触家族的军火生意,在那次北上之旅中,年轻的程家继承人第一次意识到自己和谭沫的距离是多么远,她的世界温暖光明,而他的世界,永远挣扎在复杂的旋涡中,寒冷且黑暗。

程骏番外：如果是我（四）

程骏再次出现在谭沫面前是一个多月之后。周五放学，谭熙因为要练球，便让司机把谭沫接了过来。谭沫刚站到观众席的入口，就被一阵欢呼声吸引了过去。

一个瘦高的少年穿着运动服，被人群簇拥着。篮筐下，有一个正在滚动的篮球。

谭沫看清了那人，他瘦了不少，脸颊处微微凹陷进去，俊逸的脸上仍旧是那阳光般的笑容，他的头发短了些许，整个人看上去更加清雅帅气。

是程骏。

他……什么时候回来的？

近两个月的俄罗斯之行，这个和同龄人一起说笑的少年却代表家族在俄罗斯的军火交易中，刻下了他的名字。

如果谭熙没有遭遇意外，程骏不会料到他会用离开的方式来守护他爱的人。

"阿骏，你要想清楚。"听筒里，程姐姐的声音听起来不像往日那般温和。

"我想好了。"程骏侧卧在沙发里，头顶华丽的吊灯有些刺眼，他伸手遮住眼帘，谭沫那张没有憔悴的干净的脸毫无预警地再次闪现。

"阿骏，正是因为咱们家和 RT 有做生意往来，你才有这个进去的机会，但是你也要明白，一旦你进入了 RT，便很难再回来。"程越握着电话的手不自觉地颤抖，她唯一的弟弟，家族的下一任继承者，竟然下定决心要进入那个恶魔般的组织。

"我懂，你不要太担心我，姐。"

"一定要这么做吗？你知道你放弃的是什么吗？"程越不禁咬唇。

"嗯。"程骏的回答简单利落，没有丝毫犹豫。

"你去了，又能改变什么？谭熙已经死了！"程越从程骏的贴身管家那里得知这件事后，久久不能平静，她弟弟做事从来都深思熟虑，他就没有想到这是在做无用功吗？

程骏闭着眼睛，声音微凉："我只是想做我能做的。"谭沫一直在责怪自己，觉得谭熙是因她而死，然而，事情并不是那么简单。

程家的密探已经把谭熙的案子所涉及的所有资料全部整理好，这些文件珍贵至极。

进入 RT 不仅仅是为谭熙复仇那么简单，他——想替她背负那沉重的负罪感。

现在的谭沫是在为谭熙而活，她去了他们的班级，坐在她哥哥的位子上，她的背影单薄瘦弱得让程骏有一种想把她拥进怀里的冲动。

可是，他不能把这案子的资料给她看。当下，他什么都没法对她说。

程骏挂了电话，他很清楚，以自己个人的能力目前并不能对 RT 构成什么威胁，但是，如果他能足够了解这个组织，如果他有其他的支援，如果他有充足的时间……

成功，他便可以对谭沫说出一切；不成功，他没有想过。

有些事不做，便永远不知道结果。没有了快乐的谭沫，会继续谭熙的路活下去。

所以，她的世界因谭熙的死而分崩离析，那么，他要重建属于她的王国。

程骏的决定自然是惹恼了程父，但最终，爱子心切的程父了解了这背后的一切。程骏对于谭熙、谭沫的感情让他动容。多年的培养与栽培给他的是一个措手不及的答案。

囚禁爱子数日后，年迈的老父亲亲手打开了程骏的手铐脚镣。

略沙哑的声音里听不出情绪："你选的路，不论发生什么，都不要后悔。"

"好。"程骏揉着手腕，语调平平。

"我会帮你进入 RT，但是之后，你的生死我们程家不会再插手。"

"嗯。"微弱的灯光下，他看不清父亲的表情。

"从此，你不再是程骏，程家少爷的位子，我会找别人来坐。"

"好。"

他一无所有了。

程骏没有看到程父转身时，眼睛里混浊的液体……

年少的执念换来的是最深沉的父爱，程骏不会猜到，最后，他父亲留给他的是什么。

临走前，程骏去见了一个人——慕荷。

夜里星光疏淡，慕荷披着外套，看着眼前眉眼俊朗的翩翩少年，不知为何，寂夜里好像有一股莫名的惆怅。

"她，就拜托你了。"

话语如清风般温柔，却在此深深撼动了慕荷的心，那种无奈和真挚，让人心疼。

"程骏，你就这样放弃的话，恐怕难再走进她的世界。"

未知的时间，未知的前程，那个总是有着阳光似的笑容的男孩，她猜不透。

程骏唇角微勾，说："我不再是程骏。慕荷，请帮我照顾好谭沫。一定。"

瘦高的背影，渐渐消失在黑暗里，再触摸不到。她不知道他会去哪里，只是那个俊雅的少年，也许，再也见不到。

白驹过隙，他的世界里没有了她，他步步小心，环环相扣，他成了FBI（美国联邦调查局）安插在RT的卧底，他没有想过和她再次相见时会是怎样的情景，也许她会漠视他，也许她会怨他的不告而别，也许她会……想念他。

他再次见到谭沫，是在黄宗祥的别墅，她一身拖地的长裙，脚步匆忙。如此出乎意料的偶遇，他第一眼便认出了她，紧握的手不自觉地颤抖。她眉目如画，青山如黛，冰冷的气质一如既往。

思念如潮水，汹涌而至，隐忍多年的情动不可自抑，她跑过来的时候，他伸手将她扣在了怀里。

能够感觉到她在他怀里微微的战栗，她贴着他的心脏，有力的心跳声能否将他藏起来的话传递给她？

他低眸，如宇宙深处耀眼的星星，明亮而有着希望。

清晰富有磁性的嗓音好像压着浅笑。

"沫儿，好久不见。"

谭沫惊讶地看着他，眼里满是不可思议，他能看到她慢慢咬紧嘴唇，目光定定地打量他,难以移开视线。

"程骏?"

时间像一把刻刀,糅合了岁月,把那个阳光的少年从一个一尘不染的男孩雕琢成了玉树临风的男人。

他唇角上扬,面上沉静如水,完全不像心里那样激动,他语调轻松地应她:"沫儿,不是告诉过你吗?要叫我哥哥。"

她看着他,眼眶渐渐湿润,她是透过他看到了谭熙吧。

最后,思念敌不过现实,她淡淡地开口:"好久不见,程骏哥哥。"

简单的四个字,却将他的心狠狠攥住,她已经长大了,她知道他的心意吗?

黄宗祥的案子里,出现了一个棘手的人。那人料到了他会派人去工厂,为此还安装了摄像头。好在,他一开始就做好了准备,他让 Steve 易了容。直到在黄宗祥的别墅里,他才第一次看到他的正脸:清俊冷漠,目光深邃。他站在谭沫的身边,不动神色地将她带出了会场。

他看着他极淡定的举动,胸腔里顿觉烦闷。

那家伙,是 RT 名单上列在前面不能招惹的人——洛涵。

他了解到,谭沫在刑侦厅任职,而这位洛教授要在黄氏案子结束后回美国,好似可以稍稍松一口气。直到,在滑雪场的别墅里,再次见到他。

沫儿的脚扭到了,他很想动手帮忙,可是,虽然 Steve 和 Katy 都不在他身边,他还是不能对谭沫表现出太多的兴趣。

忽然,一阵凉风吹了进来。一个瘦高的身影来势汹汹,果断地将还站不稳的谭沫搂进了怀里。

程骏眸色沉沉,指间渐渐泛白,洛涵做的正是他想做却不能做的事。

腹部好似有一把利刃刺入,背却直如青松,程骏的声音凉而清晰:"她的脚有伤,不宜长时间站立。"

洛涵扫了他一眼,唇角微翘:"谢谢!"紧接着话锋一转:"不过不用你操心。"

程骏不再看向洛涵,直到他们要下山,这个家伙,在关上车门前,冲着他无声讲了一句:"她,是我的。"

程骏再没忍住,回到房间,装好消音器,狠狠地冲着床铺开了几枪。

他不会轻易认输。

可是，他却发现再也没有机会接近谭沫了，因为 Katy 已敏感地有所察觉，她有意无意地总跟在他身边，他知道她是在监视他。

画中藏毒并不是出于他的授意，他只是小小提示了一下。他想离开 RT，他需要一个机会。

这种迫切想要离开的想法他很确定是来自谭沫。

他想告诉她，他这些年的隐忍和对她深深的思念。他想告诉她，当年害死她哥哥的人他已经将他们送去了地狱；他想告诉她，RT 内部的资料他掌握了大部分，已经都送出到了 FBI 的手里。他只是想问：她能不能再等等他……

机关算尽，没料到的是她会参与到这个案子中。

为了救她，他不得不和洛涵联手。

在火海中看到洛涵的时候，他知道谭沫安全了。

他不能和洛涵走，他身后牵扯的事情太多，他看着洛涵，最终只说出两个字："拜托。"

那场大火，使得他"少爷"的身份再次湮灭，他逃出火场，冰冷的天，让他瑟瑟发抖，他需要和 FBI 总部联系，却发现手机已经给了谭沫。

再坚持一下，只要有一部手机。

忽然一辆黑色的轿车停在他面前，挡住了他的去路。

刺眼的光穿透黑夜，一个高挑的身影慢慢向他走来。程骏举起手枪，对准了来人。

灯光将那人的影子拉长，他有些冻僵的手冷静地持着枪，只一下便能击穿心脏。

就在他面前五步的距离，那人停下了步伐，声音里透着复杂的情绪，是相见的激动和对他走过岁月的心悸："阿骏，我是姐姐程越。"

他的家族从未放弃过他。

他们为了他，费尽心力，织网铺路，暗地里，将家族顶尖的保镖安插在他身边。程骏不知道的是，RT 里有几位重量级人物，都是程家的人，他们护着他，不动声色。

他一直是他们的程家少爷，未曾改变。

程骏放下枪，看着容颜有些憔悴的程越，眼底渐渐酸涩。

程越打量着眼前英俊的男士，感慨万千，走的时候，他还是一个青涩的少年，如今，他早已有了能指挥家族"千军万马"的能力，她向他伸出手，言笑晏晏："阿骏，欢迎回来。"

FBI联合国际刑警利用程骏提供的资料，将RT的核心组织捣毁。

经过了相遇和隐忍，挣扎和努力，他最终还是没能拥有她。

可是他不后悔，年少至今的追寻，成就了他一段刻骨铭心的爱情，哪怕这只是单恋。

听闻她就要结婚了，他窝在沙发里抽了整整一天的烟。

白雾缭绕中，他好像能看到她浅浅的笑容，听到她轻松地和别人讲话，在他走后，她是什么时候开始改变的？

是因为——洛涵吗？

如果，他没有选择离开，而是一直守在她身边，会不会现在站在穿着白色婚纱的她身旁的是他？

可是，时间从不能倒流，程骏关了灯，手捂住眼睛，却仍止不住流泪。

程越站在门外，不忍心敲门打扰他。

父亲为阿骏保留继承人的位子的事情，遭到了不少人的反对，但是，这位年迈的长者却坚定地说："我认定的就只有他，我知道他一定会回来。"

程父如此肯定他会回来，是因为他在阿骏的卧室里发现了一个画本。

画本里画的自始至终都只有一个人，一个不太喜欢笑的女孩，容貌姣好，目光清澈。每一张都画得十分灵动传神，好像女孩的一颦一笑就刻在他心里。

"他会回来的，不是为了我们，为了她，也会回来的。"程父合上画本，走出了阿骏的房间。

深夜，程骏坐在电脑前，鹅黄色的台灯将他的影子拉得很长，他一字一字敲着，他想给她写第一封也是最后一封信。

沫儿：

你好吗？我是程骏。

话停在了这里，久久不能向下，他抚了抚额头，深深吸了口气，揉了揉眼角，继续。

其实，我最不希望你叫我程骏哥哥，可是，只有"哥哥"这两个字才会让我觉得我在你心中是有地位的，而不是随随便便的一个陌生人。

还记得我们第一次的相见吗？在你哥的房间门口，你打开门，那时候，我的心一颤。那种感觉，就好像在很久以前，我就与你熟识。

我第一次也是唯一一次喜欢一个人，不知道是巧还是不巧，这个人是你。

我找各种借口去你家找谭熙玩，因为我想见到你。

你对我说的每一句话我都记得，在RT的时候，当我想你想到不能入睡，我就闭上眼睛。

然后，你的轮廓便会清晰地出现。

不告而别是不想让你担心，当年的那场意外并不都是你的错，我希望你不要再难过。我已为你了结了该了结的一切。罪责请让我一个人背负。我希望你快乐。

沫儿，以后，我们应该不会再有交集，可是，我仍旧感谢你出现在我的生命里，那般生动美丽，鲜活了我无趣死寂的人生。

我想问你，如果是我，在对的时刻守在你身边，你会不会选择我？

一见倾心铸就了让我终生难忘的爱情，我不能当着你的面对你说出这三个字，有些遗憾。但是，如果这三个字不能告诉你，我怕我会不甘心，然后把你从洛涵手中抢回来。

沫儿，你一定猜到了，这三个字是：

我爱你。

写完这封信，已经是凌晨三点，程骏对着电脑屏幕，眼睛肿胀，手搭在键盘上微微地颤抖，他死死地咬着嘴唇，始终按不下"发送"两个字。

犹豫了很久，他还是删掉了所有的文字，然后轻轻地敲下了这句话：

沫儿，我是哥哥。

（《程骏番外》完）

慕荷番外：如果你在想我

谭沫结婚的伴娘就找了一个人——慕荷。所以洛涵这边本来想组个伴郎团的想法被慕大神不知鬼不觉灭掉了……

李成凡和方蔓他们看着坐在旁边的姜永恩和洛涵，他们好像单独聊着什么，一副你们别过来烦我们的样子。

洛涵："你确定不给我当伴郎？"

姜大神："条件？"

他瞥了洛涵一眼："挡酒这种事我可不喜欢。"

洛涵故意轻叹口气："之所以只选一个人是因为谭沫那边就一个合适人选。好像是慕荷来着。"

姜大神忽然坐直身子："嗯。所以说，挡酒陪驾这种事当然得最小的来。"

洛涵斜睨他一眼，唇角微勾。

婚礼是在一座海岛上举行的，所以一行人提前到达，谭沫住的房间和洛涵不在一起。婚礼的前一夜，洛涵一席黑色的衬衫，靠在沙发上，玩着手机，看着前面几个人在打台球，有点儿莫名心烦。

"七少，来两杆？"李成凡冲洛涵抖抖手。

姜永恩拿着笔记本好像在做什么，没抬头只随口说了一句："六哥心情好就喜欢找虐，这个习惯不错。"

李成凡："……"

洛涵忽然起身，声音里有些许的微凉："我出去走走。你们继续。"

方蔓："这是什么情况？"

姜永恩看了洛涵的背影两秒，中肯地下结论："婚前焦虑症。"

方蔓不小心笑了出来，坐到他身边："对了，听说你的那位是伴娘啊。"

洛涵一走，话题神奇地转移到了姜永恩身上。

"嗯。"姜永恩表现得虽然淡定，实则对于她用的那个物主代词很是满意。

方蔓还是很了解姜大神的，看着他的手指在键盘上飞快敲打着："你都为她回国了，表白了吗？"

姜永恩敲代码的手指忽然停下，良久，黑色的眼眸极有深意地看了方蔓一眼："呵……表白？"

"那？"看着姜小九的表情不太好，方蔓试探着问。

姜永恩闭上眼睛，靠在沙发上，那幅画面深深印在他的脑海里。

上个星期，他用了点儿方法，成了慕荷的篮球指导教练。慕荷170cm的个子代表他们研究生院参加女篮比赛，因为身体素质不那么强，被定为投手。

她拿着篮球站在他对面，上上下下打量了他一番，然后是清清淡淡的口吻："是你？"

姜永恩云淡风轻地点头，虽然心里如击鼓般，但面上绝对不能表现出来，声音沉稳："嗯。"

慕荷把球扔给他，说："那麻烦你示范一下动作吧。"

姜大神虽然打球的次数不多，但绝对算得上神投手。连续五个三分球，帅气十足。

他站定，目光灼灼地锁住她。

慕荷微微眯起眼睛，说："你是想让我说你很厉害？"

姜永恩唇畔微翘，一本正经问："没有。事实胜于雄辩。"

慕荷："……"

姜永恩心情极好，将球扔给她，问："你来试试？"

他当她和他一样"变态"？

慕荷轻咳两声："不好意思，请你思考一下对于我可行性较高的投篮方式，重新示范。"然后她坚决地把球扔回给他。

姜永恩略略一怔，旋即走到她身边："那这样好了。"

慕荷声音凉凉，如山涧的清风："看好我的动作，接下来你模仿。"

他走过来的时候，身上有一股好闻的茶树的味道，让慕荷有点儿分心。

近一个小时过去了……

慕荷的额上渐渐有些细汗,她轻轻喘着气,态度还算"收敛",可以理解为"温柔"本性使然。

"……我觉得……你可能太专业了……不太适合我……"她练了起码有四十多个球,没一个进的!这对于做事追求效率和质量的慕荷来说,太折磨了!

她要换人指导?

哼!那怎么可以?

姜永恩比她高许多,他轻轻弯腰,阴影将她笼罩,语调里满满的"无辜":"我都已经一对一辅导了,你还不满意,那我只能贴身服务了。"

说着,走到她身后,小心托起她的胳膊,轻握她的手腕,将球稳稳地投进篮筐!空心!

慕荷:"……"

这人!卖萌吗?

明显是居心叵测!他以为她是谭沫那个低情商的家伙吗?

慕荷后退两步,笑意浅浅:"我觉得一对多才是好方案。所以明天我会把我的队友也叫过来的,能提高大家的投篮水平又能让你多赚服务费,何乐而不为呢,姜指导?"

回想起她当时的表情,姜永恩轻轻叹气,他觉得他以后的路似乎有点儿艰难,所以说,喜欢上一个腹黑又蔫坏的女孩,是苦中带甜,欲罢不能啊……

(《慕荷番外》完)

洛寻楠姜晓理番外

很久以后，洛寻楠和姜晓理要上高中了。

填报高中志愿的时候，洛寻楠发现姜晓理失踪了。

他几次去她的班级找她，她都不在。

后来，他想了想，填了自己的志愿。

中考结束，录取通知下来的时候，姜晓理傻眼了。

本想逃离洛寻楠的魔爪，却没想到高中竟然还在同一所学校。

姜晓理："洛寻楠，你为什么不填A大附中？那可是录取分数最高的学校，不填它，怎么对得起你次次考第一的那个智商？"

洛寻楠："哦，因为我想看你一直考第二。"

他看着她郁闷的表情，补充了一句："姜晓理，你是不是忘了，我爸妈是心理学教授。"

姜晓理：他是要逼着她顶着一个超理科的名字去念文科吗？她不要改名叫姜晓文！

洛涵家的洛寻楠和姜永恩家的姜晓理年纪相仿，相差不过几个月。

两个人经常用来比较，搞得姜晓理很是不满。

他考年级第一，她考年级第二又怎么了？这并不能证明她比他笨。

洛寻楠看着姜晓理一脸愤恨的表情，直接说中她的心事。

"这当然不能证明你的智商和我的之间有什么差距，只能证明……"他顿了顿，指了指她成绩单上的某个数字，"只能证明你的语文实在差劲。"

"用不着你评价！"说着她一本书扔了过去。

洛寻楠无奈地捡起来，拍了拍书本上的灰尘："姜晓理，就你那语文成绩，你哪来的自信扔语文书？"

"不用你管！"

姜晓理人生第一次不及格——体育考试不及格。

她郁闷了整整一个下午，晚上放学，一个人在教室里坐了好半天。洛寻楠在教室门口等了她好一会儿，后来干脆不在乎他们班其他同学的目光，走进去拉起她的手便往外走。

姜晓理："你别来招惹我，我心情不好。"

洛寻楠："一次不及格应该不至于把你打击成这样。"

姜晓理："怎么不至于？"

洛寻楠："你次次都考不过我，你觉得哪个打击更大？"

姜晓理不说话，忽然一个书包扔到了她怀里。

她不爽地瞪他："你干吗？"

洛寻楠："今天给你个特权，我载你回去。"

姜晓理不愿意："我惜命！"

洛寻楠停好自行车，猛地把她抱了起来，他的手接触到她的时候，姜晓理觉得腰间有轻微的麻酥，他的手什么时候变得这么大了？

洛寻楠把她放到车的后座，骑到车上，一手握着车把，一手拉着她的手放到了自己的腰上，口吻平淡："惜命的这位，你最好抓紧了。"

车骑得不快不慢，姜晓理老老实实地坐在后座上，抱着洛寻楠的腰，男生好听的声音从前面传来。

"姜晓理，你心情不好可以来招惹我。"

"什么？我没听清？"

风吹得有点儿大，她什么都没听到。

洛寻楠想了下，大声回了她一句。

"姜晓理，下次我心情不好，你要载我回家。"

"……"

她载得动吗？

姜晓理不知道音乐这根弦随她爸爸还是她妈妈，她跑调……

学校组织大合唱比赛，姜晓理唱了大概十分钟，就被老师揪了出来淘汰了。她一直觉得神奇，为什么那么多人唱，就她这么快因为跑调而被揪出来了呢？

姜晓理把这事跟洛寻楠说，他评价："老师又不聋。"

于是，两个人放学回家的时候，姜晓理一路上就一直重复着那一句歌词。开始的几次，洛寻楠还有心情纠正她的错误，后来，他实在是懒得管她。

可是，人的耐性还是有限的……

洛寻楠问姜晓理："你能不能歇歇？"

姜晓理眼睛睁得很大："不行！"

"为什么不行？"

"我咽不下这口气！"

"……"

（洛寻楠姜晓理番外完）

《意林·全彩 Color》，青春就是要"精""彩"

《意林·全彩 Color》是百万大刊《意林》杂志，在原有《意林》上、下半月核心刊基础上，于2016年5月1日重磅推出的《意林》第三本核心刊。《意林·全彩 Color》坚持**青春励志不变、助力学生中高考不变、原班编辑团队不变、万里挑一稿件质量不变**，并采用**全彩印刷**，更高品质的纸张，全本厚达 **72 页**，定价 **6 元**。

○ **中高考实用宝典**，创刊第 2 期，即原题命中高考作文

○ **全彩印刷**，原色呈现多彩世界，青春就该像彩虹般缤纷

○ **内容加码**，全新栏目、萌趣彩页，轻松缓解阅读压力

○ **版式出新**，全新设计的七大版式，意想不到的新鲜图文搭配

邮发代号：

16-289

○ 堪比几米的手绘配图，佐之以摄影美图，**细节点缀，美貌爆表**

○ **纸张升级**，给你绿意盎然般的清新阅读体验

○ **超多回馈活动**，励志明星海报、**杂志内页独家定制月历**

○ **6 元良心价**买**全彩 72 页**

心动的话，赶紧通过以下方式订阅《意林·全彩 Color》吧

★**意林天猫专营店：**
手机淘宝用户扫码一步购买

★**意林微商城：**
微信用户扫码轻松入手

★**各大邮局订阅：**
到就近邮局报上邮发代号 **16-289**，即可订阅

杂志信息：
页码：72 页
定价：6.00 元
印刷：全彩印刷
上市时间：每月 1 日

青春就是要"精""彩"，《意林·全彩 Color》等你来约！

意林精品图书推荐

《我的人生无须证明给你看》
简介：ONE·一个《读者》《意林》《花火》人气作者马頔2017年全新作品。
定价：32.8元

《那个神秘的宣愉小姐》
简介：青春、古风双料大神苏缠绵青春心理小说，初次尝试驾驭双重人格的人物设定，一场守护爱情的计划。
定价：32.80元

《这一杯，我敬的是年少无知》
简介：悬疑推理小说作家何慕，出道六年，人气都市情感类短篇小说集。
定价：32.80元

《光年未至，盛夏已满》
简介：意林彩绘英文系列精选《绘英语》杂志中最受读者欢迎的内容，让中学生轻而易举让英语变强！
定价：29.80

《我不愿让你一个人走过青春的荒芜》
简介：95后模特级作者谢宁远写你最深情的告白书。十五篇故事，是告白，亦是陪伴。
定价：29.80元

《对方正在输入中》
简介：那些爱与被爱的故事。年少时的懵懂酸涩，成熟后的感人至深；是心头的一枚朱砂痣。
定价：29.80元

《你是年少的欢喜，喜欢的少年是谁》
简介：古风天后吾玉，初涉现代爱情，打造都市轻风之作。
定价：29.80元

《从此晚安我自己》
简介：95后男神作者何家豪精选青春成人礼童话，将这16个故事，说给长成大人的你！
定价：29.80元

《我不成仙 一 断尘绝念》
简介：不想成仙却毅然修仙，她见愁只想有朝一日亲口对那人说："纵你成仙，亦不可逃！"
定价：28.80元

《我不成仙 二 杀红小界》
简介：闯杀红小界，斗神秘三关。血衣作战袍，刻骨为利刃。她的通天坦途，便是他的穷途末路！
定价：28.80元

《风之守望者①》
简介：如何成为一个良好的被负责人？会做饭还会洗衣服就把最强黑服负责人拿下！
定价：24.80元

《风之守望者②》
简介：拯救学长大作战，开始！学长，我们要毁灭世界吗？
定价：24.80元

《符神传说①斩焰少年行》
简介：接通元灵符界，交易、对战、派单……现实与虚拟之间，体味什么叫酣畅淋漓！
定价：28.80元

《符神传说②东川起风云》
简介：逆转鬼煞岭、人蛊荒探迷城，跨越空间界限，酷玩符阵妙法，创造异度奇幻流行狂潮！
定价：28.80元

《禁域①墓地神婴》
简介：盖世皇者重现世间，只为触底反击，再创传奇！踏破乾坤纵横时空，禁域绝密即将揭晓！
定价：28.80元

《禁域②宗门斗者》
简介：扶桑谷内迷雾重重，神秘世界、时间长河、神秘女子……时空彼端，究竟有着怎样的秘密？
定价：28.80元

《达芬奇密码》卡牌简介

游戏简介

《达芬奇密码》是一款不可多得的锻炼分析能力的好桌游。游戏人数 2~4 人，游戏时间 10 分钟左右。适合朋友聚会、休闲娱乐、儿童智力启蒙、情侣对战等场合。

规则概要

1. 游戏目标：在自己的牌被对手全部猜出之前，先猜出对手所有的牌。

2. 游戏配件：黑色和白色牌各 12 张，数字从 0~11。请将赠品中的卡牌沿边线剪下。

3. 游戏准备：

① 把 24 张数字牌面朝下洗混。

② 2~3 人游戏时每人抓 4 张牌，黑白组合任意。4 人游戏时，抓 3 张牌。不要让别人看到你抓的牌。

③ 把抓上来的数字按大小从左至右排列好，左边小，右边大，数字一样时，黑的放左边，白的放右边。

4. 游戏开始：

从某个玩家开始，按顺时针方向轮流开始每个人的回合，回合内做以下两件事情：

① 任意抓一张牌，黑色、白色都可以，确保只有自己能看到。

② 猜任何一个玩家的任意一张牌是什么，该玩家需按真实的情况答复你"对"或"错"。

如果你猜对，则对手把这张牌在原来的位置上亮出。猜对后，你可以选择是继续猜别的，还是结束你的回合，并把刚才抓到的那张牌，按规则放入你的牌中。

如果你猜错，你要把你刚摸到的牌亮出，并按规则放到你的牌中，然后你的回合结束，换下一个玩家开始下一个回合。

5. 游戏结束：

全部牌都被亮出的玩家，退出游戏。剩下的玩家继续游戏，直到剩下最后一名玩家，该玩家获胜。

规则改进

《达芬奇密码》的游戏过程中，容易出现墙倒众人推的情况，即当一名玩家的牌很容易猜时，大家群起而攻之，生怕落后了让别人捡到便宜，那名玩家会很快死掉。建议 4 人游戏时，分成两组对抗，这样更公平一些，也增加了团队配合的乐趣。